ROBJAK

Lieutenant GRANGE

Règlements de compte

Lorsque la vengeance tarde à venir,
Elle se nourrit de démence !

Robjak   2021

Chapitre 1

Tandis que son épouse Solange faisait ses courses au marché de Trivia, Guy Grange discutait avec des amis, des habitués du café de la Poste. Les hommes se retrouvaient à nouveau quotidiennement ici, depuis le déconfinement proclamé par le Gouvernement. Les discours portaient le plus souvent sur la Pandémie, appelée indifféremment le ou la Covid-19. Mais aujourd'hui, dans ce petit village à la porte Nord de la métropole lyonnaise, les amis parlaient d'autre chose, d'un drame qui les touchait plus profondément que le risque de contamination : deux de leurs anciens étaient décédés en peu de temps et enterrés dans l'indifférence de la majorité de leurs concitoyens. À leur grand dam, la commune était devenue une cité dortoir, suite au grand nombre d'habitants implantés ici et travaillant à Lyon. Seuls Grange et ses conscrits, tous retraités et natifs du lieu, maintenaient un devoir de mémoire, honoraient l'ultime départ de leurs anciens en les accompagnant à leur dernière demeure.

— Dis donc Guy, questionna un de ses amis, il avait quel âge le père Lebrun ?

— Étienne avait 85 ans, deux ans de plus que Florence Fournier qui s'est éteinte le lendemain de son ami terrassé par un malaise cardiaque…

— Elle, elle est morte de quoi ? demanda un autre consommateur.

— Je ne sais pas vraiment, regretta Grange. Mon passé comme employé à la Mairie me permet d'avoir plus d'infos que vous, mais quand une personne décède dans un EHPAD, on n'est pas toujours sûr du motif. Avant le Covid, c'était la canicule… C'est cette hypothèse qui est avancée pour Florence. Certes il fait chaud depuis de nombreuses semaines, la Météo télévisée n'a de cesse de nous le raconter, mais… peut-être saurons-nous un jour la réalité !

— Le spectre menaçant du Covid plane autour de nous. Cette saloperie est au cœur de tous les problèmes, sa recrudescence est crainte. Pour moi, aucune nouvelle mort ne sera imputée chez nous à cette chose de peur de créer une psychose, un carton rouge pour notre région !

— T'as raison Bob, répondirent en chœur plusieurs consommateurs.

— Guy, reprit un des habitués, tu sembles très proche de nos anciens, tu n'hésites pas à les nommer ou à les interpeler par leur prénom. Ce sont tes années au secrétariat de la Mairie qui te permettent cette familiarité avec eux ?

— Oui, je crois. Ils m'ont connu enfant, m'ont toujours tutoyé. Plus tard, lorsqu'ils se sont retrouvés face à moi pour des demandes diverses, ils avaient gardé cette manière de me parler, mais ils avaient en face d'eux un adulte, un homme de décisions, aussi je devais me porter sur un pied d'égalité. Aucun d'eux n'a refusé mon tutoiement, je crois même que cela les a rassurés, tout autant que le fait qu'ils exposaient leurs problèmes à un enfant du pays !

— T'aurais dû te présenter comme maire, à la place de cette mauviette qui t'a renvoyé, sous la demande à peine voilée de Corinne Faure…

Grange sourit, il n'avait pas oublié combien cette femme lui avait nui, mais le passé était déjà loin et il n'avait jamais souhaité être le premier édile de Trivia. Il avait trop d'empathie pour ses concitoyens, chacune des décisions qu'il aurait dû prendre lui aurait causé d'énormes problèmes de conscience entre l'intérêt individuel du demandeur et le bien collectif.

— Non, se contenta-t-il de répondre. Cette femme m'a peut-être même rendu service, je n'aurais pas été à ma place…

Des éclats de voix fusèrent, provenant du terrain de boules faisant face au café. Grange et ses compagnons abandonnèrent leurs sièges et découvrirent la raison de ce tumulte, le sourire au coin des lèvres. À quelques mètres d'eux, des hommes se disputaient un point sur le terrain de pétanque, les uns contestant la distance mesurée par un joueur de l'équipe adverse. L'écart était infime, de l'ordre du millimètre, aussi chacun prétendait avoir gagné la mène.

— Ici, on n'est pas à Marseille, il n'y a aucun César, Panisse ou autre de présent, nous sommes tous des gens honnêtes, s'écria Dominique Bontron, bien connu localement pour son chauvinisme et pour ses colères spontanées. Alors, vous nous le donnez ce point ou non ?

— Non, répondit sèchement Jacques Dedieu, cela fait trois fois que je mesure, vous tous ici avez vérifié : Dominique, ta boule est à 19,3 cm du but, celle de Claude à 19,2. Le point est donc pour mon équipe !

— Tous des tricheurs, s'emporta Bontron… avant de s'écrouler mollement sur le sol, en faisant de grands moulinets des bras.

— Tu critiques les Marseillais et t'es encore plus fada qu'eux, ironisa Dedieu. Allez relève-toi, ta chute théâtrale nous a bien fait rire, mais la partie n'est pas finie !

L'homme semblait vouloir rester sourd à la demande de son adversaire du jour. Les joueurs et d'autres personnes présentes pestaient, malgré cela Bontron refusait de se relever. Plusieurs minutes passèrent, une mouche se posa sur la nuque de l'homme étendu face à terre, sans créer la moindre réaction de celui-ci. Un doute, puis une crainte subite s'emparèrent de la foule : la série morbide continuait-elle, l'octogénaire allongé sur le sol était-il mort ?

Appelé sur les lieux, le docteur Gérard Poux confirma la crainte des villageois :

— Cela devait fatalement lui arriver un jour, ses parents, sa sœur et son frère sont tous décédés d'un arrêt cardiaque. Pourquoi aurait-il échappé à cette malédiction, à cette tare héréditaire ?

— Docteur, aurions-nous pu le sauver si nous vous avions appelé plus tôt ? s'inquiéta Grange.

— Peut-être, mais sincèrement j'en doute : pour lui, c'est déjà un exploit d'avoir vécu jusqu'à 88 ans !

— La mort des gens tombe toujours mal, mais là, c'est gênant : celle de Dominique est proche de celles de Lebrun et de Fournier…

— La loi des séries, répondit Poux. Ces trois octogénaires sont morts le plus naturellement du Monde, sans aucune intervention humaine. J'ai signé les deux actes de décès précédents, rien ne m'a interpelé…

— On ne peut pas dire que les Fournier, les Lebrun et les Bontron étaient des amis toujours fourrés les uns chez les autres… Les histoires du coin ont la vie longue, les antipathies du siècle dernier se sont un peu estompées, mais certaines rancœurs perdurent et nos récents disparus n'y ont pas échappé…

— C'est vrai, renchérit Dedieu, Guy a raison : nos trois anciens ne se fréquentaient pas ou peu. Aussi peu de chance qu'ils aient été contaminés, intoxiqués ou, que sais-je d'autre, par un élément commun…

— Nous ne sommes plus très nombreux à connaître le passé de notre ville, la petite histoire des lieux et la vie de nos aînés, soupira Grange. Les années passent, des anciens disparaissent et emportent avec eux des secrets personnels, des souvenirs collectifs. Connaître le passé peut pourtant souvent expliquer le présent, voire prédire le futur…

— Mes amis, mes amis, interrompit Poux, je vous sens partis pour une grande discussion, certes très intéressante, mais mes patients m'attendent. Je vous donne rendez-vous au cimetière. Je pense qu'il n'y aura pas plus de présents que pour Lebrun et Fournier, aussi notre venue est importante !

Cette troisième mort au cours des premiers jours d'octobre 2020, d'apparence toute aussi naturelle que les précédentes, jetait néanmoins un trouble parmi les Triviarois. Certains parlaient d'un complot, d'une vengeance d'origine ancestrale… le remembrement des terres avait jadis divisé cette population, en générant des injustices et la haine qui en résultait. Mais pourquoi ces rancœurs ressortiraient-elles maintenant, était-ce vraiment elles qui étaient à l'origine de cette série de décès ? La maréchale des logis-cheffe Virginie Brulant avait été contactée par quelques habitants, elle n'était pas originaire de Trivia, aussi son analyse des faits ne pouvait pas être influencée par l'historique des lieux, des habitants, des défunts de fraiches dates.

— Rien ne permet de mettre en doute la fin naturelle de vos amis, répondit-elle. Aucune trace de lutte, de mort violente… Le docteur Poux a signé l'acte de décès de chacun de vos trois anciens, en attestant d'aucune suspicion d'accident, de meurtre… Je…, la Gendarmerie n'est pas concernée par la mort de madame Fournier et de messieurs Lebrun et Bontron. C'est la loi des séries !

Les paroles de Brulant n'avaient pas convaincu ses visiteurs, mais ces derniers n'avaient aucune raison de douter de la bonne foi de celle qui les avait libérés du despotisme de son ancien chef, le capitaine Albert. Ils reconnaissaient en elle le respect de la Justice et le dévouement sans limite à la recherche de la Vérité. L'histoire aurait pu s'arrêter là, mais un nouveau drame survint au moment même où la maréchale des logis-cheffe prenait congé des Triviarois : Roger Granjean avait fait une chute d'échelle et gisait inanimé. Le cri qu'il avait poussé avant de s'écraser sur le sol avait attiré l'attention de ses voisins et de sa femme, présente dans la maison. Informée par son supérieur, le capitaine Kévin Plouarnec, Brulant se rendit sur les lieux, sa simple présence devait rassurer les habitants. Les pompiers n'étaient pas encore arrivés, Poux non plus. L'homme était encore là, allongé face au sol, la tête entourée d'une flaque de sang. Une échelle était curieusement maintenue à quelques centimètres du dallage par des branches de rosiers, elle avait eu plus de chance que Granjean, sa chute avait été amortie…

Colette Granjean ne semblait pas vraiment réaliser le drame, ou plutôt réagissait-elle selon la normalité pour une personne de 89 ans. Aucune larme n'apparaissait sur son visage, sa réaction semblait dénuée de toute révolte ou colère. La femme affichait un certain défaitisme :

— J'avais dit à Roger que c'était dangereux de monter sur une échelle à son âge. Pensez, à 93 ans… Notre petit-fils qui nous rend souvent visite aurait vite fait de colmater la fuite du chéneau, mais cet entêté ne voulait pas qu'à la prochaine pluie, on reçoive encore de l'eau sur la tête, en sortant de chez nous. Il ne voulait pas attendre !

Brulant était étrangère à ce comportement, elle n'avait encore jamais vraiment rencontré des personnes âgées victimes d'un drame. Elle ne savait pas quoi faire en attendant l'arrivée des pompiers. Pour se donner une certaine contenance, elle prit son téléphone portable et fit quelques photographies du cadavre, de l'échelle, de l'endroit où elle était initialement dressée. Les secours arrivèrent en même temps que Poux et constatèrent le décès.

Le cimetière était presque désert. Seule une dizaine de silhouettes était regroupée autour de la tombe ouverte de Dominique Bontron, veuf et sans enfant. Le défunt rejoignait aujourd'hui sa femme dans la sépulture. Les employés des Pompes Funèbres avaient méthodiquement empilé le cercueil du défunt sur celui de son épouse, décédée quelques années plus tôt, avant de repartir dans un silence de circonstance. Le petit groupe présent fit un dernier adieu à Bontron avant de laisser la place à l'employé présent, pressé de refermer le caveau. Tandis qu'ils rejoignaient la sortie, les hommes et les femmes parlaient de l'accident de Granjean, de son enterrement prévu quelques jours plus tard.

— Nous ne nous serons jamais autant réunis que ces jours-ci… et pour des raisons aussi tristes, déplora Grange.

— En effet, répondit Portier, quand est-ce qu'on va se retrouver pour des événements plus joyeux. On n'a plus tellement l'occasion de fêter un mariage des enfants du village qu'on a vus grandir et parfois même punis… Les baptêmes, c'est pas vraiment pareil, nous n'y avons pas notre place, nous n'avons aucun lien, aucun souvenir à partager avec les nouveaux nés, pour la plupart issus de gens qui sont venus récemment s'implanter chez nous !

— C'est vrai, Bob, en tant que garde-champêtre, t'étais un peu le gendarme du village, et tu en as réprimandé plus d'un pour de petits larcins. À notre époque, on ne connaissait pas trop les incivilités… Tout comme la plupart de nous autres, tu connais plein de petites anecdotes sur nos anciens et nos conscrits. Certains diraient à quoi bon les conserver, moi je suis persuadé qu'un jour ou l'autre, le souvenir d'un fait divers pourrait être utile…

— T'as un tel sens du devoir de mémoire, tant d'imagination, répondit ce dernier, que je comprends

pourquoi ton fils est aussi performant dans son métier...
Il a de qui tenir !

— Davy, reprit Grange, est un super flic, il est notre plus
grande réussite à Solange et à moi, nous sommes fiers de
lui. Sais-tu pourquoi il est si performant... non, bien sûr.
Il est avant tout libre dans sa tête, il sait retrouver en
temps utile des informations qu'il a apprises lors de sa
formation, mais il agit d'abord en les rejetant toutes, en
refusant de caser une affaire dans tel ou tel schéma
considéré comme un cas d'école. Il regarde, analyse et
réfléchit selon son propre ressenti...

— Tu ne crois pas que l'hécatombe actuelle est purement
naturelle... Tu devrais le faire venir !

— Papa... oui, je me souviens d'Émilie Granjean, mais tu
ne m'as pas appelé uniquement pour ça ?

— Son grand-père est mort. Tu allais souvent jouer chez
lui, avec ta petite copine et d'autres camarades. Ce serait
bien que tu viennes à son enterrement !

— Je ne savais pas...

— C'est normal, ton métier, ton éloignement de tes
racines, font que ce qui se passe chez nous t'est devenu
étranger...

— Je ne suis pas si loin de Trivia, et je vous rends visite
aussi souvent que je le peux !

— C'est vrai, même si cela ne semble pas toujours suffisant pour ta mère. L'enterrement est dans deux jours, à 10h30 !

— J'ai des dossiers en cours, mais rien de bien urgent. Je te retrouve à la maison, vers 10h !

— Et tu restes ensuite pour déjeuner avec nous !

— D'accord, mais je repartirai quand même assez tôt dans l'après-midi !

— Ta mère sera contente !

Par pudeur, Guy cachait sa joie de déjeuner avec son fils, dont les visites étaient devenues trop rares, autant à ses yeux qu'à ceux de sa femme. Mais les parents étaient souvent trop exigeants et voulaient jouir d'une présence maximale de leurs enfants, les Grange n'échappaient pas à cette règle.

Une petite foule entourait le cercueil de Roger Granjean, exposé dans l'allée du cimetière. Après la famille, quelques amis octogénaires et nonagénaires, Portier, Poux, la famille Grange au complet firent le signe de la Croix sur la bière en chêne. La veuve n'affichait aucune tristesse et semblait se demander ce qu'elle faisait dans cet endroit. Avait-elle toute sa raison ?

Une fois le corps mis en terre, la procession regagna l'entrée du cimetière. Davy aperçut une silhouette bien connue : Brulant l'attendait de l'autre côté du portail. Guy esquissa un sourire et murmura à son fils :

— Ne tarde pas trop, ta mère a programmé la cuisson du repas…

— Je ne sais pas ce qu'elle me veut. D'ordinaire, si elle a besoin de moi, elle m'appelle !

— Mais là, poursuivit le père, ce n'est peut-être pas du policier qu'elle a besoin…

— T'es con ! Pardon Papa…

— Allez, va vite la retrouver et rejoins-nous rapidement. Je ferai patienter ta mère quelques minutes !

La maréchale des logis-cheffe dévisageait le lieutenant avec de grands yeux gourmands. Grange n'ignorait pas l'affection que cette femme lui portait, mais son cœur était désormais ailleurs, à la poursuite d'une chimère nommée Sasha.

— Davy, comme je suis heureuse de te voir, même en pareille circonstance. C'est très gentil à toi d'avoir accompagné monsieur Granjean à sa dernière demeure !

— Je le connaissais un peu plus que les autres défunts…

— Tu sais, les Triviarois ont peur. Avant même cette quatrième mort, ils sont venus me voir en délégation. Ils refusent la réalité : pour eux ces morts successives et rapprochées, qui touchent des personnes sensiblement du même âge, ont quelque chose d'étrange…

— Mon père connait bien le docteur Poux qui a diagnostiqué trois morts d'origine naturelle et une accidentelle. Pour lui, ce professionnel a un diagnostic sûr. Personne à Trivia n'a eu à se plaindre des compétences de ce médecin généraliste, considéré un peu comme membre de la famille pour beaucoup de personnes nées ici. Il m'a soigné à plusieurs reprises…

— Je ne doute pas de ton docteur, de ses diagnostics… mais je suis désemparée, je ne sais pas quoi dire aux habitants qui viennent vers moi dans l'espoir d'une réponse satisfaisante, d'une promesse que cette série de décès est maintenant terminée !

— Écoute, tu connais Maman, si le repas est froid quand j'arrive, elle va m'en vouloir. Je peux te retrouver à la caserne vers 14 heures 30 ?

— OK. J'aurais dû me douter que tes parents t'attendent, salue-les pour moi ! fit Brulant un tantinet boudeuse.

Fort heureusement, Guy avait fait diversion et sa femme avait pris un peu de retard pour faire les ultimes préparatifs avant de passer à table. Davy arriva à temps pour éviter les reproches de sa mère. Le lieutenant n'avait pas peur d'elle, mais il refusait de peiner ou de contrarier les personnes qui lui étaient chères ou proches, ses parents y figuraient au premier rang...

— Avec tous ces décès, ton père n'a de cesse de regretter que des personnes partent dans l'autre monde en emportant des secrets qui pourraient être utiles à notre ville…

Le plus souvent, Solange ne prenait la parole à table que pour rapporter des ragots de Trivia et de ses environs, pour annoncer à son fils chéri le mariage d'une de ses connaissances, plus rarement une naissance chez des personnes qu'il avait côtoyées. Là, elle semblait vouloir attirer l'attention sur elle, rappeler à Davy qu'elle existait et qu'une intrigante comme Brulant ne lui volerait pas la chair de sa chair. Elle n'avait pas encaissé la pseudo liaison amoureuse qui les avait liés le temps d'une enquête.

— C'est vrai, renchérit Guy, il existe ici comme ailleurs des secrets de famille bien enfouis qui pourraient expliquer le présent ou l'avenir. On n'y recourt pas suffisamment, et puis les souvenirs s'étiolent au fil des ans et finissent par disparaître…

— Je suis forcément d'accord, reconnut Davy, et la connaissance du passé m'aurait par exemple fait gagner du temps, si j'avais su du début les liens de parenté entre le capitaine Albert et sa demi-sœur. Mais que faire, on ne peut pas demander à chacun d'écrire ses mémoires au bénéfice de la collectivité ?

— Je pense à ça depuis cette vague de décès qui nous touche, et ça me rend nerveux !

— Au fait, je n'ai pas vu le Père Claude à la célébration. Je lui aurais volontiers serré la main.

— Il est absent depuis deux semaines. Il a obtenu la permission de se rendre auprès d'un proche pour l'assister. Son parent est en fin de vie…

— Il n'a donc pu célébrer aucun des quatre décès !

— Certaines de ses ouailles lui en veulent, prétextant qu'il fait passer sa peine avant celle des autres. Mais elles auront tôt fait de l'oublier quand il reviendra !

Solange avait réussi sa diversion, pas une seule fois il ne fut question de Brulant durant le déjeuner. Son mari avait même oublié de questionner son fils à ce sujet, de lui demander ce qu'elle lui voulait…

14 heures 30. Le lieutenant entra dans la caserne d'un pas décidé. Sa venue fut saluée par quelques gendarmes qui reconnurent celui qui les avait libérés du despotisme de leur ancien commandant, impliqué dans une affaire de meurtre. Brulant lui fit signe de le rejoindre dans un bureau.

— Tu as pris de l'importance, plaisanta le policier, t'as droit maintenant à un box pour toi toute seule…

— Non, et je n'en voudrais pas. J'aime mieux être avec les autres. Mais je voulais te parler librement…

Grange se raidit, il n'ignorait pas combien la maréchale des logis-cheffe était éprise de lui.

— Je t'ai dit ce matin que les Triviarois ont peur, poursuivit la gendarme qui feignit d'ignorer le trouble de son visiteur. Ils sont doublement inquiets, d'une part sur la nature réelle des décès, d'autre part sur le risque d'être à nouveau la proie des médias. Ils ont beaucoup souffert de la présence de ces derniers lors de l'arrestation du Père Claude, ils ne souhaitent pas revivre de tels moments !

— Je les comprends, du moins sur le second point. Dis-leur de cesser de s'interroger sur la nature des décès, que leurs doutes pourraient venir aux oreilles d'un média en mal de news et qu'ils seraient responsables de ce qu'il arriverait ensuite !

— Ils n'étaient déjà pas rassurés après les trois premiers morts… mais l'accident de Granjean a amplifié leur crainte. Là, ce n'est plus imputable à une maladie, à une catastrophe naturelle… Lorsque je me suis rendue sur les lieux, je ne savais pas quoi faire en attendant l'arrivée des pompiers. T'as vu comment madame Granjean réagit… Alors j'ai fait quelques photos avec mon téléphone. Tu ne voudrais pas jeter un œil dessus ?

— Donne, mais qu'espères-tu que je découvre ?

— Je ne sais pas. Mais tu réussis tellement à voir des choses là où personne ne les décèle !

Grange regarda les différentes photos par complaisance. S'il y avait eu la moindre trace d'une intervention humaine, Brulant l'aurait forcément vue. Il connaissait ses compétences, son opiniâtreté. Le lieutenant faisait défiler les photos, en glissant son index sur l'écran.

Soudain sa main se figea. Le policier se pencha sur le téléphone, les yeux écarquillés. Il agrandit alors la photo qui l'avait intrigué, puis il la montra à la maréchale des logis-cheffe.

— C'est bizarre, dit-il, regarde bien. Rien ne te choque ?

— Non, rien !

— Les traces, là sur le sol !

— Ce sont celles de l'échelle !

— Justement !

— Hein ?

— Granjean était en train de réparer sa gouttière, en haut de l'échelle. Donc s'il est tombé, soit il a glissé et son échelle serait restée en place, soit l'échelle a basculé et a projeté notre homme au sol !

— Ça semble être le second cas !

— Non, c'est impossible. Dans ce cas, l'échelle aurait laissé des marques sur le chéneau ou en haut de la façade, là où elle était en contact. Les seules marques que je vois sur tes photos sont au sol, quelqu'un a poussé l'échelle avec Granjean dessus. Trouve un prétexte et retourne voir sur place, examine bien le haut de la façade et la gouttière à l'endroit où devait se trouver l'échelle. Profites-en pour regarder dans les massifs s'il n'y a pas de trace de pas, de fibres de tissu arrachées d'un vêtement par les épines des rosiers !

23

Brulant restait coite, jamais elle ne se serait interrogée sur les marques laissées par l'échelle. Elle se demandait quelles pouvaient être les limites du lieutenant, de ce surhomme qui ne cessait de l'étonner.

— Le nouveau commandant de ta caserne, il est comment ?

— Le capitaine Plouarnec ?

— Ce n'est pas un nom d'ici…

— C'est un Breton de pure souche, il a connu les mêmes problèmes que moi pour être accepté des gens d'ici. Par chance pour lui, les Triviarois ont admis qu'il existait des personnes respectables ailleurs que dans leur région et comme ils m'avaient adoptée avant lui, non sans mal, c'était alors plus facile pour eux de renouveler cette confiance à d'autres. Le capitaine n'a pas eu à subir trop longtemps la défiance des habitants…

— Si tu devais lui demander d'ouvrir une enquête sur la mort de Granjean, penses-tu qu'il te suivrait ?

— Je n'en sais rien. Il n'a pas encore eu l'occasion de montrer de quoi il serait capable en pareille circonstance. J'ai confiance en lui, peut-être du fait qu'il n'est pas un enfant du pays et par conséquent sans à priori sur les uns ou sur les autres…

— S'il refusait de t'écouter, je t'aiderais à ma manière. Ne doute cependant pas une seconde que je préfère que tu agisses en pleine lumière, avec l'aval de ta hiérarchie !

À ce moment précis, le capitaine cogna discrètement sur la porte vitrée et pénétra dans le box. La maréchale des logis-cheffe fit les présentations, Plouarnec expliqua son intrusion, sans plus se soucier de la présence du lieutenant de Police :

— Virginie, nous avons un problème. Albert Laville a eu un accident de voiture, il faut que vous alliez voir sur place. Les secours sont déjà à l'œuvre…

Grange était étonné du langage employé par le capitaine, qui semblait vouloir être à la fois respectueux et proche de ses subalternes, au moins de Brulant. Enfant du pays, Davy ne put s'empêcher de demander le lieu de l'accident et la permission d'accompagner la maréchale des logis-cheffe.

— Cette affaire ressort de notre juridiction, répondit le commandant de la caserne de Trivia sans la moindre animosité.

— Je suis natif d'ici, je connais bien les lieux et les habitants… Je pourrais vous être utile, tout en restant un simple consultant !

Brulant acquiesça d'un mouvement de tête.

— Si l'on m'avait dit qu'un jour Gendarmes et Policiers travailleraient ainsi, sans guerre d'égo, je ne l'aurais jamais cru. Je suis certes très jeune dans le métier, mais jamais durant ma formation, il n'a été fait mention d'une telle éventualité. Je ne sais pas encore si elle est un cas isolé, fruit d'une complicité extra-professionnelle, ou bien plus couramment répandue, mais j'en suis très heureux. J'espère, Lieutenant, que votre supérieur partage la même vision, donnez-moi ses coordonnées. Accompagnez la maréchale des logis-cheffe et revenez ensuite ici.

Le binôme se rendait sur les lieux de l'accident, à la sortie nord de Trivia.

— Connais-tu monsieur Laville ?

— Non, reconnut Brulant.

— Je ne pourrais pas te donner son âge avec précision, mais il doit avoir entre 90 et 100 ans !

La gendarme stoppa net son véhicule :

— Encore une personne âgée… mais quand est-ce que cela va finir ? C'est pour cela que tu as proposé de m'accompagner !

— Les gens d'ici ont peut-être raison d'avoir peur. Je ne suis pas d'un tempérament alarmiste, mais cela fait maintenant la seconde mort accidentelle après trois autres d'apparence naturelle. Je me pose des questions…

— À cause des marques que l'échelle de Granjean a laissées au sol ?

— Oui. Nous devrons être très attentifs sur place. Un détail nous donnera peut-être une idée sur l'origine de l'accident !

— Merci Davy, ta présence et ton analyse des faits me soulagent. J'espère que ton chef acceptera que nous formions une équipe mixte, interarmes, le temps de cette enquête !

— Je suis tranquille, pas d'obstacle du côté du capitaine Deloin, c'est un homme d'ouverture !

Les pompiers avaient déjà allongé le conducteur sur un brancard et l'avaient recouvert d'une couverture de survie, lorsque la voiture de la Gendarmerie arriva sur les lieux. L'homme avait perdu connaissance et était sous masque à oxygène. Le temps pressait, il fallait l'emmener d'urgence à l'hôpital nord-ouest de Lyon, à Villefranche sur Saône. Le médecin du SMUR, présent sur les lieux, précisa à Brulant qu'il avait procédé à une analyse sanguine et que les résultats lui seraient communiqués le lendemain. D'après ses premières constatations, l'accidenté aurait perdu le contrôle de son véhicule suite à un endormissement, voire un malaise.

Grange et sa coéquipière regardèrent partir l'ambulance des pompiers et le véhicule du SMUR, puis ils examinèrent les lieux, le véhicule disloqué, collé au tronc d'un chêne centenaire.

— Attendons les explications de Laville, s'il revient à lui. Mais je n'imagine pas cet homme capable de rouler à vive allure, au point de sortir de la route sur le côté gauche, après le virage que nous avons dans le dos. Il faudrait au bas mot qu'il ait roulé à plus de 120 km/h sur ce tronçon limité à 60 !

Le lieutenant connaissait bien les lieux et il était sûr de ce qu'il avançait. N'était-il pas un enfant du pays ?

— Davy, les statistiques sont formelles : en cas de perte de connaissance, pour quelques raisons que ce soit, les véhicules perdent de la vitesse ou calent. Avec les boites automatiques ou les stabilisateurs de vitesse, cette analyse peut être maintenant remise en cause. Mais pas pour Laville, il avait une boite mécanique... sa sortie de route sur la gauche est anormale !

— Rentrons à la caserne et fais ton compte rendu au capitaine. Nous allons voir de quelle trempe il est, s'il osera ouvrir un dossier et demander une enquête !

— Deux enquêtes, tu oublies Granjean !

— Non, car l'annonce d'une enquête sur l'accident de Laville va alerter le responsable de sa sortie de route ; s'il s'agit de la même personne que celle qui a poussé l'échelle de Granjean, il ne faut pas qu'elle nous sente à ses trousses. Nous finirons par la trouver et par l'inculper des deux homicides. Dans le cas contraire, nous pourrons toujours ouvrir une seconde enquête, même tardivement ; cela ne fera pas revenir pour autant Granjean et n'apportera aucune compensation, aucun réconfort à sa veuve !

De retour à la caserne, Brulant fit un compte rendu détaillé, en insistant sur l'improbabilité d'un malaise de Laville comme origine à son l'accident. Elle demanda l'ouverture d'une enquête et l'intervention d'une équipe scientifique pour examiner le véhicule en atelier ainsi que sa trajectoire insolite sur les lieux du drame.

— Je suis très impressionné par votre rapport, reconnut Plouarnec, seulement monsieur Laville n'est pas décédé. Nous pourrions attendre qu'il reprenne connaissance…

— Permettez-moi, intervint Grange, mais monsieur Laville risque de mettre un certain temps avant de recouvrer ses esprits, s'il y parvient, ce que je lui souhaite de tout cœur. S'il s'avère alors qu'il a été victime d'un mystérieux exécuteur, du temps sera passé et les éventuels indices laissés sur place ou dans sa voiture auront disparu !

— Lieutenant, j'ai eu le capitaine Deloin au téléphone. Vous êtes, d'après lui, un officier exceptionnel, un enquêteur hors pair et je me fie à vous. Virginie et vous, voyez ce que vous pourrez découvrir sur cet accident, je m'occupe de faire rapatrier le véhicule dans nos ateliers régionaux !

Chapitre 2

La nouvelle de l'interaction Police-Gendarmerie avait circulé très rapidement au sein de la caserne. Corbin et Néville, complices de l'ex-capitaine Albert, demandèrent une entrevue avec leur hiérarchique :

— Mon Commandant, vous avez fait rentrer le loup dans la bergerie. Savez-vous à qui vous avez confié le soin d'accompagner la maréchale des logis-cheffe ? questionna Néville.

Ces derniers mots avaient été prononcés avec une irritation dans la voix, trahissant la colère de l'ex bras droit du capitaine Albert, dégradé comme son compagnon à la suite de l'affaire du Père Claude. Corbin confirma les propos de son partenaire.

— Messieurs, je ne sais en effet pas grand-chose du lieutenant Grange, cela ne vous a certainement pas échappé que je ne suis pas originaire de cette région. Mais je connais par contre vos états de service, la sanction qui vous a été octroyée…

— Ce gars a envoyé notre commandant en taule, et vous allez lui manger dans la main ? s'indigna Corbin.

— C'est de la trahison, renchérit Néville.

— Si le lieutenant Grange a fait le ménage chez nous, c'est que votre supérieur n'était pas clean, répondit

Plouarnec sans se départir de son calme habituel, lui ou un autre devait le faire !

Devant l'air médusé de ses subalternes, il précisa :

— Les mentalités ont changé. Les forces de l'Ordre sont devenues une seule et même entité pour les civils, qui font l'amalgame entre gendarmes, policiers nationaux et municipaux. Plutôt que de s'en choquer, nous devrions tous nous imprégner de cette mouvance. Ne sommes-nous pas tous garants de la sécurité de nos concitoyens, du respect de l'Ordre et de la Loi ?

L'affaire était entendue, Néville et Corbin n'avaient aucune chance de racheter leurs erreurs passées auprès du nouveau commandant de la caserne de Trivia. Éconduits par leur tout jeune capitaine, ils décidèrent de ne pas en rester là et ils informèrent un mystérieux contact des événements locaux.

Brulant, quant à elle, voguait sur un nuage. Jamais elle n'aurait cru possible de côtoyer Grange de manière aussi proche avec l'approbation de sa hiérarchie. La raison de cette coopération était pourtant simple, Plouarnec était d'une autre génération, beaucoup moins respectueux que ses prédécesseurs du clivage entre Gendarmerie et Police.

Grange était embarqué dans cette affaire, le dossier Laville n'avait pourtant, selon lui, que peu de chance de le conduire à un criminel. Il en fit part à sa coéquipière du moment :

— Ton capitaine est courageux, je respecte sa décision. Mais je doute que nous trouvions grand-chose pour enrichir notre dossier...

— Pourtant, tu étais persuadé que Laville n'a pas pu sortir de route suite à un malaise...

— Et je te le confirme. As-tu jeté un œil sur sa voiture ?

— Rapide !

— As-tu remarqué des traces de chocs, des preuves que sa voiture a été poussée, déportée ?

— Non !

— Et ses pneus ?

— Celui de l'avant gauche était crevé !

— Bravo... Le labo nous donnera l'origine de cette crevaison, qui peut être la cause de la sortie de route de Laville. C'est la seule piste qui pourra prouver que nous avions raison de demander l'ouverture du dossier. En cas contraire, nous n'avons rien !

— Les gars trouveront quelque chose, genre entaille, trou de balle... que sais-je ! s'enflamma Brulant.

— Nous ne devons pas perdre de temps et agir comme si nous étions sûrs d'une tentative de meurtre. Tu devrais chercher ce qui pourrait relier Laville à Granjean...

— Et toi ?

— Cinq décès de personnes sensiblement du même âge, j'ai du mal à croire que ce n'est qu'une coïncidence. Je vais voir les infos que je peux glaner sur les trois morts présumées naturelles !

— Tu ne restes donc pas avec moi pour enquêter sur les deux morts accidentelles ? demanda Brulant, visiblement contrariée.

— Non, répondit Grange conscient de la déception de la maréchale des logis-cheffe. Nous avons chacun notre manière de travailler, notre logistique. Phil et Marco sont de précieuses aides pour moi, surtout pour une recherche de ce genre !

— Tes collègues villeurbannais sont en effet très compétents, mais ne crains-tu pas que les impliquer dans cette affaire risque de montrer à tes supérieurs l'inefficacité de la Gendarmerie de Trivia ?

— Ils agiront discrètement, pour moi... non pour discréditer ta caserne !

— T'as bien de la chance d'avoir de tels amis, aussi dévoués, alors qu'ils ne sont pas du même poste que toi !

— J'ai des amis partout, tu es bien placée pour le savoir. Ne t'es-tu pas exposée à plusieurs reprises pour m'apporter ton aide ? Tu es une amie super, fiable...

Grange mesurait ses mots. L'amourette d'un week-end qu'il avait vécue avec Brulant n'était pas un engagement pour la vie. Il aimait bien cette dernière, mais il devait lui faire comprendre que leur destinée à chacun d'eux était différente, et cela sans la faire souffrir. Objectif manqué, le message était passé, indispensable et douloureux. La maréchale des logis-cheffe détourna son visage du regard du lieutenant, elle ne voulait pas qu'il aperçoive ses yeux embués, ses larmes naissantes. D'une voix étranglée, elle lui demanda de la tenir au courant de ses recherches et elle lui promit d'en faire autant. Qu'aurait dû faire Grange, l'enlacer tendrement, la rassurer et lui promettre une seconde idylle, enfoncer le clou plus profondément en ne laissant aucune chance à une aventure durable entre eux ? Le lieutenant n'était pas expert dans tous les domaines, il était même cruellement en dessous de tout pour les affaires de cœur, aussi prit-il la seule décision possible à ses yeux en laissant Brulant seule avec sa peine.

De retour au poste de Police de Lyon 1, Grange rendit compte de l'affaire Laville au capitaine Deloin. Ce dernier émit un doute sur la légitimité de cette affaire, qui semblait pour l'instant un simple accident de la route. Le lieutenant lui fit part de ses doutes, de la preuve que le décès de Granjean avait été provoqué intentionnellement par quelqu'un qui avait poussé son échelle.

— Pourquoi ne pas avoir plutôt demandé l'ouverture d'une enquête sur cet homme ? s'étonna Deloin.

— S'il n'y avait pas eu ensuite l'accident de Laville, j'étais en mesure de penser, et je crois ne pas être le seul, qu'il se serait agi d'un simple meurtre à élucider. Mais je ne comprends pas pourquoi, ou comment, cet homme quasi centenaire aurait pu faire un excès de vitesse si élevé pour le faire sortir de la route. Il est de Trivia, personne là-bas ne s'amuserait à rouler au double de la vitesse autorisée dans ce virage réputé accidentogène…

— Sauf, sous emprise d'un excès de boissons, sous influence de médicaments ou de drogue…

— Un homme de cet âge !

— Et si nos collègues du labo ne trouvent rien ?

— La peur… Peut-être était-il ou se sentait-il en danger et qu'il voulait fuir ?

— Attendons de voir ce qu'il nous dira à son réveil !

— Capitaine, s'il ne se réveillait jamais ?

— J'ai donné mon accord au capitaine Plouarnec pour que vous fassiez équipe avec la maréchale des logis-cheffe Brulant, vous lui devez bien ce service. Je doute fort que cela vous amène à quelque chose, mais c'est calme dans notre arrondissement, alors vous avez carte blanche !

Sans que cela ne fût évoqué entre les deux hommes, le recours à Marc Olivier Gallau de Flesselles et à Philippe Durantour était sous-entendu, avec l'aval de leur supérieur villeurbannais, le capitaine Paul Neyret.

— Le Bleu-bite... quel bon vent t'amène ? demanda Durantour.

— Une enquête qui n'est pas encore ouverte ? répondit Grange.

— Ça existe, une enquête pas encore ouverte ? Et t'as besoin plutôt de mes performances ou de celles de Marco ?

— En un premier temps, de celles de Marco et de son bébé, mais je vais mettre les pieds dans je ne sais pas quoi, et ton aide me sera peut-être aussi très précieuse !

— Le brigadier-chef Gallau de Flesselles est en ce moment très occupé avec son bébé, en pleine crise d'ado..., répondit Durantour avant d'éclater de rire.

— Un instant j'ai failli te croire...

— Failli... non tu as bel et bien marché. T'aurais dû voir ta tronche !

— Ok monsieur Muscles, il est où notre génie en informatique ?

— Il a réellement des problèmes avec son bébé. Son ordinateur a pris encore plus d'indépendance, son intelligence artificielle développe des applications dangereuses si elles tombaient entre de mauvaises mains. Marco tente actuellement de reprendre la main sur sa création !

— Je crois qu'il était en effet temps...

— Nous l'avions mis en garde...

— Son travail est primordial, aussi je ne vais pas le déranger... Tu n'es pas toujours sur le terrain à infiltrer des réseaux clandestins, tu as dû profiter plusieurs fois du mode opératoire de Marco pour des recherches peu urgentes…

— Oui, le Bleu-bite. Qu'attends-tu de moi ?

— Cinq personnes très âgées sont décédées à Trivia en l'espace d'une dizaine de jours, trois apparemment de mort naturelle, deux de mort accidentelle. Officiellement, je suis sur le dossier de la dernière personne, un quasi centenaire qui a fait une sortie de route pour le moins inexplicable. Quelque chose me dérange, je voudrais voir s'il n'y a aucun lien entre ces cinq personnes !

Grange tendit la liste des noms à Durantour. Le brigadier s'attarda sur l'âge de chacun :

— En effet, ces personnes-là n'étaient plus des jeunes perdreaux. Je ne serai pas aussi rapide que Marco, encore moins que son bébé, mais je regarde et je te tiens au courant !

— Merci Phil.

Il était plus de 21 heures lorsque Grange rentra chez lui. Il avait passé de très nombreux appels téléphoniques, visionné des centaines de documents via Internet et les réseaux sociaux. Il avait même contacté des enquêteurs de la Criminelle pour se faire confirmer qu'au vu de ses explications, l'échelle de Granjean avait été poussée délibérément, dans le but de faire tomber ce dernier. Le lieutenant parvenait maintenant à son étage, après avoir gravi les marches de l'escalier deux par deux, comme à son habitude. Un papier dépassait à peine de son paillasson :

— Il ne faudrait pas que ça devienne une habitude, pensa-t-il en se rappelant les photos de Phil et de lui, prises à son insu et placées aussi sous son paillasson, quelques temps plus tôt.

Avec beaucoup de précautions, il s'empara du papier sur lequel étaient griffonnés quelques mots qui le laissèrent sans voix : "Mon chéri, je ne suis de passage à Lyon que pour quelques heures. Mon téléphone est sur écoute. Je serai chez moi jusqu'à 19 heures 30. Je t'attendrai avec impatience. SA"

Grange porta la main à son téléphone, mais il se ravisa. Si sa correspondante avait mentionné qu'elle était sur écoute, ce pouvait être dangereux pour elle, pour lui ou pour eux deux, qu'il l'appelle. Aller maintenant au quartier de la Confluence, pratiquement deux heures après l'horaire limite lui parut d'abord inutile, pourtant il le fit. Il eut beau tambouriner à la porte de son amie, personne n'ouvrit. La voisine de palier devait s'être endormie, sinon nul doute qu'elle se serait manifestée. Bredouille, le lieutenant regagna à nouveau son appartement.

Grange n'avait aucun doute : si Marco et son bébé avaient été fonctionnels au lieu d'être en opposition sur la déontologie, l'un et l'autre auraient décelé le retour en France de Sasha Newkacem, alias Sophie Amos. C'était la faute à "pas de chance" s'il avait loupé ses retrouvailles, même furtives, avec celle qu'il ne cessait d'aimer. Le policier était inquiet, son amie n'utilisait l'identité d'une autre, naufragée en mer, que lorsqu'elle était en danger, aussi signer SA et prévenir que son téléphone était sur écoute était délibérément un appel silencieux, une demande d'aide…

Après une nuit au sommeil très agité, les policiers comme tout un chacun étant parfois sujets à des cauchemars, Grange décida de retrouver ses amis villeurbannais. Les deux coéquipiers étaient penchés sur le même écran, ils adressèrent un sourire sans équivoque au lieutenant, signe de bienvenue. Gallau de Flesselles fut le premier à réagir :

— Holà le Bleu-bite, ou bien t'as passé une soirée sacrément arrosée, ou bien une terrible nuit !

— J'aurais préféré avoir une sévère gueule de bois !

— Ce n'est pas "l'enquête non en cours mais qui pourrait le devenir", pour laquelle Phil s'arrache les cheveux, qui te met dans cet état !

— Non, c'est… personnel !

— Tu n'as plus la faveur des femmes ?

— Plaisante, Marco, mais tu sais qu'une seule compte vraiment pour moi. Les autres qui se sont collées à moi, je les aime bien, c'est tout !

— Tu aurais dû être plus ferme avec elles, jouer franc jeu !

La discussion entre les hommes présents était purement amicale, dénuée de critiques stériles ou méchantes. Le genre de discussion que toute personne non soumise à un égo surdimensionné souhaiterait avoir…

— Je pourrai le faire maintenant, reconnut Grange, pour de nouvelles relations. Mais pour mes rencontres antérieures à Sasha, je n'étais pas prêt, je ne souhaitais même pas que cela m'arrive. Ma carrière, ou plutôt la découverte de la vérité était tout ce qui m'animait. C'était très bien ainsi…

— Mais t'as eu quand même quelques aventures, intervint Phil. Ce n'est pas ton côté Musclor qui a conduit ces femmes dans ton lit !

— Hé, vous ne croyez pas que j'ai eu une relation avec toutes les femmes que vous sous-entendez ?

— Ah bon, fit Marco, ironique.

— Certaines oui, d'autres uniquement le temps d'un repas amical, sans suite !

— Si quelqu'un pouvait nous entendre, plaisanta Phil, il pourrait croire qu'il est tombé sur une amicale d'anciens, qui se racontent des souvenirs plus ou moins réels !

— C'est pas faux ! répondirent en cœur le brigadier-chef et le lieutenant.

— Tu es venu pour quoi… ou pour qui ? demanda Marco, redevenu sérieux.

— Pour connaître les résultats de la recherche de Phil… et pour autre chose, d'ordre privé. Où en es-tu avec ton bébé ?

— J'ai dû le reformater à son insu, il devenait trop autonome, je devais lui redonner des limites à ne pas dépasser !

— Ça a marché ?

— En apparence… Alors, le Bleu-bite, tu nous dis à Phil et à moi pourquoi tu es venu ? Tout ce que nous venons d'évoquer aurait pu se faire par téléphone !

— Toujours aussi réactifs, vous deux… L'autre chose, d'ordre privé, dont je voulais vous entretenir, c'est Sasha…

— Elle ne t'a pas déjà assez nui ?

— Phil, elle a des ennuis, et je l'aime !

— Écoute les sanglots longs de son cœur, plaisanta Marco avant de poursuivre : tout ce qui est d'ordre privé est dorénavant bloqué pour mon Bébé. Donne-lui une info supplémentaire qui lui permettra de décider s'il doit ou non intervenir, lui seul décidera !

Grange n'avait pas prévu cette complication, il promit de revenir avec une demande motivée et conforme au protocole désormais imposé au bébé du brigadier-chef. Il jugea bon de changer de sujet.

Phil, as tu trouvé un lien entre les défunts de Trivia ?

— Non, le Bleu-bite. Ils sont d'âges voisins et ils habitaient Trivia, Mizéria ou à proximité. Ils ont pu se connaître à de nombreuses occasions : à l'école, au catéchisme, à des fêtes locales…, mais rien de probant !

— Côté travail, amis communs, banque…

— Mes recherches sont limitées, je sais m'infiltrer dans un réseau réel de gangsters, pas dans un réseau virtuel !

— Mon Bébé est formaté pour de telles recherches… Phil, tu me laisses prendre le relais ?

— Dis donc Marco, ce n'était pas ce qu'on était en train de faire avant l'arrivée du Bleu-bite ?

— Si, mais je voulais que nous soyons tous d'accord !

— Très bien, vous deux, vous m'avez bien mené en bateau. Mais assez perdu de temps, au boulot !

Les trois policiers étaient en parfaite symbiose, ils formaient une équipe mixte inégalable. Le mérite en revenait aussi aux commandants des postes de Police de Lyon 1 et de Villeurbanne, respectivement les capitaines Deloin et Neyret, amis depuis leur sortie de la même promotion.

Pendant ce temps, Plouarnec s'entretenait avec Brulant. Leur entrevue était tout aussi détendue, il manquait seulement une certaine complicité qui ne pouvait pas s'instaurer en quelques mois. La confiance du commandant de Gendarmerie pour son subalterne était cependant là.

— Nous allons recevoir les résultats du labo dans la matinée, êtes-vous prête à toute éventualité ?

— Oui, et si nous ne pouvons rien faire pour Laville, nous demanderons une enquête pour Granjean !

— Virginie… ce malheureux est déjà enterré !

— J'ai fait des photos qui prouvent que quelqu'un a poussé son échelle dans le but de le faire tomber !

— Pourquoi ne pas m'en avoir parlé ? Cette affaire avait beaucoup plus de chance d'aboutir !

— Capitaine, j'en ai déjà parlé avec le lieutenant Grange, nous étions sur le point de vous l'annoncer quand vous êtes venu nous apprendre l'accident de Laville. Après nous être rendus sur les lieux, le lieutenant et moi, nous sommes convaincus que la sortie de route de Laville a été provoquée par un élément extérieur, et…

— Virginie, je comprends vos doutes, mais vous auriez dû m'en parler. Le lieutenant Grange n'est pas votre supérieur, et si performant soit-il, ce n'est pas à lui que vous devez obéir !

— Oui, Capitaine ! reconnut humblement Brulant.

— Pourquoi donc avez-vous décidé, tous les deux d'ouvrir le dossier Laville plutôt que le dossier Granjean ?

— Davy…, pardon le lieutenant et moi, nous pensons que les morts présumées accidentelles de Granjean et de Laville peuvent être liées. Celle de Laville est moins plausible que celle de Granjean, aussi si une seule et même personne est à l'origine de ces deux morts, il ne faut pas l'alerter, mais la traquer dans l'ombre !

— C'est tiré par les cheveux, mes profs me diraient même qu'il s'agit de pur délire, mais cela vaut le coup d'être étudié…

— Merci Capitaine !

— Virginie, plus de secret, laissez-moi décider de ce qui doit être fait ou non dans notre juridiction !

— Promis !

La maréchale des logis-cheffe découvrait une autre manière d'être commandée, avec respect et confiance, mais aussi avec fermeté… une main de fer dans un gant de velours.

Non loin de la caserne, Néville s'entretenait avec un homme qui restait volontairement à l'abri des regards.

— Monsieur, c'est un réel plaisir de vous revoir…

— Vous ne m'avez pas appelé uniquement pour me faire part de votre nostalgie !

— Non, bien sûr... pardon !

— Ne prononcez jamais d'excuses en ma présence, avez-vous oublié : "écraser ou être écrasé" !

— Oui Monsieur. Voilà... le lieutenant Grange refait parler de lui, il forme une équipe temporaire avec Brulant, pour une enquête à Trivia !

— Avec l'aval du commandant de la caserne ?

— Oui, un jeunot sans amour propre, qui n'a aucun scrupule à baisser son froc devant la Police !

— Il s'appelle comment ?

— Plouarnec, un jeune Breton qui campe parfaitement le cliché de ses compatriotes, incroyablement borné !

— Parle-moi de l'enquête de Brulant !

— Cinq grands seniors sont décédés ces derniers jours, et l'un d'eux, Albert Laville a fait une sortie de route inexplicable. C'est là-dessus que bossent Brulant et ce satané Grange !

— Tiens-moi au courant de l'avancée de cette enquête et surtout des mouvements de Grange... je n'ai jamais oublié ce que je lui dois !

L'inconnu tendit un papier à Néville :

— Tu peux m'appeler sur ce numéro à n'importe quelle heure. Rien, ni personne ne pourra remonter jusqu'à moi. Corbin, il est toujours sûr ?

— Lui aussi n'a pas oublié ce qu'il doit à Grange !

— Je veux qu'il passe par toi pour me joindre. Ce portable t'est réservé, personne d'autre ne doit en connaître le numéro !

Chapitre 3

Trivia était en émoi. La ville avait perdu sa quiétude, un nouveau drame venait d'arriver : Paulette Couturier avait été emmenée par les Pompiers après une perte de connaissance. Cette personne de 91 ans semblait avoir été victime d'une sévère intoxication alimentaire. Sans l'inquiétude d'un voisin, cette femme serait certainement décédée, chez elle, sans témoin. L'homme expliqua à Brulant qu'il avait trouvé étrange que la nonagénaire ait gardé tous ses volets fermés, alors qu'elle les ouvrait immanquablement en cours de matinée. Cette personne ne sortait que très rarement, un bénévole de l'ADMR lui apportait quotidiennement ses repas.

— Aujourd'hui, personne n'est venu ?

— Je ne sais pas, j'ai appelé les Pompiers avant l'heure de livraison…

— Merci monsieur, votre réactivité a peut-être évité le pire à madame Couturier !

Brulant était perplexe. En temps normal, cet incident serait passé pratiquement inaperçu, mais la série de décès de personnes âgées semblait vouloir inexorablement s'allonger, sans mettre une seule fois en avant le moindre détail prouvant incontestablement le désir de nuire. Les traces de l'échelle de Granjean lui avaient fait croire un instant que le crime serait admis, tout comme la sortie de route de Laville… mais rien de tout cela n'était suffisant pour prouver une intervention humaine mortelle. Que faisait Grange de son côté, avait-il plus de chance ?

Le lieutenant ignorait l'accident alimentaire de Couturier, il faisait le point avec le duo villeurbannais sur ses recherches.

— Jamais je n'aurais pu trouver le moindre lien entre toutes ces personnes récemment décédées, admit Phil. Marco est revenu au bon moment…

— Avec mon Bébé devenu plus docile, souligna le brigadier-chef. Rien de bien important, mon Bébé n'a pas trouvé d'amis ou d'ennemis communs, de traces de conflit suite au dernier remembrement qui a pourtant divisé les habitants de Trivia et des environs…

— Alors, que vas-tu me sortir de ton chapeau ?

— Pas de lapin blanc… le Bleu-bite. Tout ce que mon Bébé a trouvé, et c'est mince, est que ces personnes ont toutes un compte à la Banque Postale !

— Comme environ cinquante pour cent des habitants du coin. À leur époque, il n'y avait que la Caisse d'Épargne et la Poste, devenue Banque Postale. C'est bien maigre comme début de piste !

Grange était déçu, il avait espéré une information plus probante.

— Dis, le Bleu-bite, tu sais que mon Bébé trouve des infos là où personne ne peut les chercher. Ses analyses sont sans faille, et il n'a jamais transmis des infos inutiles…

— C'est vrai, Marco, mais là il ne m'aide pas vraiment !

— Tous tes disparus avaient pratiquement le même âge, ils ont certainement ouvert leur compte à la même période… mon Bébé recherche maintenant les coordonnées de chaque employé !

— Cela peut en effet nous conduire à une piste intéressante !

— Oui, surenchérit Durantour.

Le brigadier était visiblement contrarié d'être mis sur la touche, mais il n'en restait pas moins solidaire de son coéquipier et du lieutenant. Il reconnaissait en son for intérieur qu'il n'était pas à la hauteur pour la recherche réclamée par Grange, encore moins désireux de s'infiltrer dans le réseau des grands seniors encore en vie à Trivia. Il n'était pas plus à l'aise avec les personnes âgées qu'avec les tout jeunes bébés.

— Toi et tes amis, vous avez trouvé quelque chose ?

— Une piste possible, mais peu vraisemblable… T'as une drôle de voix, Virginie !

— La série a failli s'allonger. Madame Couturier a été emmenée aux urgences !

— La vieille institutrice qui t'avait renseignée sur la véritable identité du Père Claude, et de son lien de parenté avec Christian Despré, victime d'un accident de la route ?

— Oui, toi et ta sacrée mémoire, vous n'êtes jamais pris à défaut, plaisanta Brulant, histoire de prendre un peu de recul avec la triste réalité, avec l'étrange série de décès d'apparence naturelle.

— Qu'est-il arrivé à cette brave retraitée ?

— D'après les premiers examens, une sévère intoxication alimentaire. Sans l'intervention d'un voisin, elle pourrait être morte à l'heure actuelle !

— Vous avez regardé chez elle si elle ne conservait pas des aliments daubés ?

— Depuis quelques années, elle ne se faisait plus à manger. Un bénévole de l'ADMR lui apportait sa gamelle tous les jours…

— La gamelle d'hier ?

— Nous ne sommes pas allés chez l'institutrice, nous n'avons pas de véritable raison pour enquêter. L'hôpital doit nous envoyer son rapport et nous tenir au courant sur l'état de santé de Couturier !

— Pas d'enquête engagée, pas de scellés. N'importe qui peut entrer chez l'institutrice et faire disparaître d'éventuelles preuves…

— S'il s'avère qu'elle ait été victime d'une tentative d'empoisonnement… oui. Des éléments compromettants peuvent disparaître !

— Phil a besoin de se dérouiller les articulations, je vais lui demander de surveiller discrètement la maison jusqu'au rapport de l'hôpital. Il faut s'assurer que tout reste en ordre !

Le brigadier avait froncé les sourcils en entendant la dernière phrase du lieutenant :

— Dis donc, le Bleu-bite, il y a 5 minutes, je n'étais plus bon à rien dans "ton enquête qui n'en est pas une, mais qui pourrait le devenir", et maintenant tu décides de m'envoyer en planque dans ton pays. Faudrait savoir…

Durantour plaisantait, mais une pointe d'amertume se dégageait néanmoins de sa remarque. Il se sentait une nouvelle fois écrasé par Grange et Gallau de Flesselles, par leurs qualités professionnelles hors norme. Dans ces moments, il avait vraiment l'impression d'être un paquet de muscles uniquement bon pour la bagarre, pour l'infiltration de gangs…

— Phil, nous formons une formidable équipe, et ça parce que nous sommes parfaitement complémentaires. Aucun de nous n'est meilleur que les deux autres. Jamais je ne parviendrai, pour ma part, à rester en planque plusieurs heures sans me faire remarquer. Je n'ai pas la patience suffisante, la solidité physique, la maîtrise du danger qui sont tes atouts. Certes la planque de ce soir peut te paraître inutile, mais j'ai comme un pressentiment…

— Hé, vous deux, vous savez quoi…

Le brigadier-chef avait un petit rictus révélateur, il avait enfin une bonne nouvelle à donner :

— Votre vieille demoiselle institutrice, elle a un compte…

— Postal, s'écria Durantour.

Grange avait habilement laissé au brigadier la possibilité de s'exprimer, le rassurant ainsi sur ses qualités de déduction.

— Juste, répondit Gallau de Flesselles.

Surpris par la réponse spontanée de son coéquipier, il chahuta le lieutenant :

— Dis donc, le Bleu-bite, on va bientôt pouvoir se passer de toi dans l'équipe. T'es devenu un peu mou, Phil t'a devancé !

Grange adressa un clin d'œil au brigadier-chef.

La nuit était calme, sombre ; la lune se limitait à un fin liseré en forme de croissant. Adossé à un arbre, sans même avoir recouru à un camouflage quelconque, Durantour était invisible, sa forte stature se fondait dans la pénombre ambiante. Le brigadier pouvait rester ainsi, immobile, plusieurs heures durant. Il avait pris soin de cacher sa moto à quelques pas de lui, dans un bosquet. Il était près de 2 heures du matin, il pensait que rien n'arriverait ; toutes les maisons alentour étaient éteintes, leurs occupants certainement plongés dans de doux rêves, ou tiraillés dans d'affreux cauchemars. Un petit craquement surprit le policier qui resta immobile, tous ses sens en alerte. Le bruit se renouvela, se rapprocha, suivi une fois encore d'un silence inquiétant. Le policier était prêt à se défendre, en cas d'attaque… nouveau craquement à quelques mètres de lui, nouveau silence. Quelqu'un devait l'observer… Un renard passa alors à quelques pas de lui, sans hâte. L'animal avait compris que l'homme tapis dans la pénombre n'était pas un danger pour lui, aussi adoptait-il son port altier, la queue et les oreilles dirigées vers le ciel ! Le brigadier sourit, l'attitude du renard était comique. Un autre craquement de brindilles sèches… Durantour regardait au sol, persuadé de voir déboucher un autre canidé. Une rouée de coup s'abattit sur lui, ses assaillants le frappaient en silence avec des poings américains, ils étaient là pour lui faire mal. Combien étaient-ils, deux, trois ? L'effet de surprise passé, les mystérieux agresseurs eurent beaucoup de difficulté à tenir le Villeurbannais à l'écart de la maison de l'institutrice, mais leur nombre eut raison du brigadier, qui s'écroula au moment même où une autre ombre sortait furtivement de l'habitation, un objet à la main.

Trop affaibli et meurtri pour rentrer chez lui en moto, Durantour se hasarda dans la maison de la vieille demoiselle. Aucune fouille ne semblait avoir eu lieu, le visiteur savait ce qu'il voulait et l'avait apparemment trouvé sans difficulté. Le brigadier scruta les murs à la recherche d'un emplacement libéré sur une tapisserie, mais pas d'écart de couleurs. Il observa aussi les meubles, leurs tiroirs : aucun de ces derniers ne possédait de serrure.... Alors quoi, qu'est-ce que l'inconnu avait emporté ? De l'argent, des affaires facilement revendables, sûrement pas. Le policier avait trouvé quelques liasses de billets de 20 €, des bijoux apparemment coûteux... Le vol crapuleux n'était visiblement pas le motif. Les premières lueurs du jour apparaissaient, il était temps pour Durantour de disparaître.

Arrivé de bonne heure au poste de Police de Villeurbanne, Grange dévisageait Durantour avec étonnement. Il découvrit une estafilade encore ensanglantée sur la pommette gauche du brigadier, des points de suture sur le haut du front.

— T'avais raison, le Bleu-bite, quelqu'un est venu se servir chez la vieille demoiselle !

— À te voir, ce quelqu'un n'est pas venu seul !

— Non, répondit Durantour, penaud.

Il raconta alors son agression soudaine après le passage du renard, puis il parla du mystérieux visiteur, de son non moins étrange butin. Il précisa ensuite que son examen des lieux excluait le vol crapuleux.

— De deux choses l'une, répondit Grange. Ou bien tu étais attendu, ou bien tu n'as pas été assez discret. Cette seconde éventualité est pour moi improbable, sauf si tes agresseurs étaient en planque avant toi et t'ont vu arriver...

— C'était presque la nuit noire, j'ai fait les derniers mètres avec mon phare éteint, en marchant à côté de ma moto...

— Nous n'étions que quatre à savoir où tu irais ce soir, Brulant, vous deux et moi... Je n'imagine aucune fuite de l'un d'entre nous !

— Tu l'as annoncé au téléphone, Brulant ou toi êtes peut-être sur écoute ! intervint Gallau de Flesselles.

— J'en doute, Marco, mais ton bébé peut s'en assurer ?

— Je l'ai lancé sur cette piste dès que j'ai vu revenir Phil dans son piteux état !

— Les points de suture, c'est toi ?

— J'ai des doigts de fée, et pas seulement pour pianoter sur un clavier !

— Des doigts de fée, mon c... Heureusement qu'il trainait des ampoules anesthésiantes, sinon je n'aurais pas supporté !

— Mais c'est du beau travail. Bientôt, Phil, il ne te restera plus qu'une petite ride verticale, qui te donnera l'air encore plus féroce, pour ceux qui ne te connaissent pas et qui ignorent ta tendresse pour les autres !

— Pas pour tous, attends que je retrouve ceux qui m'ont fait ça !

— Tu ne les tabasserais pas…

— Sur mon front, ce n'est pas écrit "la Poste", je me gênerai… Œil pour œil, coup pour coup. Tu me comprends certainement, le Bleu-bite, ne t'es-tu pas fait justice un certain soir à Trivia ? Les vieilles pierres de la ruelle se souviennent encore comment tu as mis la honte à deux des hommes d'Albert !

— Oui, bon…

Avec le recul, Grange n'était pas fier de sa vendetta personnelle qui lui avait amené le désaveu de son capitaine et l'indulgence des juges une fois l'affaire Claude résolue pour les sbires de l'ex-capitaine Albert. Rebondissant ensuite sur les paroles du brigadier, le lieutenant déclara :

— Phil, tu sais que t'es un bon, malgré tes airs de brute épaisse. Tu viens de rappeler la seule piste que nous ayons, qui relie toutes les personnes récemment décédées ou victimes d'un accident : la Poste ! Les personnes de la génération de Couturier ont gardé l'habitude de tout conserver, as-tu vu un dossier concernant la Poste chez elle ?

— Ce n'est pas ce que j'ai recherché…

— Ça devient plus compliqué, intervint Gallau de Flesselles, mon Bébé n'a relevé aucune trace d'écoute sur les téléphones, donc pas de fuite possible.

— Les agresseurs de Phil n'étaient donc pas venus dans l'optique de lui casser la figure, trancha le lieutenant. Ils assuraient la sécurité du visiteur…

— Ils devaient être sacrément cachés et muets comme des carpes, admit Durantour. Je n'ai rien vu à mon arrivée, pourtant je suis plutôt pas mal pour ce qui est de me planquer, de faire FOMEC, comme on disait chez les commandos !

Même dans les scénarios les plus travaillés, il existe parfois un grain de sable, si petit et pourtant si destructeur… L'institutrice avait survécu et recouvré sa lucidité en moins d'une journée. Lorsqu'elle reconnut Brulant venue prendre de ses nouvelles, elle alla direct au but :

— Ma Petite, je sais combien vous vous battez pour maintenir l'ordre à Trivia, vous êtes une chic fille… mais vous n'êtes pas ici uniquement pour m'assurer de votre joie de me revoir. Je vous écoute !

— Madame !

— Non, mademoiselle. Avez-vous oublié que je ne suis pas mariée ? Je tiens à mon qualificatif, je ne suis pas comme ces féministes d'aujourd'hui qui ne veulent plus entendre cette appellation !

— Mademoiselle, pouvez-vous me raconter vos derniers moments avant l'arrivée des pompiers ?

— J'ai une grosse zone d'ombre, je ne me souviens même pas de la venue des pompiers. Qui les a appelés ?

— Votre voisin le plus proche, inquiet de voir vos volets fermés !

— Ah le brave homme !

— Le rapport médical révèle que vous avez été empoisonnée avec de la mort aux rats !

— Dans ma gamelle ?

— Mangez-vous parfois autre chose que ce que vous amène le bénévole de l'ADMR ?

— Non, c'est plutôt l'inverse. À mon âge, je n'ai plus d'activité physique, je mange peu. Il m'arrive parfois de jeter de la nourriture, ou de conserver les restes pour le lendemain si c'est un plat que j'aime !

— La boisson ?

— Que de l'eau du robinet, parfois du café. Ma bouilloire électrique m'est d'un grand secours !

— Quel est le dernier repas que vous avez pris ?

— Du cassoulet… Il était tellement bon que j'en avais gardé une portion pour le soir.

— Vous êtes restée toute la journée chez vous, personne n'est venu ?

— Je vous l'ai dit, je ne bouge plus... Mais si... je me rappelle, quelqu'un s'est acharné sur ma sonnette. C'était peu avant la tombée de la nuit, j'avais décidé de ne pas répondre. La personne continuait, je suis sortie sur le pas de ma porte, j'ai fait le tour de ma maison puis je suis rentrée.

— Dehors, vous n'avez vu personne ?

— Non. Ensuite j'ai mangé le reste de cassoulet... je me suis sentie mal quelques instants plus tard, j'étais semi consciente et dans l'impossibilité de bouger. Je me suis ensuite réveillée ici !

— Vous êtes consciente que c'était très imprudent de votre part de sortir de chez vous en pareille circonstance. La personne qui a carillonné à votre porte cherchait évidemment à vous faire sortir !

— Durant toute ma carrière, j'ai connu pareille situation. Il s'agissait de petits garnements que j'avais punis, sermonnés ou mal notés, parfois de leurs aînés ou de leurs parents décidés à m'intimider. Malgré tout, cela restait toujours bon enfant... Je n'avais aucune raison d'avoir peur... et puis à mon âge, on ne craint plus rien, on attend plutôt avec une certaine impatience le grand voyage !

Couturier affichait un sourire apaisé.

— Mademoiselle, votre docteur m'a confié que vous serez de retour chez vous en fin de matinée, souhaitez-vous la présence d'un de mes collègues ?

— Pour quoi faire ? Mon heure n'est pas encore arrivée, sinon nous ne discuterions pas dans cette pièce !

— Quelqu'un s'est introduit chez vous cette nuit. D'après un premier constat, votre domicile n'a pas été dévasté, mais un témoin a vu repartir votre visiteur avec un objet à la main. Me permettez-vous de vous retrouver dans l'après-midi, vous aurez peut-être découvert ce que cette personne vous a pris !

— Je n'arrive plus à la bonne hauteur pour vérifier toutes mes étagères. Avec l'âge, on rapetisse, on se courbe, mais je me souviens parfaitement de ce que chacune contient. J'accepte volontiers votre demande, vous serez mes yeux, mais prenez des gants, je ne fais plus la poussière…

De retour à la caserne, Brulant fit un compte rendu oral à son capitaine. Ce dernier appréciait son initiative, son empathie pour les Triviarois.

— Mon Capitaine, nous avons ici affaire à une tentative d'empoisonnement. Pouvons-nous ouvrir un dossier sur cette affaire ?

— Virginie, j'ai eu écho de ce qui est arrivé cette nuit au brigadier Durantour, une de vos connaissances, je crois ?

— Le lieutenant Grange m'avait informée qu'il envoyait cet homme sur place pour sécuriser les lieux. Il était déjà convaincu que quelque chose allait se passer, mais rien ne lui permettait de demander l'ouverture d'une enquête !

— Rien, en effet. Mais je dois reconnaître qu'il a le nez fin, qu'il avait senti avant tout le monde l'étrangeté de cette affaire. Il est connu pour ses actions en électron libre, parfois assisté d'un binôme villeurbannais, ou de gendarmes…

Plouarnec fixait intensément Brulant, semblant vouloir lire dans ses pensées :

— Je ne suis pas là pour vous juger, pour m'immiscer dans votre vie privée. Je veux seulement vous dire que vous êtes une recrue formidable. J'ai cependant l'impression que vous êtes soumise au lieutenant Grange, faites attention à vous. Tenez-moi au courant de ses interactions avec vous, même officieuses. Je dois savoir ce que font mes hommes !

Brulant ne décelait aucune menace, aucun sous-entendu dans les propos de son supérieur. Elle-même reconnaissait sa faiblesse face à l'inconnu qui était entré un jour dans la caserne, et dans son cœur… En ressortant du bureau du capitaine, elle croisa Corbin qui avançait péniblement, en boitant. Un collègue lui souffla qu'il avait déclaré être tombé dans les escaliers ; Néville était invisible, avait-il lui aussi des problèmes de santé ?

Couturier n'avait pas menti, une épaisse couche de poussière recouvrait les parties vides des trois étagères les plus hautes. Cette couverture pelucheuse prouvait que rien n'avait été déplacé ou dérobé. L'institutrice semblait ne pas trouver ce que son visiteur lui aurait volé, la maréchale des logis-cheffe ne pouvait pas lui parler de la Poste, le seul lien qui pouvait la relier aux personnes récemment décédées, sans risquer d'ébruiter cette piste. Grange avait été ferme, il ne fallait pas alarmer l'empoisonneur potentiel de la vieille demoiselle, que ce dernier comprenne que le lieutenant et ses compagnons allaient tenter d'exploiter l'éventualité d'un règlement de compte dirigé contre un groupe de clients de l'établissement financier. Dans quelle magouille tous ces gens avaient-ils trempé quelques décennies plus tôt, étaient-ils eux même victimes d'une manipulation, d'un chantage ?

— Votre gamelle vide, quelqu'un vient-il la récupérer le soir ?

— Non, le porteur vient une seule fois dans la journée, peu avant midi. Il me donne un repas tout chaud et emporte la cantine de la veille, vide.

— Hier, vous n'avez pas été livrée, vous êtes partie à l'hôpital avant midi. Aujourd'hui, vous n'avez pas plus été livrée… où est votre gamelle ?

— Je ne sais pas. Je la pose toujours sur la cuisinière, désormais inutilisée…

— Quand vous gardez des restes pour le soir, vous ne mettez pas votre gamelle dans le frigo ?

— Non, jamais d'alu dans le frigo. C'est ce que disaient mes parents, je fais comme eux !

Brulant avait envie d'interroger Couturier sur les personnes récemment décédées, peut-être la vieille demoiselle lui apprendrait-elle des secrets très importants. Mais elle devait le faire en présence d'un témoin, Grange semblait le plus indiqué. Le lieutenant avait déjà rencontré l'ancienne institutrice au cours de l'affaire Claude, et cette dernière connaissait son rôle dans l'aboutissement de cette enquête très difficile. Elle devait forcément avoir confiance en ce jeune officier qui avait rendu sa liberté au curé de Trivia, en défiant le capitaine Albert.

— Davy, faut qu'on se parle, mais pas au téléphone !
La voix de Brulant trahissait une certaine tension. Grange ignorait la raison pour laquelle la maréchale des logis-cheffe souhaitait le rencontrer, mais il comprit que ce n'était pas d'ordre privé.

— Tu descends à Lyon ?

— Non, viens et retrouvons-nous au café de la Poste !

— J'y serai dans une heure environ !

Grange se demandait pourquoi ce rendez-vous aux yeux de tous. Le café de la Poste était-il un langage codé pour diriger le policier sur l'affaire en cours ?

À l'heure prévue, les deux enquêteurs se retrouvèrent dans un coin de la salle, quasi déserte.

— Trop tard pour le digestif, trop tôt pour l'apéritif, que veux-tu boire ?

— Un demi fera l'affaire, répondit le lieutenant, impatient de découvrir la raison de sa venue.

— Je suis très embarrassée, déclara la maréchale des logis-cheffe. Le capitaine Plouarnec me demande de le tenir informé de toutes nos initiatives concernant l'affaire en cours. Je ne lui ai pas parlé de la piste "Poste", maintenant je me sens coupable, je ne joue pas franc jeu avec lui. Pourtant c'est un chic type, je suis persuadée qu'il ne me laissera pas tomber en cas de pépin. Alors, je fais quoi ?

— Allons le trouver et jouons carte sur table. Je l'informe de cette piste peu exploitable et on enchaîne sur la tentative d'empoisonnement de l'institutrice !

— Le voleur est venu pour récupérer sa gamelle ?

— Oui, et ce n'est pas pour d'éventuelles traces de mort aux rats, car il doit bien se douter que les analyses médicales de Couturier ont décelé le poison. Cette gamelle représentait pour lui un danger, au point qu'il n'a pas hésité à recruter de gros bras pour assurer sa sécurité.

Empreintes, trace d'ADN ou de sang, va savoir... il faut qu'on retrouve le parcours de cette gamelle et qu'on fasse un relevé d'empreintes sur la sonnette, sait-on jamais... les criminels sont toujours trahis par un petit détail !

— Couturier a survécu, elle connait forcément les personnes décédées. Elle a peut-être des informations à nous donner quant à la Poste...

— La moitié des Triviarois ont un compte dans cette banque, cela ne prouve pas qu'ils partagent tous un seul et même secret !

— Non, bien sûr, mais elle a toute sa tête et elle nous ferait confiance, si nous l'interrogions ensemble. Elle nous connait tous les deux, nous apprécie. Elle se rappellera peut-être d'un fait divers qui aurait rassemblé toutes les personnes de sa génération récemment décédées.

— Ton capitaine ne devrait pas s'opposer à notre visite à cette vieille dame, si nous lui demandons...

— J'en suis certaine...

— Soit, allons le retrouver. Mais avant, je dois te donner mon ressenti : l'institutrice n'a pas été traitée de la même manière que les autres morts. Ici, pas de tentative de camouflage, l'empoisonnement est décelable. Je me demande si quelqu'un n'a pas profité de la série de morts pour régler son compte à la vieille demoiselle !

— J'y ai aussi pensé, mais j'ai aussi la sensation que le coupable prend de plus en plus d'assurance : après trois morts apparemment naturelles, on passe à de simples traces d'échelle sur le sol, à une sortie de route inexplicable, puis à un empoisonnement. Et si au contraire, le responsable de ces faits jouait au chat et à la souris avec nous, pour nous montrer qu'il est le plus fort, pour nous défier ?

— C'est aussi possible. Cette enquête va nous réserver bien des surprises !

— Et combien d'autres morts ?

— Lieutenant, ne croyez-vous pas que le lien que vous avez trouvé est un peu mince ? Relier toutes les personnes récemment décédées à la Banque Postale, sous prétexte qu'elles ont ouvert un compte dans cet établissement à la même période est un peu léger. Je comprends parfaitement votre demande d'interroger mademoiselle Couturier, victime d'une tentative d'empoisonnement et cliente de la Banque Postale. Je doute seulement qu'elle puisse amener de l'eau à votre moulin, elle ne sait rien. Vous savez comme moi que les nouvelles vont vite, à Trivia comme ailleurs. Si les personnes décédées s'étaient senties en danger, dès la troisième ou la quatrième mort, elles seraient venues nous voir. Mais nous n'avons reçu aucune visite. Nous en sommes maintenant à six victimes, dont quatre sont décédées. Il est trop tôt pour dire si monsieur Laville sortira un jour de son coma et pourra nous dire ce qui lui est réellement arrivé ; quant à mademoiselle Couturier, elle a eu de la chance, mais elle n'a pas vu son empoisonneur !

Grange approuva ; le capitaine connaissait bien la situation, il avait immédiatement intégré les révélations du lieutenant. Plouarnec ne cherchait nullement à décourager l'équipe mixte qu'il avait autorisée à enquêter.

Le capitaine avait vu juste, la vieille demoiselle ne savait rien, elle ignorait même si la personne qui s'était acharnée sur sa sonnette était un homme, une femme ou un enfant. En rentrant chez elle, après avoir fait le tour de sa maison, elle n'avait rien remarqué de suspect, rien n'aurait pu lui révéler que quelqu'un avait déposé, en l'espace de quelques minutes, de la mort aux rats dans son cassoulet, puis mélangé le tout. Pour la Poste, elle ne se souvenait même pas que tous les défunts récents avaient un compte dans cet établissement. Certains avaient peut-être participé aux mêmes réunions qu'elle, ou à quelques-unes, c'était la grande mode à l'époque que d'inviter les clients pour les flatter, les fidéliser avec des petites animations festives... dans le but inavoué de les dissuader d'aller à la Caisse d'Épargne.

L'après-midi touchait à sa fin.

— Je dois rentrer à Lyon, je te dépose à la caserne ?

— Le capitaine voudrait sûrement que nous lui fassions un rapport conjoint…

— Dis-lui qu'une autre fois oui, promit Grange, mais que j'ai une affaire privée à régler. Il est homme à comprendre…As-tu remarqué que nous étions suivis depuis notre départ de chez la vieille demoiselle ?

— T'es sûr ?

— Oui Virginie, quelqu'un nous file le train. J'ignore seulement lequel de nous deux l'intéresse, je te dépose et s'il en a après moi, je lui promets une belle petite balade !

— C'est donc ça ton affaire privée à régler, se réjouit Brulant qui craignait que son ami eût une nouvelle aventure amoureuse, voire une seconde chance avec l'intrigante Sasha Newkacem.

Bon prince, Grange ne démentit pas.

— J'oubliais, dit la maréchale des logis-cheffe, j'ai croisé ce matin Corbin. Il est salement amoché, il prétend avoir fait une chute dans les escaliers. Son acolyte est introuvable… Tu crois que c'est lui qui est derrière nous ?

— Je ne sais pas, il y a trop de reflets sur son pare-brise. Mais je vais l'emmener là où il sera pris par des caméras, lui ou sa voiture, son immatriculation. Je ne veux pas tenter un affrontement, je ne suis même pas certain qu'il soit seul !

Après avoir déposé Brulant, Grange rejoignit l'A46. Il ralentit avant la barrière de péage, son poursuivant était toujours là, quelques voitures en retrait.

— Marco, je rentre sur l'A46, à Genay, en direction de Lyon. Une voiture me file, peux-tu mettre ton bébé dessus ?

Sitôt demandé, sitôt fait.

— J'ai visualisé ton passage, il était où ton problème ?

— Dans la file voisine, une Opel Mokka noire… Derrière deux fourgonnettes !

— Elle a fait demi-tour, en empruntant le passage utilisé pour les covoiturages. Son conducteur a dû sentir venir le piège, c'est un pro…

— Cela fait quelques temps que nous n'avons rien mangé ensemble… j'amène des pizzas pour chacun !

Chapitre 4

Grange était accaparé par les drames successifs qui se passaient à Trivia, il était bien loin d'avoir ne serait-ce que la description d'un suspect, aussi la compagnie de ses coéquipiers villeurbannais était pour lui d'un grand réconfort, leur analyse des faits était d'une aide précieuse. Une fois les pizzas goulument avalées et une bouteille de vin rosé rapidement consommée, les trois hommes abordèrent l'enquête sur l'empoisonnement de Couturier.

— Dis, le Bleu-bite, t'as retrouvé celui qui a livré son repas à ta vieille demoiselle ?

— Pas encore, Marco, le planning se fait au jour le jour, en fonction du nombre de bénévoles !

— Ce n'est pas très fonctionnel…

— Même pour la répartition des livraisons, tout se traite oralement…

— Espérons que tu auras la chance de tomber sur le livreur concerné, ou sur quelqu'un qui se souvienne qui a livré le cassoulet à l'institutrice !

— Cette femme t'a dit que le responsable de la Poste faisait à l'époque des manifestations festives pour attirer les clients chez lui, pour les détourner de la Caisse d'Épargne. Je suis sûr que le bébé de Marco va retrouver l'identité de cet homme. Mais pourquoi n'interroges-tu pas ton Père, tu t'es plaint l'autre jour de son souci actuel, de son regret de voir la mémoire collective de ton patelin natal disparaître avec le décès des Anciens, des très Anciens même ?

— J'y ai pensé, Phil, j'avais même envisagé de lui rendre visite avant de rentrer. Mais je voulais d'abord me débarrasser de mon poursuivant, alors ce n'est que partie remise. Ce qui me trouble, et cela n'a peut-être rien à voir avec notre affaire, c'est Corbin salement amoché, Néville porté aux abonnés absents…

— Tu penses qu'ils étaient dans le coup ?

— Je ne sais pas, mais s'ils étaient parmi ceux qui t'ont frappé, cela signifie qu'ils reviennent sur le devant de la scène, que quelqu'un les couvre. Ils se sont tenus tranquilles pendant plusieurs années, ils ne peuvent pas risquer une nouvelle sanction sans contrepartie.

Le trio semblait d'accord.

— Marco, ton bébé nouvelle génération, a-t-il pu retrouver la trace du capitaine Albert ?

— C'est l'évocation des noms de Corbin et de Néville qui te fait penser à lui ?

Grange opina.

— Mon Bébé, poursuivit le brigadier-chef, gère lui-même ses dossiers, ses archives. Sa version ".0" était désordonnée, il n'a pas encore fini son travail de classement. Je peux lui demander pour Albert… C'est tout ?

Gallau de Flesselles savait que deux autres fantômes flottaient dans la tête du lieutenant, dans les méandres de son cerveau, au plus profond de son conscient. Allait-il les évoquer ?

— Je n'ai pas oublié que Monsieur Bruno, ou quel qu'il soit, a juré ma perte, qu'il a fait exécuter le Commandeur Latouche qui a eu l'honnêteté de reconnaître ma valeur. Je dois savoir qui est mon ennemi pour mieux me défendre. Alors tant que ton bébé farfouille dans ses fichiers, il pourrait aussi me retrouver celui-là !

— Dis donc, le Bleu-bite, t'es devenu vachement rangé, plaisanta Phil, je m'attendais à ce que tu demandes à Marco de relancer son bébé sur une recherche qui t'est plus chère…

— Sasha ? Elle est rentrée en France depuis peu et le bébé, version ".1" n'a rien vu, alors je me suis dit que c'était dorénavant inutile d'espérer de l'aide de ce côté.

— Ta reporter free-lance est revenue et tu passes ta soirée avec nous, t'as rien compris !

Durantour était sérieux, sous sa carapace se cachait un cœur tendre ; lui qui n'avait jamais connu l'amour, même sans un A majuscule, ne comprenait pas l'attitude de son ami.

— Ne t'emballe pas, Phil, je l'ai manquée, elle est passée chez moi le jour où je t'ai demandé de faire des recherches pour l'enquête, j'ai trouvé ce mot sous mon paillasson !

Le brigadier était confus, il regrettait de s'être emporté contre le lieutenant ; il lisait maintenant le message que Grange gardait dans son portefeuille, soigneusement plié, Gallau de Flesselles écoutait :

— Mon chéri, je ne suis de passage à Lyon que pour quelques heures. Mon téléphone est sur écoute. Je serai chez moi jusqu'à 19 heures 30. Je t'attendrai avec impatience. SA"

— SA ?

— Oui, Phil… Sophie Amos. Le nom d'emprunt qu'elle prend pour voyager quand elle se sent en danger !

— Et tu n'as pas cherché à la revoir ? s'étonna Durantour.

— Bien sûr que si, et malgré l'heure tardive, j'ai couru chez elle… Personne !

— Le téléphone ?

— T'as lu… Sur écoute, et certainement pas pour lui assurer une protection !

— Je verrai avec mon Bébé pour remettre une alerte sur Sophie Amos, alias Sasha Newkacem, promit le brigadier-chef, mais lui seul décidera de la recevabilité de cette demande. Je l'ai initié pour refuser des demandes d'ordre privé, mais il peut passer outre si des éléments qu'il possède déjà tendent à prouver le bien-fondé de la poursuite de ses recherches.

— En gros, plaisanta le brigadier, Marco te dit, le Bleu-bite, qu'il s'est gardé une lucarne pour intervenir sur les décisions de son bébé !

— Oui, confirma Gallau de Flesselles, mais gardons la tête froide, n'oublions pas que nous avons aussi une sacrée enquête en cours…

— Et que notre assassin, s'il est à l'origine de toutes ces morts, a une sacrée longueur d'avance sur nous. Il sait pourquoi il agit ainsi, qu'il soit taré ou non. Il sait aussi jusqu'où il veut aller, et il semble vouloir nous narguer, nous prouver qu'il est plus fort que nous. Comme me l'a fait remarquer à juste titre notre amie Brulant, cette personne prend de moins en moins la peine de maquiller ses meurtres. On ne pourra peut-être jamais prouver son implication dans les morts d'apparence naturelle de Lebrun, Fournier et Bontron, mais ses tentatives sur Laville et Couturier sont évidentes ! rappela Grange.

— On privilégie donc la piste d'un seul criminel ? demanda Durantour.

— Nous ne pouvons pas faire des recherches trop dispersées et étudier pour chaque décès qui en voulait au défunt. Si nous ne trouvons aucun élément, nous diversifierons nos pistes, mais le temps presse. Les premiers journalistes sont arrivés à Trivia. Mon père, ses amis, tous les habitants craignent de revivre la difficile période de l'affaire Claude et que les médias attirent pour la seconde fois un regard méfiant sur leur ville !

— Ok, le Bleu-bite, c'est toi le chef !

Les Triviarois avaient en effet eu raison de redouter le pire, même si l'annonce des médias était reléguée en second plan. Minorés par l'annonce d'un couvre-feu et les craintes d'un reconfinement, suite à la seconde vague de la Covid, les reportages des chaînes de télévision locales et régionales, des radios, désignaient Trivia comme un lieu maudit, à fuir lorsqu'on atteignait un âge avancé. Une inquiétude croissante s'emparait des habitants de cette petite ville, véhiculée par les enfants des octogénaires et des nonagénaires, inquiets pour la sécurité de leurs parents. En grand nombre, ces derniers ne percevaient pas forcément le danger ; seule une petite minorité reconnaissait l'étrangeté de la série de décès et pestait contre la présence des médias, contre l'incompétence des médecins et de la Gendarmerie. Des pressions de toutes parts fusaient, les médias et les habitants recherchaient des réponses auprès de Plouarnec, les gendarmes étaient sur le grill, le cabinet de Portier ne désemplissait pas…

Deloin et Neyret suivaient cette situation de la métropole lyonnaise, leurs meilleurs agents étaient en renfort sur cette affaire, sans grand résultat. Ils s'étaient concertés pour voir comment aider leurs hommes, mais ils ne trouvaient aucune solution, aucune piste… Grange,

Gallau de Flesselles et Durantour étaient les meilleurs, ils surpassaient leur hiérarchique respectif. Alors quoi, ou qui pouvait se jouer d'eux de la sorte ? Il était temps de passer à l'offensive...

— Capitaine, les médias ne font pas bonne presse à Trivia, mon lieutenant est un des meilleurs qui existe pour ce genre de situation et il piétine. Il se peut qu'inconsciemment il ait pris des distances avec sa ville natale, avec la vie locale de votre zone d'action. Je pourrais lui suggérer de séjourner quelques temps chez ses parents, mais je juge plus opportun qu'il soit en permanence au cœur de l'action, de l'information. Vous êtes en situation de crise, avec tout le respect que je vous dois, aussi je vous propose d'héberger mon lieutenant dans votre caserne, il sera plus prompt à intervenir...

— Capitaine, répondit Plouarnec, votre sollicitude me touche. Nous avons quelques chambres pour héberger des renforts occasionnels, j'accepte bien volontiers votre offre !

— Je vous demande aussi d'accueillir le brigadier Durantour, poursuivit Deloin, qui est d'une grande aide à mon lieutenant !

— Et qui peut se faire surprendre pendant sa planque...

— Qui ne s'est pas fait avoir un jour ?

— C'est vrai... Je suis très jeune dans mon métier et encore peu expérimenté, je suis pour la première fois confronté à un problème majeur. Je plaisantais pour votre brigadier, ça fait du bien de se relâcher avec tout ce remue-ménage…

Plouarnec faisait allusion aux pressions de ses hiérarchiques régionaux et nationaux, des habitants et surtout des médias.

— Ces derniers sont pires que tout, fit-il. Il faut leur en dire le moins possible, rester factuel, analyser chaque mot qu'on leur donne pour que nos réponses ne soient pas interprétées, déjouer leurs tentatives d'arracher des éléments utiles à l'enquête… Envoyez vos hommes, leurs chambres seront prêtes pour les recevoir le temps qu'il faudra !

— Paul… Plouarnec est OK pour recevoir ton homme. Je vais briefer Grange pour son hébergement dans la caserne, je te laisse le soin d'en faire de même avec Durantour !

— OK, Bernard, répondit Neyret. J'appellerai peut-être ton lieutenant au secours si Durantour fait la forte tête…

— Ils vont en effet peut-être mal prendre notre initiative, mais ce sont de bons professionnels, tu le sais comme moi. Aussi après leur révolte d'être mis devant le fait accompli, je ne doute pas qu'ils reconnaîtront l'avantage de cette situation !

— Plouarnec a accepté ton offre sans problème ?

— Oui, c'est un officier exempt de clivage entre Gendarmerie et Police, un gars de la génération de Grange. Je commence à vraiment apprécier de travailler avec cette jeunesse que je croyais incompétente, insouciante. Mon lieutenant n'est pas une exception, d'autres méritent d'être reconnus, chez nous comme dans beaucoup de domaines professionnels... mon garagiste, ma docteure par exemple !

Durantour accepta sa mutation temporaire sans hésitation, la présence de Grange le rassurait et il aurait ainsi l'occasion de vérifier si Néville et Corbin étaient mêlés aux trouble-fêtes qui l'avaient sauvagement agressé. Gallau de Flesselles enviait son coéquipier villeurbannais, il aurait voulu être de l'aventure, lui-aussi, mais il devait rester auprès de son bébé. Pour la première fois, l'existence de sa création informatique lui pesait...

Grange était, quant à lui, peu réjoui de cette situation : il n'aimait pas se sentir enfermé dans un lieu, il aimait rester libre de ses mouvements. De plus, il y avait d'un côté Brulant qui serait sur place, de l'autre Newkacem qui ne pourrait pas le contacter si elle repassait furtivement à Lyon... Et puis, ses parents, comment allaient-ils réagir ? Deloin dut insister, le lieutenant se plia à l'ordre de son supérieur. Une fois sur place, il aurait toute latitude pour enfreindre les consignes, si la situation l'exigeait, ou tout simplement s'il devait préserver sa vie privée...

Durantour parvint le premier à la caserne, il était plus de 20 heures et la Gendarmerie était fermée. Il sonna, Plouarnec ouvrit la grille et l'accueillit en personne. Le capitaine était impressionné par la forte carrure du brigadier, le blouson de motard que portait ce dernier augmentait la taille de ses biceps et épousait sa taille fine. Une fois les présentations faites, les consignes de sécurité et les renseignements sur le fonctionnement interne donnés, Plouarnec invita le policier villeurbannais à mettre sa moto à l'abri dans la cour intérieure de la caserne. Il lui donna un badge servant de passe pour la porte principale, celle de la cour intérieure, celle des logements et celle de sa chambre portant le numéro 7. Durantour prit possession des lieux et attendit l'arrivée de Grange. Une heure passa, deux… lui serait-il arrivé quelque chose, son mystérieux poursuivant se serait-il manifesté une nouvelle fois ? D'ordinaire si patient dans ses planques, le brigadier tournait comme un ours en cage. Une voix s'éleva soudain de son ordinateur portable :

— Tout va bien, ton petit nid est coquet ?

— Question accueil et piaule, ça va… mais je ne sais pas ce que fout le Bleu-bite. Nous devions nous retrouver devant la grille de la caserne, je l'ai attendu près d'une demi-heure dehors. Maintenant ça fait plus de deux heures que je guette son arrivée derrière ma fenêtre… Il joue avec mes nerfs !

— Appelle-le !

— Je ne suis pas sa mère, il risquerait de mal le prendre !

— Veux-tu que je m'en occupe ?

— Non merci, Marco, cela pourrait le vexer. Mais j'espère qu'il va bientôt pointer son nez, je ne suis pas le seul à l'attendre, le capitaine Plouarnec doit lui aussi rager contre le Bleu-bite !

Un peu plus tard,

— Phil…

— Qu'est-ce que tu fous ? Tu devais me retrouver devant la grille de la caserne à 20 heures, t'as vu l'heure !

— Laisse-moi parler… Quand je suis passé chez moi pour prendre des affaires, j'ai très rapidement vu que quelqu'un s'était introduit dans mon appart, mais je n'ai décelé aucun objet déplacé, tout était en ordre…

— T'aurais pu m'appeler plus tôt. J'espère que t'as prévenu le capitaine Plouarnec !

— Juste avant toi, et je le verrai demain vers 8 heures.

— T'en as pris du temps pour te manifester, fit Durantour bougon.

— Je ne pouvais pas le faire de chez moi, sans être sûr que tout est clean dans mon studio. Celui qui est venu s'est donné beaucoup de mal pour ouvrir ma porte sans endommager la serrure, il n'a rien dérobé, alors il fallait que je trouve la raison de son intrusion…

— T'as vérifié ton appart de fond en comble... micros, caméras ?

— Rien !

— Alors comment peux-tu être sûr que quelqu'un est venu ?

— Une petite trace ocre sur le sol, une fine particule de terre qui s'est décollée d'une des chaussures de mon intrus !

— Ce n'est pas chez moi que tu pourrais te baser sur un détail de ce genre, je ne fais pas le ménage tous les jours...

— Moi non plus, mais je n'entre jamais dans ma chambre avec mes chaussures d'extérieur !

— T'as vérifié tes éclairages, t'es vraiment sûr qu'il n'y a aucun micro, aucune caméra... Qu'aurait pu faire d'autre ton visiteur dans cette pièce ? Souviens-toi des photos compromettantes qui circulaient à une certaine époque pour te déstabiliser !

— J'y ai pensé, mais rien. J'ai aussi vérifié dans mon armoire, dans le tiroir de mon chevet, dessous mon lit, entre mon sommier et mon matelas, derrière les rideaux et les meubles les plus légers à déplacer... J'étais prêt à descendre pour te rejoindre quand j'ai entendu l'alarme d'une voiture. Il m'a fallu quelques instants pour comprendre qu'il s'agissait de celle de ma Dacia. Je ne l'avais encore jamais entendu sonner... Je suis alors descendu avec mon arme dans la poche : quelqu'un avait dessiné un énorme X sur le hayon arrière, avec de la peinture fluo.

— De quoi faciliter le travail de celui qui te suit…

— J'ai un flacon d'acétone dans mon appart, je suis vite allé le récupérer pour effacer la peinture encore fraîche. Une fois cela terminé, j'ai appelé Plouarnec !

— T'as été imprudent. Le coup de la peinture, c'était peut-être un piège ou une diversion pour t'attirer dans la rue… Tu aurais pu regretter de foncer tête baissée !

— On ne m'a rien fait !

— Heureusement… Ton visiteur, t'es sûr qu'il n'est pas retourné chez toi pendant que tu enlevais ta peinture ?

— J'avoue que non… mais c'est une éventualité que je dois vérifier. Moi qui croyais que j'allais maintenant pouvoir dormir quelques heures…

Grange n'avait pas sollicité l'aide de Gallau de Flesselles et de son bébé, aucune caméra extérieure ne sécurisait l'entrée de son immeuble et l'emplacement de sa voiture. Le lieutenant était anéanti, il ne parvenait pas à dissocier son enquête de son suiveur, de la visite faite dans son studio, du peinturlurage de sa voiture, du message alarmiste de Newkacem. Tout ne pouvait pas être lié, mais difficile de trancher, de définir des pistes différentes pour telle ou telle action !

Après un long moment passé à vérifier que son visiteur n'était pas revenu durant sa descente dans la rue, le policier se laissa tomber sur son lit. Les mains croisées sur sa nuque, il s'abandonna au contact rassurant de son matelas. Son dos vint au contact du drap, sa main droite s'écrasa sur son oreiller... il ressentit immédiatement la présence d'un objet inhabituel dans la taie de ce dernier. Devait-il bouger, avait-il actionné le déclencheur d'une bombe ? Il passa quelques secondes dans la plus parfaite immobilité, se forçant à revivre les dernières minutes, il comptait sur sa mémoire sans faille, sur son sens accru d'observation... Il se remémorait sa fatigue, son abandon de lui-même, sa douce chute en arrière et le contact du drap sur son dos et un léger bruit avant de ressentir la présence d'un objet insolite dans sa taie d'oreiller. Ce bruit, il le connaissait, l'identifiait, c'était celui d'une feuille de papier froissée... Alors Grange tourna délicatement sur lui-même et il plongea lentement sa main dans la housse : ses doigts vinrent au contact d'une simple feuille de papier. Le policier s'en empara et la déplia. Il avait reconnu l'écriture avant même de prendre connaissance du message ou de la signature ; tout devint immédiatement plus clair, son visiteur n'avait pas cherché à le piéger.

Il méditait maintenant sur la teneur du texte, qu'il répétait à voix haute :

— Ceux qui me poursuivent aujourd'hui en ont après toi. Ils cherchent à t'atteindre à travers moi. Sois prudent, je t'aime. Sasha.

Le lieutenant était inquiet : par deux fois, son amie lui avouait qu'elle était en danger, et malgré cela elle n'avait pas hésité à courir des risques pour le mettre en garde. Elle avait signé "Sasha", c'était étrange :

— De deux choses l'une, pensa Grange, ou bien elle se sentait en parfaite sécurité ici, au point d'abandonner son nom d'emprunt, ou bien elle me mène en bateau… J'aurais dû deviner qu'elle était entrée dans mon appart, qui d'autre aurait pu le faire sans endommager la serrure ? Elle seule a un double de la clé. La fine particule de terre déposée sur le seuil de ma chambre, elle ne s'est pas décollée d'une chaussure, Sasha l'a déposée volontairement pour attirer mon attention, elle connait ma mémoire visuelle. Quant à ma voiture, est-ce son œuvre ? J'ai du mal à le croire…

Chapitre 5

Plouarnec était dans tous ses états, de mauvaises nouvelles avaient eu raison de son calme olympien : Daniel Courtaud avait fait une chute mortelle dans ses escaliers et Monique Lange s'était électrocutée avec son grille-pain. Ces deux personnes étaient âgées respectivement de 88 et 86 ans…

Dès son arrivée à Trivia, Grange comprit que quelque chose d'anormal était arrivé : les médias sillonnaient les rues du centre, le micro à la main, parfois suivis d'un caméraman… Dès que le lieutenant arriva en vue de la caserne, Brulant et Durantour coururent à sa rencontre.

— Oublie ton rendez-vous avec le Capitaine. Y a urgence !

Durantour expliqua la raison de tout le remue-ménage qui ébranlait la quiétude de la petite ville.

— En une heure, nous avons eu deux nouveaux décès de grands séniors, dit-il. Ça commence vraiment à faire beaucoup !

— Et celui qui est derrière ces morts semble vouloir passer à la vitesse supérieure, précisa Brulant.

— Un rapport avec l'arrivée de Phil hier, et la mienne aujourd'hui ?

— Je ne sais pas, Davy, mais cette série de décès est de moins en moins compréhensible. Comment Courtaud et Lange pourraient être victimes de la même personne : elles habitent l'une ici, l'autre à Mizéria. Il faut au moins un quart d'heure pour se rendre d'un domicile à l'autre, alors comment faire pour pousser l'un dans ses escaliers et saboter le grille-pain de l'autre en si peu de temps ?

— Le grille-pain, c'est peut-être de l'usure ou il a pu être saboté la veille, suggéra Durantour.

— C'est ce que nous allons essayer de découvrir, promit Grange.

— Davy, il faut absolument mettre fin à cette hécatombe…

Brulant était désespérée, au bord des larmes : elle aimait bien Trivia et ses environs, les gens du coin. Elle était confrontée à l'inexplicable et elle redoutait que localement cette série noire parvînt à faire plus de morts que le retour incontrôlé et incontrôlable de la Covid-19.

— Gendarmes et Policiers, nous ne chômons pas ces dernières années. Nous avons été confrontés aux actions des gilets jaunes et des casseurs, de la première vague du Covid et maintenant à la menace d'un second confinement. Des individus profitent de nos actions tous azimuts pour diriger leur bestialité sur les pompiers, les ambulanciers, sur nous, et pire encore, pour commettre des actes ignominieux, à titre personnel ou par fanatisme. Celui qui est derrière tout ça, ici à Trivia, est de cette trempe : il profite lâchement des événements actuels pour mener sa propre vendetta. Notre priorité est de découvrir ce qu'il a contre ces personnes qui pourraient naturellement décéder du jour au lendemain, sans son intervention, vu leur grand âge !

— T'as raison, le Bl…, Davy, intervint Durantour qui se rappela in extremis que le surnom affectueux de Bleu-bite était réservé aux discussions amicales et privées entre Gallau de Flesselles et eux deux. J'appelle Marco pour savoir s'il a trouvé quelque chose de son côté !

Le trio se rendit en premier lieu chez Daniel Courtaud, qui habitait une petite maison des années 80, à Trivia. Il parvint au premier étage, niveau des pièces de vie, par un escalier extérieur. Le corps du défunt avait été retrouvé au bas d'un passage intérieur, qui descendait au garage et à la cave. Le corps était encore à l'endroit où l'avait découvert un voisin venu emprunter une clé à molette. Ce dernier était encore sous le choc. Certains auraient pu voir en lui le coupable, beaucoup d'accidents de ce genre proviennent de disputes familiales ou de l'entourage proche de la victime, d'un geste violent, d'une bousculade malheureuse et irréfléchie… mais lorsque les pompiers retournèrent le corps pour l'immobiliser sur un brancard, une évidence sauta aux yeux de Grange :

— Cet homme ne peut pas être mort ici, s'exclama-t-il.

Prenant à témoin ses coéquipiers et les pompiers interloqués, il poursuivit :

— Tel que le corps a été découvert, cet homme devrait avoir des marques au visage, au minimum un semblant d'écrasement de la face… Et que voit-on ? Que dalle ! Le légiste devra s'occuper de ce corps et nous donner la cause de sa mort !

— Tu n'as pas demandé au voisin de faire une déposition, constata Brulant.

— À quoi bon, il a donné l'alerte mais il n'est pas le coupable. Courtaud devait faire le double de son poids, le dépasser d'une bonne dizaine de centimètres. Comment aurait-il pu le transporter jusqu'en bas sans laisser la moindre marque sur son corps ou sur ses vêtements ? Celui qui a fait ça est quelqu'un de grand et de costaud !

— Ou plusieurs personnes, ajouta Durantour, dont l'agression violente par trois hommes lui laissait encore quelques séquelles douloureuses.

Le trio se rendait maintenant à Mizéria. Malgré l'apparence naturelle de la mort de Monique Lange, le corps était resté sur place, sur la demande insistante de Plouarnec. Le capitaine espérait que son équipe conclurait à un banal accident domestique, mais il y avait trop de morts parmi les anciens ; il voulait ne négliger aucune hypothèse. Grange s'immobilisa sur le seuil de l'appartement :

— Le Bleu-bite, Marco m'a transmis les infos sur tes deux derniers morts. Tu te doutes certainement de ce que je vais t'apprendre…

— Qu'ils étaient clients de la Poste !

— Tout juste. Mon Bébé a pris ces deux nouvelles victimes en compte et toutes les personnes décédées récemment à Trivia et aux alentours, âgées de 83 à 95 ans ont ouvert leur compte entre 1945 et 1950…

— Des idées sur le chef de bureau de l'époque, sur des événements relatifs à l'agence ?

— Pas encore, mais la tranche 1945-1950 va réduire les recherches de mon Bébé !

Grange fit signe à ses coéquipiers qui discutaient avec l'équipe scientifique qui les avait précédés. Poux était aussi présent et achevait de remplir son constat de décès. Le lieutenant s'adressa à lui :

— Docteur, vous avez signalé la mort par électrocution de madame Lange au capitaine de la Gendarmerie, confirmez-vous votre diagnostic ?

— Sans la moindre hésitation, Lieutenant. La main contractée enserrant le grille-pain, les yeux convulsés et la mâchoire crispée, les cheveux hirsutes, je pourrais vous citer encore de nombreux détails…

— Qui a découvert le corps ?

— La demoiselle assise dans le coin, là-bas !

93

Poux désignait du doigt une jeune femme, d'une vingtaine d'année. Grange la rejoignit :

— Mademoiselle, qui êtes-vous et pouvez-vous m'expliquer votre présence ici ?

— Aude Schumann. Je fais des études de sage-femme à Villefranche sur Saône et madame Lange... la jeune femme pleurait et poursuivit, les mains sur son visage, madame Lange me louait une chambre !

— Utilisiez-vous aussi le grille-pain ?

— Pas plus tard que ce matin. Nous nous étions organisées, madame Lange et moi. Je me levais avant elle pour aller à mes cours, je préparais le café, je faisais ma toilette et je prenais mon petit déjeuner. Madame Lange se levait après mon départ, mais la cafetière restait allumée...

— Vous n'avez ressenti aucun picotement dans les doigts lorsque vous avez utilisé le grille-pain ?

— Non... Cela aurait pu être moi ! réalisa soudain Schumann.

— Les pannes, les dysfonctionnements des appareils ménagers ne sont pas prévisibles. Oui, cela aurait peut-être pu vous arriver, ou ne jamais se produire dans cette maison, répondit Grange. Merci de rester à la disposition de la Gendarmerie...

— Davy, les scientifiques n'ont trouvé aucune trace d'effraction, ils ont relevé des empreintes sur le grille-pain et ils emmènent l'appareil pour l'examiner de plus près. Ils doutent cependant de trouver quelque chose…

— Virginie, cette jeune femme avec qui je discutais à l'instant était une colocataire de madame Lange, elle a utilisé le grille-pain ce matin. Donc, soit il s'agit réellement d'un dysfonctionnement de l'appareil, soit il a été saboté après son départ, à l'heure où quelqu'un s'occupait de Courtaud…

— On a affaire à une bande organisée ? questionna Durantour.

— Trop tôt pour le dire, nous devrons attendre les rapports de la Scientifique. S'adressant maintenant à ses deux coéquipiers, Grange poursuivit : Marco m'a confirmé que ces deux dernières personnes étaient toutes deux clientes de la banque postale. Il a découvert que toutes les personnes âgées décédées dernièrement, avaient ouvert leur compte à la Poste entre 1945 et 1950. Il cherche maintenant dans cette direction, il va examiner l'historique de cet établissement financier : nom du responsable de l'agence, autres ouvertures de comptes, événements marquants…

France 3 Régions fut la première chaine télévisée à tirer le signal d'alarme. Un reporter avait pris le dossier en main et interrogeait Plouarnec en direct. Ce dernier aurait pu refuser de commenter la situation actuelle, alarmante, mais il n'était pas homme à se défiler. Les mentalités avaient-elles changé, les commandants de caserne d'aujourd'hui étaient-ils mieux formés pour faire face aux médias et à leur responsabilité ?

— Capitaine Plouarnec, vous êtes le commandant de la caserne de la Gendarmerie, ici même à Trivia et vous avez accepté de répondre aux questions que se posent vos concitoyens, mais aussi les gens d'Auvergne Rhône-Alpes. Une série de décès impressionnante se déroule actuellement ici. Pouvez-vous nous dire ce que vous en pensez et ce que vous faites à ce sujet ?

— Je dois d'abord rassurer mes concitoyens et toutes les personnes inquiètes. Oui, plusieurs décès ont eu lieu ces derniers temps à Trivia et dans ses environs, mais la plupart sont reconnus comme des morts naturelles…

— Vous sous-entendez donc que certaines pourraient être d'origine criminelle. Combien estimez-vous de morts douteuses ?

— Je dirais plutôt accidentelles, mais notre équipe scientifique travaille dessus et nous y verrons plus clair lorsqu'elle nous aura transmis ses conclusions. Pour répondre entièrement à votre question, nous avons actuellement une série de huit décès parmi nos concitoyens âgés de 83 à 95 ans. Sur les six premiers décès, trois d'entre eux sont en cours d'analyse pour vérifier qu'il s'agisse bien d'accident. Pour les deux nouveaux cas de ce matin, nos hommes sont sur place pour vérifier, mais il est trop tôt pour connaître les circonstances exactes de ces nouveaux drames…

— Pensez-vous que cette vague de décès va bientôt finir ?

— Les personnes âgées, voire très âgées, sont un peu mises à l'écart avec la seconde vague du Covid. Tout comme les innombrables personnes présumées à risque… Ici comme ailleurs, la situation est difficile, les manques de moyens et de personnels médicaux sont criants et nécessitent des priorités. Les Triviaroises et les Triviarois décédés sont peut-être des victimes collatérales de la guerre engagée par le Gouvernement contre la pandémie et contre la violence sans cesse croissante.

— Certains de vos concitoyens émettent l'hypothèse qu'un mystérieux criminel se cache derrière l'actualité déjà catastrophique pour masquer ses meurtres. Pensez-vous qu'un homme se venge actuellement sur un groupe de personnes âgées qui auraient nui à sa famille, ou qu'un détraqué satisfasse son rejet des grands seniors ?

— J'en doute. Si je me réfère aux deux décès de ce matin, ils se sont produits à moins d'une heure d'intervalle, sur des lieux distants d'une quinzaine de kilomètres. Si la Scientifique conteste la mort naturelle ou accidentelle de ces personnes, cela semble peu probable que ce soit l'œuvre d'un seul et même individu. Mais je vous le redis, pour l'instant mon équipe étudie toutes les hypothèses. Je terminerai mon intervention auprès de vous pour inviter tous nos concitoyens, mais aussi plus généralement toutes les Françaises et tous les Français à rester attentifs, à prendre régulièrement des nouvelles de leurs proches, ascendants, frères et sœurs, enfants !

— Merci Capitaine, nous suivrons avec vous l'évolution de ce dossier, avec peut-être la révélation d'une ou plusieurs arrestations !

Le standard de la Gendarmerie fut alors saturé par les téléspectateurs qui avaient suivi le reportage de France 3. Certains voulaient savoir si leur proche, récemment décédé, faisait partie des cas suspects, d'autres étaient simplement inquiets pour leurs aïeux… Plouarnec avait donné des instructions à ses hommes et ceux-ci répondaient à toutes ces questions, avec compassion. L'officier devait, quant à lui, répondre à suffisamment d'appels reçus sur sa ligne directe, émanant de sa hiérarchie, à tous les niveaux. Certains de ses supérieurs étaient mitigés sur l'efficacité de son intervention télévisée, sur le bien-fondé de ses propos sans langue de bois.

— Capitaine, ici Neyret, je tiens à vous remercier, en mon nom et en celui du capitaine Deloin, pour votre intervention télévisée. Cela fait bien longtemps que mon homologue lyonnais et moi, nous n'avons pas entendu des paroles aussi franches, que nous n'avons pas vu un homme de votre trempe, capable de dire la vérité sous une forme aussi factuelle, sans risque d'être ensuite retournée par un média ou un avocat. Nous vous disons bravo, et nous sommes fiers d'apporter notre aide à une personne comme vous !

— Merci Capitaine… après tous les appels que j'ai reçus, et qui, pour la plupart n'allaient pas dans votre sens, vos paroles sont un réel réconfort pour moi !

— Tenez bon et gardez espoir, votre maréchale des logis-cheffe, mes hommes et le lieutenant Grange sont des pros, vous pouvez compter sur eux, sur leur expertise et sur leur engagement total pour résoudre cette affaire. Rien de tel ne s'est jamais produit dans la région, peut-être même dans l'Hexagone. Ce défi, vous devez le relever et le gagner !

Boosté par ces paroles, Plouarnec sentait monter en lui l'appel du terrain. Il ne pouvait plus se contenter d'attendre les rapports du trio plébiscité par ses confrères policiers…

La Police Scientifique disposait d'un petit laboratoire à proximité de Villefranche sur Saône. Plouarnec s'y dirigeait avec impatience : le rapport sur l'accident de Laville était finalisé et concluait à une sortie de route provoquée. Le capitaine n'était plus qu'à quelques kilomètres de sa destination, ce mardi 27 octobre 2020, lorsqu'il perçut un choc sur sa portière, suivi d'un autre, de plusieurs autres… Il était pris sous un caillassage organisé, nourri. Les bruits résonnaient à droite, à gauche, derrière, devant… quelqu'un voulait l'intimider. Celui qui se cachait derrière l'Actualité pour commettre ses meurtres… non. Il ne pouvait pas bombarder son véhicule de toutes parts ! Ceux qui s'en étaient pris à

Durantour... peut-être ! Le capitaine devait se sortir de ce guet-apens, il devait rester concentré sur sa conduite. Ses phares avaient été détruits, il conduisait à l'aveuglette sur une départementale noire et déserte. Soudain un pick-up apparut, phares et rampe de toit éclairés. Plouarnec était aveuglé. Lorsqu'il croisa le puissant 4x4, son pare-brise vola en éclats sous le lancer d'un pavé qui l'atteignit ensuite en plein front. Sonné, le capitaine perdit le contrôle de son véhicule. Coincé dans celui-ci, qui avait fini sa chute sur le toit après plusieurs tonneaux, il sentit qu'il n'avait que peu de chance de s'en tirer. Une ombre se pencha sur lui.

— Vous, j'aurais dû m'en douter, murmura le capitaine à moitié asphyxié par le sang qui remplissait lentement sa gorge, mais pourquoi. Pas par vengeance, ce n'est pas moi qui vous ai démasqué... alors ?

— On ne baisse pas son froc devant ces connards de policiers, en méprisant ses propres hommes...

— Pour un simple égo blessé...

Plouarnec perdit connaissance.

Branle-bas de combat. Suite à un appel anonyme, Brulant, Durantour et Grange foncèrent sur le lieu de l'accident, ils découvrirent le jeune officier mort. Du sang coagulé dessinait un étrange sourire sur le visage du cadavre. Cette découverte fut un réel choc pour le trio, les traces apparentes de caillassage augmentaient sa révolte, son incompréhension. Pourquoi le capitaine était-il parti seul en début de soirée, qui l'avait attiré dans un piège et pourquoi ? Était-ce en rapport avec l'enquête en cours, avec ses déclarations à la télé ? Une évidence apparaissait : ses agresseurs avaient voulu lui faire peur, lui donner une leçon, mais avaient-ils aussi programmé l'issue fatale ?

Brulant était au bord d'une crise de nerfs, elle se serra contre le torse du coéquipier le plus proche d'elle, Durantour. Le brigadier l'enlaça tendrement, sans geste déplacé. Il pencha sa tête en avant et déposa un baiser sur les cheveux de la maréchale des logis-cheffe. Grange, penché sur le corps sans vie de Plouarnec, lança un regard furtif en direction du couple. En d'autres circonstances, il aurait applaudi à la vision de ses compagnons collés l'un à l'autre, mais il était lui aussi très troublé par l'horrible fin du capitaine qu'il avait apprécié dès leur première rencontre. Son crime ne devait pas rester impuni !

— France 3 région Auvergne Rhône-Alpes : nous apprenons la mort du capitaine Plouarnec, qui nous a indiqué hier qu'il suivait de près l'enquête sur l'étrange vague de décès de grands séniors dans sa ville désormais tristement célèbre, Trivia. Selon les éléments donnés par la Gendarmerie, ce fonctionnaire de l'État a été attiré dans un guet-apens. Nous rejoignons notre envoyé spécial…

101

— En effet, les enquêteurs confirment la thèse du guet-apens, la voiture du capitaine a été sauvagement caillassée et il semblerait qu'un projectile l'ait atteint au front, après avoir éclaté le pare-brise. C'est certainement la cause de la perte de contrôle du véhicule et de sa chute quinze mètres plus bas, après plusieurs tonneaux. La Gendarmerie n'a pas souhaité nous donner plus d'infos, dans l'intérêt de l'enquête, mais nous avons pu constater combien hommes et femmes travaillant dans la caserne sont affectés par la sauvagerie exercée à l'encontre de leur supérieur !

Guy Grange demanda à voir son fils ; Pernot, le gendarme qui tenait l'accueil le reconnut et lui promit de faire tout son possible. Il ne voulait pas dévoiler au visiteur dans quelle détresse était le trio des enquêteurs. Il contacta le policier lyonnais par téléphone :

— Mon lieutenant, votre père est à l'accueil et souhaite vous voir…

— Merci Luc, j'arrive.

Les deux hommes échangèrent quelques mots dans le bureau utilisé pour des discussions privées ou confidentielles.

— Ta mère et moi, nous sommes très inquiets de tout ce qui se passe ici. Mais nous ne sommes pas les seuls, c'est le défilé à la maison, beaucoup voudraient avoir plus de détails. Ils t'ont vu ici, ils ne comprennent pas plus que nous pourquoi tu restes à la caserne, qu'est-ce que cela cache ?

— Papa, l'enquête sur laquelle nous sommes est très difficile, nous devons être prêts à toute éventualité…

— Ça n'a pas empêché le commandant de la caserne de se faire dégommer. Dommage, il était très estimé et il parlait bien !

— Je voulais te voir pour faire appel à ta mémoire, aux souvenirs de notre ville. Mais cela doit rester entre nous…

— Tu ne m'apportes rien, alors que je suis venu te voir, mais si je peux t'aider, je ne serais pas venu pour rien…

— Peux-tu retrouver des événements marquants qui se rapporteraient à la banque postale, ou plutôt à la Poste, comme elle s'appelait alors…

— Quel genre d'événements, et sur quelle période ?

— Toutes sortes d'événements : création, réunions particulières, travaux immobiliers, braquages… et surtout dans la période 1945-1950 !

— Tu te rends compte que je n'étais pas né en 1945 !

— Tu m'as dit récemment que tu déplorais la perte de mémoire collective. Peut-être est-ce là le moyen de mettre le pied à l'étrier et de commencer ta collecte de souvenirs…

— T'es bien comme ta mère, tu sais y faire pour embobiner les gens, pour les caresser dans le sens du poil. Je vais voir, mais je ne te promets rien... rien d'immédiat !

Chapitre 6

— Vous avez entendu les infos… je vous ai demandé d'être discret et de préciser à chacune des personnes que je vous ai listées la raison de sa mort !

— Votre liste est longue, j'ai dû faire appel à des renforts…

— C'est votre problème, je ne veux pas le savoir. Je vous paie pour un service précis !

— La Gendarmerie et la Police sont à nos trousses, nous devons agir vite si nous voulons honorer votre contrat !

— Parmi vos renforts, certains agissent comme je l'ai demandé et leur intervention laisse croire à des morts naturelles. Virez-moi ceux qui ont échoué et laissé des traces susceptibles de croire en un crime !

— Je ne choisis pas mes gars un par un, ils font partie d'un collectif…

— Qu'est-ce qui vous a pris de descendre le commandant de la Gendarmerie ?

— Parce que vous croyez que c'est un des gars que j'ai embauchés qui a fait ça ?

— Vu les agissements de certains, oui !

— Aucun d'eux ne se tirerait une balle dans le pied, ce meurtre de poulet, ce n'est pas nous. Il porte une signature différente, plus cruelle…

— Plus cruelle… avez-vous oublié le sort que je réserve à ma dernière proie ?

— Cet homme, ce n'est pas pareil, vous avez stipulé sa fin dans votre contrat. Il vous attend dans un endroit sûr, nous ne sommes plus qu'à deux victimes de lui, de sa fin. Vous ne nous payerez au final que pour onze têtes, mes renforts et moi. Pourquoi ferions-nous un extra ? Plounec ou quel que soit son nom exact, c'est quelqu'un d'autre qui l'a dégommé !

— Finissez rapidement votre boulot. Avec la mort de Plouarnec, vous aurez encore plus de difficultés à agir dans l'ombre. Les Forces de l'Ordre, les Triviarois eux-mêmes vont se focaliser sur toute chose inhabituelle. Vous et vos gars, soyez discrets et efficaces. N'oubliez pas que deux personnes ont échappé à leur sort… Vous devrez finir ce boulot pour être entièrement payés. Me suis-je bien faite comprendre ?

L'homme acquiesça.

— Mais la priorité reste les neuvième et dixième lignes de ma liste ! Allez, au travail et ne revenez que quand je pourrais m'occuper de votre locataire. Cette ordure doit payer pour ce qu'elle a fait !

Guy Grange rendit visite à plusieurs nonagénaires et octogénaires, mais il ne recueillit aucune information susceptible de faire progresser l'enquête en cours. Il se rapprocha alors de ses amis, en espérant que l'un d'eux aurait des anecdotes se rapportant à la Poste. Comment croire qu'aucun d'entre eux n'ait jamais entendu ses parents parler de cet établissement financier, jadis non reconnu comme une banque institutionnelle ? Les Anciens ont certainement crié à la trahison lorsque la Poste a fermé ses centres de tri de chèques postaux, pour devenir la Banque Postale, ils ont dû réactiver des souvenirs enfouis dans leur mémoire et les exprimer en public... Portier, le garde-champêtre, et les autres amis de Grange ne furent pas plus chanceux.

Gallau de Flesselles et son bébé progressaient lentement dans leur recherche : trop de personnes ayant ouvert un compte à la Poste entre 1945 et 1950 étaient décédées, avaient changé d'identité ou soldé leur compte au profit d'un autre établissement. Des archives de cette période trouble de l'après-guerre avaient disparu, d'autres étaient illisibles. Papier jauni, encre décolorée, feuilles collées par l'humidité ou fragilisées par un excès de chaleur...

Étant la plus gradée, Brulant dut prendre le commandement de la caserne, jusqu'à l'arrivée d'un nouveau capitaine. Elle avait beaucoup de mal à assurer cette tâche. Elle n'était pas faite pour donner des ordres et pour exiger d'être obéie. Néville et Corbin en étaient conscients, c'était une aubaine pour eux. Ils fomentaient une révolte contre cette femme qui était la cause de leur sanction disciplinaire, de leur perte de grade d'officier. Habilement, ils ne mettaient pas en avant leur rôle de victime, mais ils interpelaient leurs collègues sur le comportement de la maréchale des logis-cheffe, qui avait mis Grange entre les pattes de Plouarnec, en portant le policier aux nues et en méprisant ses propres collègues. Le discours des deux anciens sbires de l'ex-capitaine Albert fit mouche sur quelques gendarmes.

— Cheffe…

— Virginie… reprit-elle avant de poursuivre, Luc, tu es un des meilleurs hommes de cette caserne et ce n'est pas parce que je suis assise derrière ce bureau que nos rapports doivent changer… Je ne dirais pas la même chose à tout le monde…

— Justement, reprit Pernot, c'est de cela que je voulais vous parler !

— Je t'écoute ?

— Néville et Corbin, ils crachent sur vous, sur le lieutenant et le brigadier. Je n'aime pas qu'on s'attaque à mes amis !

— Je n'en suis pas surprise, ils n'ont jamais digéré leur sanction disciplinaire… T'ont-ils menacé, ont-ils l'intention de me mettre des bâtons dans les roues ?

— Ils se méfient de moi, mais j'entends très bien. Les gens croient souvent que les personnes comme moi n'ont aucune mémoire… mais c'est faux. C'est juste que notre cerveau va trop vite et que notre élocution traîne, on nous croit neuneu… Mais on nous craint, parce que nous sommes différents !

Le gendarme s'était exprimé avec difficulté, ses paroles étaient hachées, preuve du trouble dans lequel il était plongé.

— Merci, c'est très courageux de ta part d'être venu me prévenir. Je te revaudrai ça, mais fais bien attention à toi.

— Virginie… Néville et Corbin, je les ai entendus rentrer hier soir. Ils avaient beau marcher à pas de loup, j'ai une bonne oreille. Ils sont arrivés à la caserne un bon quart d'heure après vous trois. Je ne sais pas d'où ils venaient, je n'ai pas entendu de voiture…

— Garde cette info pour toi, je la rapporterai à Davy et à Phil dans un endroit sûr. Arrange-toi pour ne jamais rester seul en présence des amis d'Albert…

La maréchale des logis-cheffe était inquiète : d'où venaient les deux gendarmes, pourquoi étaient-ils à pied, avaient-ils fait une balade digestive si tard dans la soirée, où auraient-ils pu se distraire dans Trivia devenue ville dortoir, avec ses cafés fermés dès 20 heures, étaient-ils allés dans les environs avec un taxi ou un véhicule stationné en amont, étaient-ils dans la bande qui avait attaqué Plouarnec ? Brulant frissonna, elle revit le visage ensanglanté du capitaine, elle était au bord de la nausée. Mais l'heure n'était pas à s'apitoyer sur soi…

La liste des victimes s'allongea, prenant tout le monde de court : Marguerite Talbot avait été retrouvée pendue dans son grenier. Peu après, l'infirmière de Blandine Despré découvrit à son tour la quasi centenaire inanimée dans son lit. Brulant devait réagir, organiser le travail de ses hommes. Elle réunit autour d'elle des gendarmes en qui elle avait confiance, Grange et Durantour.

— Nous arrivons à dix décès, il faut que cela cesse. Vous quatre, vous reprenez les huit dossiers précédents, vous relancez la Scientifique, vous exigez leurs rapports...

— Luc et Phil, vous vous chargez de Talbot...

— Davy et moi, de Despré. Je suis curieuse de savoir si elle est une ancêtre du pauvre Christian...

— Le frère du Père Claude, rappela Grange.

Le lieutenant était impressionné par l'énergie qu'avait utilisée Brulant pour mettre en place son plan d'action, mais il devait le modifier. C'était difficile de le faire sans que cela ne fût pris comme un camouflet par la maréchale des logis-cheffe :

— Virginie, un flash vient de m'éblouir. Je n'avais pas réalisé auparavant : toute cette histoire tourne autour de la Poste. Nous nous sommes contentés de rechercher la cause des décès, nous avons cherché des points communs reliant toutes les victimes, nous avons interrogé les quelques témoins et les proches. Marco et mon père recherchent des événements marquants qui touchent cet établissement... mais... Toutes les personnes présentes étaient suspendues aux lèvres du lieutenant, aucune d'elles ne semblait voir où l'officier voulait en venir. Quelle révélation essentielle avait-il pu avoir ?

— Nous nous sommes contentés de tourner autour du pot. Nous n'avons pas entendu le contrôleur actuel. Et s'il détenait des infos primordiales ?

Brulant hocha de la tête. Elle enchaîna :

— Le plan d'action reste comme je l'ai annoncé, excepté pour Davy et moi. Le lieutenant va rendre visite au responsable de l'agence postale et je m'occupe de Despré !

L'équipe se dispersa sous le regard dubitatif de Néville, de Corbin et de leurs alliés, tenus à l'écart du briefing.

Durantour et Pernot observaient la vieille dame qui pendait comme un énorme jambon au bout de sa corde. Un tabouret servant de marchepieds gisait au sol. Le brigadier prenait des photos :

— Le lieutenant m'a beaucoup appris sur les scènes de crime, sur les détails qui ne sautent pas immédiatement aux yeux, expliquait-il à son coéquipier. La Scientifique prend aussi des photos, mais pour la plupart d'entre elles, elles concernent la victime, sa position, des indices à retenir pour l'enquête. Davy n'a pas besoin de prendre de photos, son incroyable mémoire visuelle lui permet d'enregistrer les moindres détails. Nous, c'est pas pareil… Saurais-tu te rappeler dans un jour, deux, voire plus, comment était positionné le tabouret, combien il avait de marches, s'il y avait de la poussière partout dans le grenier ?

Pernot écoutait, passionné. Jamais il n'avait reçu des explications aussi importantes, aucun des autres gendarmes de la caserne ne lui parlait avec autant de bienveillance, exceptée Brulant.

— Tu vois, poursuivit Durantour, il ne suffit pas de venir sur place, d'interroger les éventuels témoins, les proches, les gars qui sont sur l'enquête… il faut s'imprégner de l'ambiance des lieux : odeur, humidité, éclairage, propreté, désordre…

— Brigadier, madame Talbot n'a pas pu se suicider de la sorte !

Poux venait d'arriver et rejetait la thèse du suicide :

— C'était une de mes patientes. Elle s'est cassé le col du fémur, il y a quelques mois et elle commençait tout juste à se déplacer chez elle avec deux béquilles. Les escaliers n'étaient pas indiqués dans son état… et elle les évitait. Alors grimper dans son grenier, monter sur un marchepieds, dans son état et avec sa surcharge pondérale, cela n'était pas pour elle !

— Je ne vois pas de béquilles, s'étonna Pernot.

— Faisons encore une photo ou deux du sol, de la porte au tabouret, je parie que nous ne trouverons pas de trace des chaussures de madame Talbot !

— Pas de trace non plus sur le marchepieds, regarde Phil, il n'a pas de poussière dessus !

— Très bien, Luc, tu vois, tu apprends vite !

La thèse du suicide était définitivement rejetée pour cette veuve de 89 ans, qui se déplaçait péniblement avec des béquilles. Encore du travail pour la Scientifique…

Brulant observait Blandine Despré. La vieille dame semblait s'être endormie le soir de ses 96 ans, pour ne jamais se réveiller. Le drap légèrement froissé sous elle, la couette bien tirée, les mains jointes, la tête calée sur l'oreiller, tout tendait à confirmer une mort douce et naturelle.

— Mademoiselle Hyver, c'est vous qui avez découvert le corps…

— Tous les matins et tous les soirs, je venais aider madame Despré à s'habiller, je lui enfilais ses bas de contention, je lui prenais parfois sa tension…

— Et ce matin ?

— Sa porte était verrouillée. Elle ne m'a pas ouvert avec sa télécommande, quand j'ai sonné…

— Alors, qu'avez-vous fait ?

— J'ai ouvert avec un double de la clé qu'elle m'avait donné, suite au jour où la pile de sa télécommande était morte et que les pompiers étaient intervenus pour rien. Madame Despré ne voulait pas que cela se reproduise !

— Et vous l'avez trouvée là. Vous n'avez rien touché ?

— Non, cela m'a paru évident.

— Un médecin est-il déjà venu pour constater le décès ?

— Non...

— Et vous n'avez pas appelé les pompiers. Comment étiez-vous sûre que cette personne était morte, si vous n'avez touché à rien ?

— Il suffit de regarder son teint cadavérique, répondit l'infirmière vexée. Et puis, je lui ai glissé ce petit miroir de poche sous le nez, aucune buée !

Hyver glissa son miroir dans une poche extérieure de son sac. Elle sembla marquer un temps de réflexion, puis elle se jeta à l'eau, consciente du risque de ne pas être crue, voire soupçonnée :

— Dans mon métier, expliqua-t-elle, on vient si souvent auprès des mêmes personnes qu'on finit par connaître leurs habitudes, par cerner leur personnalité... Madame Despré ne se servait pas vraiment de son oreiller pour dormir, elle se collait à lui comme une femme se colle à la joue de son compagnon. La trouver ce matin avec la tête disposée sur l'oreiller m'a surprise !

— Madame Despré a eu 96 ans hier, savez-vous si elle a fêté son anniversaire avec quelques proches, avec de la famille ?

— Tout ce que je sais d'elle est qu'elle restait la dernière de sa branche : son mari mort très jeune de la tuberculose, je crois, sa fille décédée d'un cancer, son petit-fils victime de la route... Quand je l'ai aidée à se dévêtir, hier soir, elle m'a remerciée de si bien m'occuper d'elle. J'étais tout ce qui lui restait pour s'accrocher à la vie !

— Ainsi, pensa la maréchale des logis-cheffe, cette dame était la grand-mère de Christian Despré et de son frère, le Père Claude. Pourquoi notre curé a-t-il prétendu être le seul à pouvoir s'occuper de son cadet ?

Le planning du chef d'agence de la Poste était saturé, aussi Grange dut-il mettre en avant son statut d'officier de Police et son implication dans l'enquête menée autour des nombreuses personnes décédées pour obtenir une entrevue.

— Lieutenant, que puis-je faire pour vous ? demanda Cédric Manigan. Allons droit au but, si vous le voulez bien, car...

Le téléphone du postier sonna, il redirigea l'appel sur un autre poste.

— Car, poursuivit-il, mon bureau est devenu un centre de renseignement !

L'homme disait vrai, un nouvel appel venait d'arriver. Il bloqua alors son téléphone :

— Ainsi, nous serons plus tranquilles pour parler, mais mes agents vont avoir beaucoup à faire, en plus du guichet !

— Nous connaissons la même chose à la caserne. Sans doute êtes-vous au courant de cette vague de décès qui ne touche que des personnes âgées possédant un compte chez vous !

— J'ai bien entendu les noms des huit personnes décédées ou hospitalisées, mais dire qu'elles aient toutes un compte postal me paraît peu réaliste !

— Votre service de contentieux ne suit-il pas les annonces locales, n'épluche-t-il pas les carnets du jour ?

— À une époque, oui. C'était avant l'informatique, la dématérialisation des documents… Les infos nous parviennent maintenant de tous horizons, via les notaires, les compagnies d'assurance, nos bases centralisées…

— Nous étudions toutes les éventualités pour stopper cette vague de décès et d'accidents qui n'a rien de naturel. Ces victimes ont toutes ouvert un compte à la Poste entre les années 1945 et 1950. Une chose semble les réunir, mais nous ignorons quoi. Nous avons besoin de renseignements sur cette période…

— Qu'attendez-vous de moi. Tout comme vous, je n'étais pas né à cette époque…

— Mais ce bureau était dirigé par quelqu'un d'autre. Nous avons besoin de le rencontrer, il doit détenir des informations importantes…

— S'il est encore de ce monde !

— Nous aurions aussi besoin des noms des personnes qui ont ouvert un compte entre 1945 et 1950, et qui sont encore clientes chez vous !

— Ça prendra du temps, il va falloir rechercher dans les cahiers de comptes… Quand nous sommes passés à l'informatique, la date de création de comptes de nos clients a été remplacée par celle de la mise en route de nos applications comptables, seuls les grands livres remplis à la main possèdent cette information !

— Pouvez-vous me les remettre ?

— Non, pas sans une demande spécifique émanant de votre direction, mais aussi de la mienne, qui ne fera rien sans l'aval de la Justice !

— Puis-je les consulter sur place ?

— Pas plus, même si je comprends votre insistance !

— Alors trouvez-moi le nom de votre prédécesseur… c'est vital !

— Je ne suis à Trivia que depuis quelques mois… à mon arrivée, j'ai trouvé cette bourgade sympa, les gens agréables. J'ai voulu me présenter à eux et j'ai organisé un vin d'honneur en plein air, dès la levée du confinement. Bien sûr, avec des gobelets en carton, des amuse-gueules individualisés, style "apéricube" de la "Vache qui Rit". C'était aussi une occasion de faire du rabattage pour l'agence qui commençait à perdre des clients… Personne n'a fait allusion à mes prédécesseurs !

— Vous n'avez pas dû avoir l'effet escompté. Votre manifestation est passée inaperçue auprès d'une partie des gens du coin. Mes parents, friands de ces petites choses, ne m'en ont pas parlé !

— J'ai vu pourtant beaucoup de monde, même une personne un peu dérangée qui m'a sermonné. "Jeune homme, m'avait-elle dit, vous n'êtes pas d'ici. C'est très dangereux pour un étranger de faire sa place ici. Regardez où vous mettez les pieds et imprégnez-vous de l'historique de Trivia, avant de prétendre à vos clients que vous connaissez bien notre ville. Ne réveillez pas les loups qui dorment !"

— Avez-vous revu cette personne ? Homme, femme, âgé…

— Non. Je ne sais même pas si elle a un compte à la Banque Postale. C'était une femme quelconque, la quarantaine, je dirais un peu fragile psychologiquement !

Plusieurs centaines de mètres séparaient la Poste de la Gendarmerie. Grange marchait lentement, le cerveau en ébullition. L'étrange malaise qui lui tenaillait les tripes chaque fois qu'il menait une enquête et qu'il était proche d'une découverte cruciale ou que son intuition le mettait en opposition avec l'évidence, se manifestait, d'abord discrètement, puis plus fort. Était-ce la découverte d'une illuminée qui avait tenté d'intimider Manigan, les deux hommes qui le suivaient depuis sa sortie de la Poste, les médias toujours à l'affût ? Plusieurs coups de feu partirent, des balles s'écrasèrent de part et d'autre de son visage… Les poursuivants avaient disparu, en se frayant brutalement un chemin parmi la foule médusée. Le lieutenant n'avait pas eu le temps de réagir. Il était clair qu'on avait voulu lui faire peur, sinon les deux porte-flingues ne pouvaient pas le rater. Les impacts sur le mur du café de la Poste encadraient parfaitement sa tête, des tirs de professionnels… Étaient-ce les mêmes gars qui s'étaient occupés de Plouarnec, avaient-ils moins maîtrisé les risques la première fois ?

Le groupe constitué par Brulant faisait le point sur leurs dernières trouvailles.

Un des gendarmes rapporta l'incompréhension de la Scientifique, pressée pour obtenir des résultats.

— Ce n'est que lorsqu'ils ont appris l'exécution du capitaine qu'ils ont compris. Mais ils trouvent, je les cite, un peu léger que son successeur ne se soit pas manifesté !

La maréchale des logis-cheffe blêmit, ces gars avaient raison, mais on ne s'improvise pas commandant d'une caserne sur un simple claquement de doigts…

— J'ai reçu leurs critiques, ils se sont défoulés sur moi, mais j'ai les rapports.

L'homme tendit les feuillets :

— Pour Granjean, comme vous le lirez, l'échelle a bien été poussée violemment à partir du sol, dans le but de déséquilibrer la victime. Pour Laville, l'éclatement de son pneu avant était antérieur à sa sortie de route, provoqué par une balle de 9 mm, ses freins avaient aussi été sabotés. Pour Couturier, pas de trace d'effraction de son domicile, pas d'info sur la provenance de la mort aux rats. Pour Courtaud, il a été agressé dans sa cuisine, il a reçu un puissant coup en plein foie. Il est décédé d'un éclatement de la rate. La victime était maintenue par un agresseur et frappée par un autre. Le corps a été transporté au bas des escaliers. Enfin, pour Lange, une fine entaille sur le fil d'alimentation laisse supposer que le grille-pain a été saboté après l'utilisation faite par la locataire…

— Du bon travail, reconnut Brulant, mais qui n'apporte pas grand-chose aux constats que nous avions faits. Pour le capitaine, ils ont dit quelque chose ?

— Ils n'ont pas terminé les analyses, mais ils peuvent déjà affirmer qu'il présente un puissant traumatisme au front, de multiples ecchymoses sur le corps. Il semblerait qu'il ait été frappé par le pavé retrouvé dans sa voiture. Le sang coagulé dans sa gorge serait, à priori responsable de son étouffement. Mais il a dû parler avant de mourir, il y a des traces de sang au plafond et sur ses vêtements !

— Son assassin est venu s'assurer de son travail, pesta Durantour. Dans quel pays de sauvages sommes-nous ?

Le groupe entier partageait cette révolte. Grange jugea bon de ne pas parler tout de suite de sa mésaventure, il laissa Durantour et Pernot dévoiler comment ils en étaient arrivés à conclure que Talbot avait été exécutée. Les photos prises par le brigadier circulaient de main en main, la certitude d'un meurtre rendait ces dernières moins cruciales.

— Phil, as-tu pris des photos de l'escalier, as-tu une idée d'où elle a été agressée ?

— Non… tu vois, Luc, on en apprend encore tous les jours, fit le brigadier, penaud. J'aurais dû me concentrer à minima sur l'escalier, ceux qui ont transporté madame Talbot au grenier ont certainement dû transpirer, laisser des traces…

— Quant à moi, tout semble laisser croire que madame Despré est morte le plus naturellement du monde. J'en serai entièrement convaincue s'il n'y avait pas cette vague de morts, si l'infirmière qui s'occupe d'elle quotidiennement n'avait pas relevé une anomalie. Selon elle, madame Despré n'utilisait jamais son oreiller pour dormir, elle se collait à lui comme on se colle à son partenaire. Or madame Despré reposait la tête sur son oreiller…

— Bravo Virginie. Ta hiérarchie pourrait prétendre que c'est maigre comme indice, mais faut demander une autopsie !

— Maintenant à toi, Davy. Ton air sérieux cache quelque chose, on t'écoute !

Malgré la fatigue et les émotions fortes de l'après-midi, le lieutenant ressentait une certaine fierté devant le groupe, il mesurait combien Brulant avait pris de l'assurance et aiguisé son sens de l'observation, combien Durantour peaufinait sa formation pour devenir un jour son égal, combien Pernot avait décuplé son QI injustement évalué à un petit 10. Il raconta son entrevue avec Manigan, la pression qu'il avait exercée sur lui pour retrouver les coordonnées du directeur de la Poste durant la période 1945-1950.

— Un petit détail, pour finir. Plusieurs coups de feu ont été tirés en fin d'après-midi à Trivia. Heureusement pas de victime, pas de suspicion d'attentat, une seule personne était visée et plutôt bien ajustée. Vous pourrez encore voir les impacts sur la façade du café de la Poste, ils encadrent parfaitement ma tête.

Grange fit rouler les balles sur la table, devant le visage médusé de ses compagnons.

— J'ai aperçu deux malabars qui me suivaient à la sortie de la Poste, ils m'ont ajusté et ils ont disparu avant même que j'aie eu le temps de réagir. Ce sont des pros et de bons tireurs, nous devons être très prudents, sur nos gardes 24 heures sur 24. C'est clair qu'ils ne voulaient pas me descendre, mais me mettre en garde !

— Ce sont eux qui s'en sont pris au capitaine ?

— Je ne sais pas, Luc, mais des gars s'en prennent désormais aux Forces de l'Ordre... Ils ont fait leur coup en plein jour, dans la foule. Ce ne sont pas des fanatiques, ils ont maîtrisé la situation, ils n'ont blessé personne...

Chapitre 7

Chacun regagnait son logement, au sein de la caserne. Brulant fit signe à Grange de l'attendre, elle paraissait contrariée.

— Je n'ai pas voulu le dire devant le groupe, murmura-t-elle, mais Blandine Despré était la grand-mère de Christian et de son frère, le Père Claude. Pourquoi la vieille institutrice et notre curé ont-ils prétendu que Christian Despré n'avait plus de famille, excepté son frère aîné devenu prêtre à sa mort. Qu'est-ce que cela cache ?

— Je l'ignore. Nous pourrons toujours poser la question à notre ami, mais je crois plus urgent de nous concentrer sur notre boulot actuel !

— Qui est la folle qui a interpelé Manigan, qu'entendait-elle par ne pas réveiller les loups qui dorment ? Elle faisait certainement allusion à des drames qui se sont produits à Trivia ou dans ses environs !

— Je ne sais pas, je vais faire une nouvelle fois appel à mon père et à sa quête de sauvegarde de la mémoire collective. Des règlements de compte ont-ils eu lieu en 45, à la Libération, ou bien lors des remembrements successifs des terres, sur le plateau... Tout le monde n'avait pas un compte bancaire dans la période sombre de l'après-guerre, celles et ceux qui en ouvraient devaient avoir des sommes à déposer dessus. Nos victimes se seraient-elles partagé un trésor de guerre ?

Le téléphone de Grange vibra, Brulant déposa un baiser sur la joue du lieutenant et l'abandonna, le saluant d'un petit geste tendre de la main.

— Lieutenant, j'ai votre renseignement. Cela n'était pas très facile de le trouver parmi une pile de vieux cahiers manuscrits… Charles Vigneux a dirigé la succursale de Trivia de 1945 à 1960 !

— Merci monsieur Manigan. Vos renseignements nous seront très utiles, et j'imagine combien cela a été fastidieux pour vous de mener cette recherche. L'heure tardive de votre appel prouve que vous avez passé beaucoup de temps parmi vos archives !

— Ce n'est pas uniquement pour vous que je l'ai fait, plaisanta ce dernier, mais surtout pour mes clients. Ne dois-je pas défendre leur intérêt et celui de mon agence, et contribuer dans ce sens à maintenir ma clientèle en vie ?

Grange recevait enfin une bouffée d'oxygène, une info à donner à Gallau de Flesselles pour orienter les recherches de son bébé surdoué, mais ici déstabilisé par des données anciennes auxquelles il ne pouvait pas accéder par le biais des bases informatisées. Cette fois-ci, le lieutenant était sur le terrain avec Durantour, aussi jugea-t-il normal de lui faire partager l'info en même temps que son coéquipier et ami villeurbannais.

— Entre, le Bleu bite... tu n'es pas encore couché. T'as vu l'heure ?

— Chut, pas si fort, inutile de réveiller tout le monde !

Les deux hommes s'étaient assis côte à côte sur le bord du lit. Le lieutenant sourit et prévint le brigadier :

— Tu vas entendre, il y en a un autre qui va rugir. Je baisse le volume sonore avant de l'appeler... Marco...

Durantour sourit. Il était intrigué, mais il devinait que Grange avait une bonne raison d'appeler le brigadier-chef si tard. Ce dernier pesta :

— Le responsable actuel du bureau de la Poste de Trivia m'a fourni l'identité du chef de bureau en place, de 1945 à 1960... Mets ton bébé à sa recherche, il doit avoir des renseignements capitaux à nous fournir, s'il est encore en vie et s'il a conservé toute sa tête. Il ne doit plus être très jeune !

— Tu aurais pu m'appeler un peu plus tard, à une heure décente...

— Je t'ai connu plus enjoué, plus réactif !

— C'est que vous deux, vous passez du bon temps à Trivia pendant que je monologue avec mon Bébé. Revenez vite, les gars, je déprime un peu !

— Notre retour ne devrait pas tarder. Ici, tout s'accélère. Encore deux nouvelles victimes ce matin, je n'ai pas eu une minute à moi pour te l'annoncer. La violence a aussi monté d'un cran, après le caillassage de la voiture du capitaine Plouarnec, deux costauds m'ont pris pour cible à Trivia, en plein jour, au milieu de la foule. Ils ont fait un carton parfait, mes oreilles s'en souviennent encore, les balles sont passées si près d'elles…

— T'as de la chance, le Bleu-bite, apparemment ils ne voulaient pas te tuer !

— Oui Marco, mais la prochaine fois ?

— Bon, je vais donner à manger à mon Bébé, mais je te préviens, tu auras tes infos en temps réel. Je te rappelle d'ici un quart d'heure pour voir si on a un début de piste !

Grange et Durantour attendirent ensemble la confirmation de Gallau de Flesselles. Histoire de passer le temps, ils évoquaient des souvenirs, parfois douloureux.

— Phil, Latouche avait tenté de me monter contre Marco et toi. Il a fait allusion à la raison qui t'a fait abandonner le monitorat des motards, te présentant comme un dangereux irresponsable. Tu sais pourquoi on m'a parachuté à Villeurbanne pour l'affaire Jardos, c'est peut-être le moment de me raconter !

Le brigadier hésitait, son menton semblait trembloter.

— Je formais les nouvelles recrues pour la Garde Républicaine. Je leur apprenais la maîtrise de la conduite, de l'équilibre, pas seulement pour parader devant des délégations étrangères, mais dans toutes les circonstances. J'étais le meilleur et je baignais dans mon jus. Aucun n'était plus fort que moi pour tirer sur une cible en mouvement, le torse dirigé vers l'arrière et la main gauche maintenant le guidon, ou bien encore debout sur ma moto, les deux mains bloquant fermement mon arme de poing.

Grange était impressionné, il était assis à côté d'un grand monsieur, d'un homme exceptionnel qu'un drame avait brisé. Il n'était pas certain de vouloir en connaître plus, mais la machine était lancée.

— Une de mes dernières recrues, une tête brulée, un fils à papa qui m'avait été imposé faisait des siennes. Il avait quitté la caserne sans autorisation, il s'amusait à apeurer des automobilistes en reproduisant ses exercices de tir sur cibles mobiles. Il n'avait fait aucune victime mais il représentait un danger. J'ai reçu l'ordre de le retrouver et de le ramener, coute que coute. Lorsque je commençais mes recherches, on m'a signalé qu'il s'était arrêté dans un bar et qu'il en était à sa troisième bouteille de Whisky. Armé et ivre, il devenait un danger plus grand encore… Lorsque j'arrivais sur le parking voisin du café, il m'a hurlé "attrape-moi, si tu le peux" et il est parti à contresens sur le périphérique. Je le pistais tout en lançant un message aux collègues de la circulation, à mon commandant.

Durantour reprit sa respiration, des gouttelettes de sueur perlaient sur ses tempes, ses yeux perdirent de leur éclat :

— Il ne jouait plus, il me tirait dessus sans se soucier des civils. Parfois, il faisait diversion en visant les pneus des véhicules croisés, provoquant des carambolages heureusement pas mortels. J'ai reçu l'ordre de stopper ce jeune par tous les moyens, de privilégier la vie des automobilistes à la sienne. J'avais carte blanche pour faire usage de mon arme, sans sommation. Je ne voulais pas obéir à cette dernière instruction, je me sentais responsable. Si cet inconscient pilotait si bien, se servait d'une arme avec autant d'aisance, il me le devait. Je n'étais plus qu'à une vingtaine de mètres de lui quand il a réalisé que je gagnais du terrain, son arme était dirigée sur moi, je remontais entre deux rangées de voiture, je n'avais aucun échappatoire. Alors j'ai saisi mon arme et j'ai tiré une fraction de seconde avant lui. Déséquilibré, il a perdu le contrôle de sa moto qui s'est couchée sur le côté. Le poids-lourd qui arrivait sur lui n'a pas pu l'éviter. Je porte depuis le fardeau de ce drame, le refus d'obéir aveuglément…

Grange posa sa main sur le poignet du brigadier, profondément ému. L'appel attendu délivra les deux hommes de leur tristesse :

— Ok, le Bleu-bite, t'auras de mes nouvelles tôt ou tard!

Peu après,

— Phil, pas question de te faire passer une nuit blanche, je te dirai demain ce que j'aurai appris.

Seul dans sa chambre, Grange passait en revue tous les événements de ces derniers jours. Il ressentait toujours son étrange malaise, il était persuadé qu'il ne provenait pas de l'attente des recherches de Gallau de Flesselles, quelque chose clochait. Qu'avait-il loupé ? Cette alerte interne, sorte de sixième sens, s'était manifestée avant le tir de ses poursuivants. Il se concentra alors sur l'image furtive des deux hommes, sa mémoire hors norme lui permit de disculper Néville et Corbin. Les porte-flingues étaient plus trapus, vêtus d'un imper et d'un chapeau… de vrais barbouzes.

— Mais oui, pensa-t-il, ces gars sont suffisamment costauds pour transporter Courtaud dans son sous-sol ou Despré dans son grenier… Et certainement suffisamment costauds pour s'attaquer à Phil, qui affirme pourtant que ses agresseurs étaient au nombre de trois. Nous aurions donc affaire à des menaces distinctes ?

Le cerveau de Grange s'emballait, il ne faisait maintenant plus aucun doute pour le lieutenant que les dangers étaient multiples, qu'une bande organisée s'attaquait aux grands seniors et quelqu'un d'autre à lui, peut-être précédemment à Plouarnec.

— Les Anciens n'ont pas tous été tués de la même manière, enregistra-t-il sur son téléphone, certains ont eu une mort douce, d'apparence naturelle, d'autres morts semblaient accidentelles à premier abord, et d'autres enfin ne laissent aucun doute sur une intervention humaine. Il ne peut donc pas s'agir d'un serial killer. Un lien semble cependant réunir toutes ces victimes : la Poste. Nous mettons tout en œuvre pour retrouver Charles Vigneux, responsable de ce bureau de la Poste, qui a forcément connu les dix personnes décédées ou hospitalisées. À ce jour, Laville est toujours dans le coma et Couturier est rentrée chez elle !

Le policier envoya ensuite son message sonore à Deloin. C'était plus rapide que de rédiger un rapport écrit... La pression était retombée pour Grange, l'homme clignait des yeux, il était prêt à s'endormir.

Les paupières closes, il ressentit un éblouissement et le message de Newkacem apparut, plus vrai que nature. Le lieutenant sursauta, ouvrit spontanément les yeux... c'était un rêve, ou plutôt une image renvoyée violemment par son subconscient. Des mots écrits fébrilement par son amie prenaient maintenant une importance capitale : "Ceux qui me poursuivent aujourd'hui en ont après toi..." Le policier avait déjà été la cible du capitaine Albert et de ses hommes, de paparazzis, d'hommes du SCRT, du mystérieux Bruno. Le danger évoqué par la reporter émanait-il de l'un d'eux, où était la jeune femme ?

Le téléphone de Grange vibra à 3 heures du matin et réveilla le policier qui s'était endormi depuis peu. Les yeux mi-clos, il pensa immédiatement que

Gallau de Flesselles avait une info pour lui et il s'apprêtait à l'écouter. La voix qu'il entendit était modifiée, son correspondant l'appelait avec une identité masquée :

— Retournez à Lyon. Ce qui se passe à Trivia ne vous concerne pas, pas plus que votre père qui fouine de partout !

Le lieutenant tressaillit, l'inconnu avait pu le joindre sur son portable dont il connaissait son numéro pourtant secret, il était au courant de son implication dans l'enquête en cours et il lui avait adressé une menace à peine voilée. Quelqu'un en lien avec la vague de décès et d'accidents s'intéressait à lui et cherchait à l'éloigner.

5 heures, nouvel appel. Cette fois-ci, le numéro n'était pas masqué :

— Bingo, mon Bébé a retrouvé les traces de Vigneux. Mais je dois t'avouer, le Bleu-bite, que je ne sais rien de ses capacités mentales. Il est dans un EHPAD, à quelques kilomètres de Trivia. Sais-tu qu'il devrait fêter ses 100 ans dans un mois ?

— Non… Merci Marco, envoie-moi ses coordonnées en codé…

— Laisse-moi le rencontrer, j'étouffe ici, dans ma solitude !

Grange hésita, mais il connaissait le professionnalisme de Gallau de Flesselles. Il avait pour lui et son coéquipier

Durantour énormément de compassion et d'estime, il savait que ces deux policiers villeurbannais étaient capables de mener à bien des enquêtes très difficiles. Il n'avait donc aucune raison de refuser la demande du brigadier-chef, demande qui était très proche d'une supplique.

— OK, mais fais gaffe à toi. Vigneux est probablement une cible du gang qui décime les anciens de Trivia…

— Du gang ? J'ai dû louper un épisode, tu semblais croire qu'il s'agissait d'une personne ou deux…

— Tout a évolué. Je suis maintenant persuadé qu'il ne peut pas s'agir d'un seul homme… à cause des dernières morts, de plus pour Despré et Courtaud, les agresseurs étaient au-moins deux, pour déplacer les corps !

— Pour Phil et toi, t'as une idée ?

— Phil devait déranger les projets de l'équipe en charge de récupérer la gamelle de Couturier, apparemment compromettante. Moi, je suis lié à un autre problème, peut-être le même que Plouarnec…

— Il est mort !

— J'ai eu plus de chance que lui, ou ceux qui s'en sont d'abord pris à lui ont été maladroits et ont été plus prudents avec moi !

— Ma sacrée jambe me joue des tours, mais je peux encore te battre sur un pas de tirs. N'aies pas peur pour moi, laisse-moi rencontrer ton futur centenaire !

— Marco, quelqu'un m'a appelé avant toi, sur ce même téléphone. Un numéro masqué, une voix déformée, des menaces à peine voilées, l'ordre de ne plus m'occuper de ce qui se passe à Trivia et de retourner à Lyon. Peut-être que cet inconnu entend notre conversation, sois prudent…

— Hé, le Cafard, si tu m'entends… ne te mets pas sur mon chemin. Ne joue pas les kamikazes là où je vais, je n'aurai aucune pitié !

Gallau de Flesselles avait annoncé la couleur… rouge sang. Pour le brigadier-chef, deux clans s'opposaient depuis la nuit des temps, les bons et les méchants… et il était du côté des bons. Grange craignit que cette déclaration attirât des problèmes à son ami, à Vigneux, il aurait souhaité ne jamais l'entendre. Mais les mots crus et forts du Villeurbannais avaient été dits…

Charles Vigneux se montra méfiant lorsque Gallau de Flesselles le questionna sur son passé, sur la Poste et ses clients. L'aïeul se désintéressait de l'Actualité et il prétendait ne pas être au courant de la vague de décès qui s'abattait sur Trivia. Son cerveau travaillait au ralenti, les noms cités par le brigadier-chef étaient de vagues souvenirs…

— Ces personnes ont ouvert leur compte chez vous au lendemain de la Grande Guerre, alors que l'argent faisait cruellement défaut. Avaient-elles un trésor de guerre…

Le centenaire s'ouvrait petit à petit au policier. Il lui fit alors des réponses désordonnées :

— Tout le monde n'était pas pauvre. Les paysans du coin, par exemple, se sont enrichis avec le marché noir… et puis les bas de laine sous les matelas étaient de moins en moins sécurisés, certains ont été retrouvés par des héritiers suite au décès de leurs parents. Suite aux ravages de la Guerre, des quartiers entiers ont dû être rebâtis…

— Vous ne pouvez vraiment pas m'en dire plus sur vos anciens clients, récemment décédés ?

— Comment ils s'appellent, déjà ?

Pour la seconde fois, Gallau de Flesselles rabâcha les noms des huit disparus, en faisant ce coup-ci abstraction des deux victimes survivantes, Laville et Couturier.

— Non, reprit le vieillard, je ne vois pas.

— Quels sont vos derniers souvenirs de travail ?

— La compétition que je menais contre l'Écureuil devenait de plus en plus difficile avec l'arrivée d'autres établissements financiers, je devais rester dans la course, innover encore et encore, envisager d'abandonner mes anciens locaux pour de plus spacieux. La gratuité des enveloppes pour l'envoi des chèques au centre de tri postal était un plus qui me permettait de conserver mes clients, très heureux de recevoir en plus un relevé de compte pour chaque opération. Une fois par an, j'organisais un goûter en plein air, fin juillet, à l'intention de mes clients.

Aurait il pu se passer quelque chose de spécial lors d'un de ces goûters ?

— Je ne me souviens pas, mais je ne crois pas !

— Après 1960, qu'avez-vous fait ?

— On m'a casé dans un bureau, à la Direction Départementale et Régionale de la Poste, à Lyon. Je n'étais plus assez réactif dans l'agence de Trivia, face à la concurrence. Et c'est là que j'ai fini ma carrière !

Le policier était convaincu que le centenaire ne lui apporterait aucune information capitale : il luttait contre son impatience à chacune des paroles de Vigneux, prononcée d'une voix monocorde et avec une lenteur extrême. Alors que le brigadier-chef se levait pour prendre congé de l'aïeul, ce dernier lui lança :

— Tout ce que je vous ai raconté, je l'ai déjà dit hier à un inspecteur !

— Quel inspecteur, bafouilla Gallau de Flesselles ?

— Je ne sais pas, il m'a montré sa carte barrée de bleu et de rouge... je n'ai pas retenu son nom. Il m'a aussi demandé ce que je savais sur... sur... je dirais les personnes que vous avez nommées. Mais ma mémoire me joue des tours, à mon âge. Parfois je crois rêver tout éveillé...

— Cet inspecteur, était-il seul. À quoi ressemblait-il ?

— Grand, brun, il était seul. Ah oui, il portait un jean et un blouson de motard...

Le brigadier-chef aperçut un programme télé posé à portée de main du vieillard ; la description qu'il avait faite de son mystérieux visiteur correspondait à la photographie de l'acteur en couverture de l'hebdomadaire. Vigneux avait-il eu réellement la visite d'un prétendu inspecteur, avait-il rêvé ?

Grange et Durantour se rendirent à l'Hôpital Nord-Ouest : Laville était décédé, personne parmi le personnel soignant n'avait remarqué la venue de celui qui avait délibérément débranché son assistance respiratoire. La vieille institutrice était en danger, celui qui l'avait empoisonnée devait finir son travail. Les deux policiers filèrent aussitôt chez elle et la distinguèrent sur le pas de sa porte, en train de discuter avec un homme approximativement du même âge.

— Phil, je sais que ce lieu te rappelle de douloureux souvenirs, mais faut garder un œil sur Couturier. Les événements se précipitent, Laville a été rectifié... La fin de cette curieuse vendetta semble être proche, et la vieille demoiselle doit être protégée. Je file à la caserne et je t'envoie un remplaçant. J'ignore qui sera choisi par Virginie, c'est à elle de décider !

Une heure plus tard, deux gendarmes prenaient place dans la maison de Couturier. Cette dernière n'avait pas réagi à l'assassinat de Laville, pas plus qu'à la présence de Durantour, puis des hommes envoyés par la maréchale des logis-cheffe. Ces mouvements se passèrent en toute discrétion, à la barbe des quelques journalistes encore présents.

Gallau de Flesselles retrouva Grange à la caserne et l'invita d'un discret signe de tête à le rejoindre près de sa voiture.

— Avant de retrouver mon Bébé, je voulais te signaler que Vigneux, ce n'est pas du gâteau. Il a le cerveau ramolli, il met des plombes pour répondre aux questions, ou à raconter ce qu'il a envie. Je suis déstabilisé, il m'a annoncé avoir reçu la visite d'un inspecteur hier, mais il ne se souvient pas de son nom, et il m'en a dressé un portrait très ressemblant de l'acteur en couverture de son hebdo télé, posé près de lui…

— Et t'en penses quoi. Personne n'a vu son visiteur dans l'EHPAD ?

— Personne, et je doute que cette personne, si elle existe, ait marqué son nom sur le cahier des visites !

— Nous étions persuadés qu'il ferait partie des victimes. Alors soit il n'a eu personne et il court encore un possible danger, soit son visiteur n'a pas obtenu plus de renseignements que toi et Vigneux ne l'intéresse plus !

— Vivement que tout cela finisse, ce n'est pas ma venue ici qui m'aura requinqué !

— Marco, peux-tu tracer le téléphone de Plouarnec, il ne l'avait plus sur lui quand on a trouvé son corps. C'est ce numéro… qu'il utilisait en masqué.

Le lieutenant tendit un bout de papier au brigadier-chef.

— Il avait mon numéro. Si son appareil est tombé entre de mauvaises mains, cela pourrait expliquer mon appel anonyme de ce matin !

Chapitre 8

Grange était inquiet et il avait raison, les événements s'accéléraient, devenant insupportables pour l'otage retenu dans le sous-sol d'une maison abandonnée, à mi-chemin entre Trivia et Mizéria. L'homme croupissait dans la pénombre depuis plusieurs, pieds et poings liés, allongé sur un matelas à même le sol, durant plusieurs jours. Quotidiennement, son geôlier apparaissait aux alentours de midi, lui détachait les mains le temps nécessaire pour qu'il mange et boive un peu, pour soulager sa vessie et ses intestins. Cette brève apparition ne suffisait pas au prisonnier qui gisait des heures durant dans son urine et ses défécations... il empestait. Ses conditions de détention avait amoindri sa forme physique, ébranlé son mental. Depuis qu'il était retenu dans ce sous-sol insalubre infesté de rats, qui venaient jusqu'à lui marcher dessus pour s'assurer qu'il était encore en vie et que leur repas attendrait un autre jour, il n'avait pas entendu la moindre parole de son ravisseur. Il ignorait pourquoi ce dernier, accompagné de deux complices, l'avaient sauvagement intercepté à la sortie de son domicile, puis embarqué dans un fourgon. Il n'avait rien à se reprocher, sa vie toute entière était empreinte d'honnêteté, de loyauté, d'empathie pour les autres... du moins le pensait-il !

L'arrivée matinale du geôlier interpela l'otage, ce n'était pas bon signe. L'homme tenait un tuyau d'arrosage à la main, il défit les liens, tous les liens puis il hurla :

— À poil !

Le prisonnier hésita. Il reçut alors un puissant jet d'eau glacé en plein visage. Le liquide lui cinglait la peau, le perforait de mille piqûres douloureuses, alors il obéit. Il fut lavé de la tête aux pieds, se sécha ensuite avec un drap de bain délicatement parfumé à la violette. Quelques minutes plus tard, il enfila des vêtements propres, il eut alors l'espoir que son calvaire cessait et qu'il allait retrouver sa liberté. Mais… c'était illusoire. Deux silhouettes apparaissaient maintenant derrière le geôlier et se dirigeaient droit sur lui. Elles le saisirent sans ménagement, encapuchonnèrent sa tête dans un sac en jute et le menottèrent, les mains dans le dos. Après un court trajet à travers le sous-sol, il fut assis de force sur un ancien fauteuil de dentiste recouvert de poussière, les avant-bras aussitôt liés aux accoudoirs. Le visage découvert, il fut ébloui par la lampe ronde qui avait dû permettre au praticien de l'époque de voir jusqu'à la luette de ses patients. Mais l'homme n'était pas là pour un simple détartrage des dents…

Une femme apparut, en retrait du puissant éclairage. L'otage ne pouvait pas la voir, seulement l'entendre, déceler sa respiration saccadée révélant une colère incontrôlée.

— Tu es là pour payer de ton crime, s'écria-t-elle.

Le prisonnier aperçut une main potelée qui traversa le halo de lumière, qui agrippa son menton et l'enserra.

— Voilà des années que j'attends cet instant, que je passe mes nuits blanches à imaginer ta fin !

Les dés étaient jetés, l'homme connaissait maintenant l'issue fatale de ce face à face, mais il en ignorait cependant encore les étapes et la raison. La femme était en transes, comme possédée par un démon maléfique. Son élocution était saccadée, mais cependant sa voix paraissait naturelle…

— Tu te demandes ce qui t'arrive, quelle folle je suis et pourquoi je m'en prends à toi ! ricana-t-elle.

Armée d'une fraise électrique, bruyante, outil redouté des patients du siècle dernier, elle poursuivit :

— Moi aussi, j'étais dans l'incompréhension, je me demandais comment une telle horreur avait pu se produire quand tu as commis ton crime. Te souviens-tu de Gertrude Goulet ?

L'homme fit un signe négatif de la tête.

— Toi, espèce de sale vautour, tu es pourtant responsable de ce qui lui est arrivé, il y a cinquante-trois ans. Bien sûr, tu n'étais pas assez courageux pour faire ta sale besogne tout seul, tu t'es caché derrière plusieurs de tes clients. Aujourd'hui, ceux qui t'ont soutenu et qui n'étaient pas encore morts ont rejoint l'Enfer : Étienne Lebrun, Florence Fournier, Dominique Bontron,

Roger Granjean, Albert Laville, Paulette Couturier… ah non, elle est encore en sursis celle-là, mais plus pour longtemps, Daniel Courtaud, Monique Lange, Marguerite Talbot et Blandine Despré… Alors, ça te revient ?

— Non, articula l'otage.

— Alors nul doute que tu n'as pas éprouvé le moindre remords, que tu as continué ta petite vie pépère puis tu as inauguré ton nouveau bureau en grande pompe, il y a aujourd'hui cinquante ans jour pour jour. La tragédie de Gertrude Goulet ne t'a pas empêché de dormir, c'est pourtant toi qui l'as provoquée !

L'homme restait muet, les yeux rivés sur la fraise qui allait et venait devant ses yeux.

— Je vais te rafraîchir la mémoire. Tu dois savoir pourquoi et comment tu vas mourir. C'est indispensable pour que je puisse retrouver la paix, ainsi que ma grand-mère victime de ta cupidité. Toi, et tes clients, vous avez décidé un jour de fermer l'ancien bureau de la Poste, devenu soi-disant trop petit. Vous avez fait des recherches et, à la mort de mon grand-père, vous avez porté votre choix sur sa maison. Ma grand-mère n'avait qu'une faible retraite, insuffisante pour entretenir cette vieille bâtisse, pleine de souvenirs, elle a dû la mettre en vente. Vous aviez posé un droit de préemption pour un prix minime, elle voulait passer outre et vous l'avez expulsée de chez elle en ayant recours à la Loi, puisqu'elle avait officialisé son offre de vente chez un notaire... Tu as expulsé ma grand-mère, tu l'as spoliée, et tu ne t'es pas soucié de ce qu'elle était devenue ensuite. La mémoire te revient, Claude Lapierre ?

Le successeur de Vigneux opina.

— Il y a cinquante-trois ans, tu as fait intervenir un huissier de Justice... je dirais plutôt d'injustice, pour demander à ma grand-mère de quitter sa maison. Elle a refusé et tu l'as faite expulser ; complètement désespérée, elle a juré de se venger. Trois ans plus tard, le 15 octobre 1970, elle s'est jetée par la fenêtre d'une chambre mansardée, au second étage de la baraque qui était devenue son lieu de refuge. Elle n'avait pas supporté les festivités que tu avais organisées pour l'inauguration de ton nouveau bureau de la Poste. Toi qui te vantais de bien connaître Trivia et ses habitants, l'historique et les traditions des lieux, comment as-tu pu te pavaner sur ton fauteuil de cuir tout neuf, situé à l'emplacement exact du lit de mes grands-parents ? Malheureusement, ma grand-mère ne mourut pas sur le coup et elle resta infirme toute sa vie. Sa colonne vertébrale avait été salement touchée et petit à petit elle perdit la motricité de ses doigts, puis de ses orteils, de ses jambes, de ses bras, de ses cordes vocales... et elle devint incontinente. Au bout d'une longue, trop longue année, elle n'était plus qu'un corps inerte et incontrôlable, un légume muet. Ma mère l'a aidée à partir plus tard, ce lui fut un vrai crève-cœur auquel elle n'a pas survécu... Tu vas vivre toutes les étapes qu'a endurées ma grand-mère, mais je vais être cool avec toi, je vais raccourcir tes souffrances, une heure pour chaque mois de son calvaire... Et ça commence maintenant !

La femme appliqua la fraise sur les phalanges de la main droite de Lapierre. L'appareil rebondissait sur les osselets, le sang giclait en petite quantité. Le poignet était entouré d'un garrot un peu lâche pour éviter un empoisonnement du sang et une mort prématurée... trop douce. Les phalanges tombaient une à une sur le sol, l'homme ressentait de violentes décharges électriques à chaque sectionnement de nerf, il hurlait et assistait à son amputation, impuissant.

Lorsqu'elle sortit de la salle de torture, la tortionnaire retrouva l'homme qu'elle avait engagé pour sa sale besogne.

— Tu vois, lui souffla-t-elle, je peux être encore plus cruelle et sadique que tes recrues. Mais j'ai payé pour ce droit. Toi, tu ne devais que faire passer dix morts pour des causes naturelles ou accidentelles. Tu as failli, tes gars ont attiré l'attention sur la Poste, sur Vigneux. Finis ton boulot et je te paierai le solde, puis disparais. Oublie ensuite que nous nous sommes rencontrés, oublie même jusqu'à mon nom Ne cherche pas à me poignarder dans le dos, ma fin entraînerait la tienne, j'ai des enregistrements très compromettants... et en lieu sûr !

Renaud Costini était inquiet : lorsqu'il avait été contacté pour son travail de nettoyage, il n'en avait pas imaginé les conséquences. Il avait accepté l'acompte de trente mille euros pour les cinq premières victimes, sans sourciller. De l'argent facile à gagner sur le dos de vieux débris incapables de se défendre, avait-il pensé, mais sa commanditaire était devenue plus pressante, elle voulait que le travail fût terminé aujourd'hui. Il en ignorait alors la raison, et encore maintenant : il n'avait pas assisté au face à face de Claude Lapierre et de Martine Bonpied. Cette dernière avait seulement exigé qu'il reste dans les parages, pour sécuriser les lieux durant les douze prochaines heures.

— Un conseil, lui souffla la femme, ne me déçois pas. Des gars comme toi, je peux en trouver à chaque coin de rues, vas plutôt jeter un œil sur mon invité… tu verras de quoi je suis capable quand je prends quelqu'un en grippe. Imprègne-toi bien de l'image que tu vas découvrir !

L'homme obéit. Il réapparut quelques secondes plus tard, livide, une main sur la bouche. Une forte odeur de bile filtrait entre ses doigts. La vision de la main droite atrocement mutilée de Vigneux lui était insupportable, son estomac se contractait encore, annonciateur d'une nouvelle nausée.

— Tu vois ce qui t'attend, insista Bonpied, si…

Secoué par un nouveau spasme, Costini vomit abondamment.

— Second round avec notre ami dans… 45 minutes. Que le temps passe vite. Nettoie le sol et lave-toi avant mon retour !

L'homme était anéanti, il cherchait cependant à comprendre :

— Pourquoi une femme, aussi cruelle qu'elle, l'avait-elle engagé, n'était-elle pas capable de s'occuper toute seule de sa vendetta ? Le temps, voilà ce qui l'avait certainement décidée, réalisa-t-il. Seule, elle aurait dû agir plus discrètement, cela lui aurait pris plusieurs semaines, voire plusieurs mois, la Gendarmerie aurait pu plus facilement remonter jusqu'à elle... Tandis que là, feu d'artifices de toutes parts, pas le temps pour les enquêteurs de se pencher en profondeur sur chaque affaire. C'est une criminelle très forte ou une démente !

Pendant ce temps, un homme pénétrait silencieusement dans la maison de Couturier. Il savait que la vieille demoiselle était de retour chez elle, il devait finir son travail. Il avait décidé d'agir de jour : le bruit ambiant et la libre circulation dans la maison sans recours à un éclairage électrique n'attireraient l'attention de personne, dans le voisinage. Cette fois-ci, plus question de mort aux rats, il devait honorer son contrat. Un Taser à la main, il espérait neutraliser sa proie avant de l'achever avec ce qu'il trouverait sur place : couteau, corde, bibelot... Il vit l'ancienne institutrice par l'entrebâillement de sa porte de cuisine. Il poussa silencieusement le battant, prêt à bondir sur elle. La porte se referma violemment sur son poignet, le forçant à lâcher son arme. Il se retrouva aussitôt face à deux gendarmes qui le mettaient en joue, il était coincé. Sans réfléchir, il fonça sur eux. D'un puissant coup d'épaule, il déséquilibra l'un d'eux et lui arracha son arme des mains. Il défia ensuite le second, déstabilisé par sa contre-attaque. Le Taser était à portée de main de l'homme au sol... Un coup de feu, suivi aussitôt d'un autre, résonna. Le tueur avait deviné l'intention du gendarme à terre et il lui avait coupé l'envie de jouer au héros. Du sang coulait de l'épaule droite du militaire, du sang coulait aussi au niveau de la ceinture de l'homme qui l'avait blessé... Le second gendarme avait tiré sur l'agresseur, sans sommation. Ce dernier se tenait maintenant le ventre à deux mains, ses vêtements et ses doigts se tachaient de rouge. Il bascula en avant et s'écrasa sur le sol, à quelques centimètres de sa dernière victime, en état de choc. Le bruit des deux déflagrations avait attiré des curieux, un journaliste... Brulant n'apprit ce qui s'était passé chez Couturier que quelques minutes avant que la nouvelle ne fût diffusée sur des chaînes de télévision régionales. Les faits relatés par les médias ne permettaient cependant pas de faire un lien entre ce mystérieux agresseur malencontreusement réduit au silence et la vague de décès qui s'était abattue sur Trivia.

Les deux gendarmes firent leur rapport séparément, l'un à l'hôpital, l'autre dans le bureau de la maréchale des logis-cheffe. La légitime défense pouvait être contestée, mais l'heure était aux interrogations. Qui était ce mystérieux agresseur, qui se promenait les poches complètement vides ?

— Il devait être inconscient pour croire que Couturier resterait sans protection, souligna Brulant.

— Peu avisé de se promener sans téléphone, reprit Grange. Nous savons qu'ils sont plusieurs à s'en prendre à nos Anciens. Un de ses complices était peut-être au courant de la présence de tes hommes, mais comment aurait-il pu le prévenir ?

— Il faut découvrir au plus vite de qui il s'agit. Même mort, il peut nous aider à remonter jusqu'à ses complices, renchérit Durantour.

Bonpied avait tenu sa promesse, elle était revenue voir son prisonnier à intervalles réguliers. Lapierre n'avait maintenant plus de doigts, plus d'orteils. Il tentait de provoquer son bourreau pour l'énerver, pour le conduire à terminer son travail plus vite, sur un coup de sang. Mais la colère de sa tortionnaire faisait progressivement place à une joie démoniaque.

— T'es encore en sacrée bonne santé, pour un vieux de 85 ans, railla-t-elle. Mais à quoi cela te sert-il... Tu aurais mieux fait d'être hémophile ou malade du cœur, ton trépas aurait été plus rapide !

La femme partit dans un éclat de rire puissant, inhumain. Son euphorie fut stoppée brutalement lorsque Costini fit irruption dans la salle de tortures. Il était livide, mais la cause n'était pas la mutilation en cours sur Lapierre.

— Mauvaise nouvelle, balbutia-t-il, Couturier est sous protection des gendarmes et mon gars s'est fait descendre...

— Quel con, ton gars. Comment il a pu se faire avoir ?

— Je ne sais pas, nous savions que cette vieille dame était sous protection, mais personne n'a réussi à le prévenir…

— Prie pour que cette bavure ne permette pas aux enquêteurs de remonter jusqu'à moi. Tu sais ce qu'il t'en coûterait. Tu devras patienter quelques jours pour toucher ton solde !

Se retournant vers sa victime, Bonpied le frappa au visage avec sa fraise, heureusement à l'arrêt.

— Tu n'auras pas cette chance, vociféra-t-elle, personne ne viendra te sauver. Et puis, si cela arrivait, imagine quelle serait ta condition de vie. Commences-tu enfin à comprendre ce que ma grand-mère a enduré ?

Grange, Durantour, Brulant et Pernot observaient le corps de l'inconnu qui avait tenté de supprimer la vieille demoiselle, conservé dans un tiroir réfrigéré. Le médecin-légiste en charge de son examen semblait avoir peu de chance d'identifier cet homme, fiché dans aucun dossier.

— Je peux prendre quelques photos, demanda Pernot. Avec un logiciel performant de recherche faciale, peut-être que…

— Vas-y, s'empressa de répondre Durantour. Marco, mon coéquipier, se fera un devoir de plancher dessus !

Grange sourit, Gallau de Flesselles, ou plutôt sa création allait devoir fouiller dans des milliers de bases de données.

— Pouvez-vous aussi nous fournir vos résultats sur votre prélèvement cutané, votre prise de sang, que nous communiquerons sans délai à notre ami villeurbannais, requit le lieutenant.

Le légiste haussa les épaules et fournit les éléments demandés. Il trouvait cette démarche particulière, mais il n'avait aucune envie de rebondir dessus. Il faisait son métier, plutôt bien, mais il ne cherchait pas à s'impliquer dans les enquêtes policières qui pouvaient résulter de ses rapports. Le comportement inverse n'était, selon lui, que le cliché de séries télévisées américaines complètement ignares de la réalité.

Le groupe des enquêteurs devait maintenant rejoindre la caserne. Grange annonça à ses coéquipiers :
— Je ne peux pas séjourner à Trivia des jours durant, sans rendre au moins une fois visite à mes parents. Vous devez me comprendre... et puis je dois savoir si mon père a trouvé quelque chose d'intéressant sur la folle qui a interpelé Manigan lors de son vin d'honneur, de sa présentation aux Triviarois !

— Tu penses qu'elle pourrait avoir un lien avec ce qui se passe ici ? demanda Brulant.

— Aucune piste n'est à rejeter. Nous n'avons pas suffisamment d'indices pour nous consacrer sur un seul scenario. Je suis fermement convaincu que je ne suis pas, et peut-être Plouarnec, la cible des mêmes agresseurs !

— Fais attention à toi, tes parents ont beau ne pas habiter très loin de la caserne, tu restes une proie facile pour ceux qui t'ont fait vibrer les tympans, il n'y a pas si longtemps. Cette fois-ci, ils ne seront peut-être pas aussi gentils !

— Oui Maman, plaisanta Grange.

Le lieutenant était touché par la mise en garde sensée du brigadier, par l'affection que lui exprimait ce dernier. Quelques instants plus tard, il retrouva ses parents, surpris et heureux de sa visite. La discussion du trio tourna inévitablement sur l'enquête en cours, sur les défunts.

— Quelque chose s'est passé après le départ du chef de l'agence en 1960, Charles Vigneux, annonça le lieutenant. Ceux qui s'en sont pris à ses clients l'ont apparemment retrouvé et l'ont laissé en vie. L'inconnue qui a agressé oralement le nouveau responsable de la Poste a peut-être un lourd contentieux avec un de ses prédécesseurs. Toi, tes amis ou leurs parents, vous n'avez rien retrouvé de particulier, la mémoire collective de Trivia est-elle déjà morte ?

— Dans les années cinquante, répondit le père, Trivia était encore une petite bourgade qui comptait ses habitants en humains, en vaches et en poulets... Chaque foyer était attaché à sa terre et l'entraide existait, puis le remembrement a fragilisé cet équilibre. Après l'arrivée massive des Pieds Noirs expulsés d'Algérie, la population s'est accrue considérablement, ceux-ci voyaient ici la proximité de Lyon. Beaucoup de petits drames sont nés de cette période, il est impossible de tous les connaître. Ta folle qui s'en est prise à monsieur Manigan a peut-être vécu une injustice, mais je n'ai aucune info à te donner !

— Merci Papa. Je pense que celle que je recherche n'est pas la victime directe d'une sombre histoire ancienne, Manigan la situe dans la quarantaine. Si quelque chose en rapport avec la Poste, avec les personnes décédées, s'était produit récemment, nous serions plusieurs à nous en souvenir !

— Donc cette personne est vraiment folle, ou ses aïeux ont vécu un drame qui touche la Poste.

— Oui, reprit le policier. Cette femme a dû exprimer toute sa rancœur à Manigan, qui a eu à ses yeux l'indécence de faire de la propagande pour son établissement financier !

Solange Grange était restée en retrait de la discussion. Elle semblait plongée dans la contemplation de son album de cartes postales... son unique refuge lorsqu'elle était inquiète. Ce classeur suranné était pour elle beaucoup plus précieux que la mémoire collective prônée par son mari, il contenait des photos d'époque au dos desquelles des gens avaient écrit des messages. Elle avait chiné les marchés aux puces pour obtenir un maximum de cartes de Trivia, des années 1900 à nos jours.

— La Poste, lança-t-elle soudain d'un ton amusé, saviez-vous messieurs les enquêteurs qu'elle n'a pas toujours été à cet endroit ?

Pour Davy, ce fut une révélation, pour Guy un camouflet. Comment avait-il pu oublier cet événement ? Certes, il n'était encore qu'un jeune enfant à l'époque, mais ses parents en avaient parfois parlé à table, toujours avec une certaine réserve. Avec amertume, le père réalisait que la mémoire collective de Trivia était déjà très affectée, atteinte d'amnésie...

Le lieutenant regardait maintenant les cartes postales avec sa mère, il découvrait l'ancien bureau. Malheureusement aucun cliché ne permettait de savoir ce qu'il y avait avant sur la parcelle de la nouvelle agence. De même, aucune correspondance ne permettait de dater avec exactitude l'inauguration de cette dernière.

— Papa, Maman, vous avez peut-être trouvé un mobile pour ce que nous vivons actuellement. Pouvez-vous dater approximativement quand s'est produit ce déménagement de la Poste ?

— Je dirai dans les années 70, mais pour être plus précis, tu devrais interroger ton Manigan, et de mon côté je peux voir à la Mairie !

— 1970-2020, juste cinquante ans... Manigan qui ravive cet anniversaire peut-être douloureux pour notre mystérieuse femme ou d'autres personnes, avec son apéritif. Cela a pu être ressenti comme une insulte, un affront à ceux qui ont souffert de cette reconstruction de la Poste. C'est vraiment important de connaître la date exacte. Oui, Papa, renseigne-toi et j'en ferai de même auprès de Manigan. Peut-être a-t-il encore des traces de cet événement dans ses archives !

Le policier ressentit l'étrange malaise qui le tenaillait chaque fois qu'il approchait du dénouement d'une enquête. Cette manifestation interne s'était estompée depuis peu, et revenait maintenant, plus forte. Un médecin lui aurait peut-être expliqué qu'il s'agissait là d'une réaction induite par une puissante montée d'adrénaline, par une production anormale d'acide gastrique, par l'excitation de bientôt aboutir à sa quête… mais Davy voulait voir en cette gêne passagère et parfois douloureuse l'expression d'un sixième sens. Aussi pas question pour lui de chercher à annihiler ce don par un traitement médical !

Très tard dans la soirée, Gallau de Flesselles appela Grange :

— Mon Bébé s'enlise dans sa recherche d'ADN, ton inconnu n'est pas fiché… Mais je t'appelle pour autre chose. Tandis qu'il fouillait dans ses anciens fichiers, il a découvert qu'il pouvait maintenant consulter le site de la maison pénitentiaire de Taîohae, et bien sûr pas de trace de ton capitaine. Étrange que ce site soit maintenant aussi facile d'accès, alors que la première version de ma chose n'était pas parvenue à le pénétrer !

— Et que penses-tu faire ?

— Moi, rien... le Bleu-bite. Mon Bébé décide des priorités dans ses recherches et il mène actuellement de front celle sur l'identité de ton tueur et celle sur Albert... Je lui ai collé une alerte pour ton amie Sasha, mais aucune info pour l'instant !

— Merci Marco. Je suis vraiment inquiet pour elle, les messages qu'elle m'a laissés dernièrement étaient guère rassurants... Comment, à notre époque, des personnes comme elle, comme Albert ou encore le mystérieux Bruno qui nous en tant fait baver, peuvent-elles disparaître totalement... Qui de nos jours n'utilise pas de chéquier, de carte bancaire, de téléphone portable, d'ordinateur, ou bien encore de carte Vitale, de pièces d'identité ? Tous ces supports laissent des traces et permettent souvent de localiser leurs utilisateurs...

— Mon Bébé est sur le coup, mais revenez vite. C'est mort ici...

— J'ai un boulot pour toi. Mes parents m'ont appris, il y a quelques heures, que le bureau de la Poste de Trivia avait déménagé dans les années 1970. Mon père va rechercher la date exacte dans les archives de la Mairie, moi je vais interroger demain le chef de l'agence postale. Peux-tu rechercher dans la Presse si tu trouves des articles dessus, je suis surtout demandeur d'incidents qui auraient pu se produire à cette même époque à Trivia et dans ses alentours !

— Ce n'est pas ce à quoi je m'attendais, bougonna le brigadier-chef. J'imaginais déjà que tu me demanderais de te rejoindre, mais c'est toujours mieux que rien. Je te parie que je serai le premier à connaître la date exacte du déménagement !

— Pari tenu. Et une virée à la Brasserie Georges si tu gagnes !

— Banco !

Grange envoya ensuite un court message crypté à Gallau de Flesselles : "nous avons été imprudents dans notre conversation, j'espère que nous ne sommes pas sur écoute. Reste sur tes gardes !"

Chapitre 9

Sasha Newkacem avait accepté de couvrir l'Actualité
pour France 3 et pour RTB, à la frontière franco-belge.
Elle restait visible de ceux qui la traquaient, qui
cherchaient à atteindre Grange. Elle misait sa sécurité
seulement sur son éloignement de Lyon, sur les contacts
amicaux qu'elle avait tissés avec les gens du coin. Elle
faisait quotidiennement un aller-retour en Belgique, pour
interroger les frontaliers sur leur ressenti face au Covid-
19, face aux mesures prises par leur gouvernement et par
celui des Français. Rien de bien affriolant pour cette
reporter free-lance plus coutumière d'enquêter sur le
devenir de la Planète.

En cette fin d'après-midi, elle rejoignait sa chambre
d'hôtel. Elle le faisait sans hâte, elle n'avait recueilli
aucun scoop. Fort heureusement, son contrat ne stipulait
pas l'obligation de produire des News quotidiennement.
Elle devait cependant suivre l'Actualité des deux pays
voisins et amis, intervenir après chaque nouvelle décision
gouvernementale de l'un ou de l'autre. La route sinueuse
serpentait entre deux forêts de conifères, déserte. Parfois
la conductrice apercevait la silhouette furtive d'un cerf ou
d'une biche, d'un sanglier ou d'un renard. Elle aimait bien
rouler sur cette voie peu fréquentée, tantôt propice à la
réflexion, à la relaxation, tantôt utile pour rejoindre au
plus vite son hôtel et se jeter sur la réalisation d'un
reportage. Depuis quelques instants, un pick-up noir la

suivait à distance raisonnable, son conducteur ne cherchait pas à la dépasser. Surprise plus qu'inquiète, Newkacem jetait de réguliers coups d'œil dans son rétroviseur. Le 4x4 s'arrêta soudain et fit mine d'engager un demi-tour… deux autres véhicules du même genre bloquaient la chaussée à la sortie du virage qu'elle venait d'amorcer. Des hommes armés tenaient la voiture de la reporter en ligne de mire. La femme était prise dans un étau, elle n'avait aucune échappatoire, elle devait coopérer et s'arrêter. Elle fut alors violemment arrachée de son siège et projetée à l'arrière du troisième pick-up, qui s'était rapproché, sitôt Newkacem maîtrisée par les inconnus. Le véhicule démarra alors dans un crissement de pneus, les hommes cagoulés débloquèrent la route, l'un d'eux s'assit dans la voiture de la reporter et les trois voitures partirent à l'opposé de la première, direction la France.

La jeune femme était maintenue au sol sous les pieds pesants de ses ravisseurs. Elle ignorait qui ils étaient, mais elle était convaincue que son enlèvement était le moyen utilisé par un inconnu à la tête d'un groupe armé pour toucher Grange. N'avait-elle pas prévenu le lieutenant qui avait conquis son cœur, ne lui avait-elle pas assuré auparavant qu'elle se sentait parfois menacée ou suivie et qu'elle utilisait dans ces circonstances un nom d'emprunt pour disparaître dans la Nature ? Elle avait fui Lyon, voyagé en Chine au moment du début de l'épidémie du Covid, abandonné son contact avec celui qu'elle aimait malgré le fossé professionnel qui les séparait... mais à quoi cela avait-il servi ? Peut-être ne reverrait-elle jamais le lieutenant, si tendre en amour et si fermé sur son travail, sur ses enquêtes ! Le corps meurtri par la pression des malabars qui la bloquaient sur le plancher du pick-up, elle n'avait étrangement pas peur pour elle, elle redoutait le compromis que Grange devrait accepter pour la sortir de là. Elle se demandait quels étaient les enjeux en ligne : une affaire personnelle entre le lieutenant et celui qui était derrière son enlèvement, un moyen de pression sur son ami pour qu'il ferme les yeux sur une grosse affaire... Le véhicule stoppa et elle fut immédiatement emmenée dans une grande propriété, aux murs recouverts de lierre. Newkacem n'eut pas le temps de reconnaître les lieux, d'ailleurs les connaissait-elle ? Le trajet pour arriver à cet endroit avait duré longtemps, selon le ressenti de la journaliste. Son anxiété, son impossibilité de suivre le parcours, avaient-elles transformé les minutes en dizaines de minutes ?

De l'intérieur de la bâtisse, la reporter ne vit que la porte d'entrée, le vestibule et l'escalier la menant au sous-sol. Après une fouille minutieuse et filmée de la femme par un des malabars cagoulés, qui n'avait pas hésité à tâter toutes les parties intimes de la journaliste à travers le tissu de ses vêtements, elle se retrouva seule dans un réduit faiblement éclairé par une lucarne de très petite taille. L'odeur de moisi était très présente et s'incrustait peu à peu en elle : sur sa peau, dans son nez, maintenant sur ses lèvres et dans sa bouche. Libre de ses mouvements, elle refusait de s'assoir, de peur que la moisissure s'incruste aussi sur ses vêtements, sur d'autres parties de son corps…

— Grange, je n'irai pas par quatre chemins et inutile de tenter de localiser mon appel. Cesse de me rechercher, toi et tes amis villeurbannais. Vous ne faites pas le poids et j'ai les moyens de te faire fléchir !

Le correspondant était directif, autoritaire et il assurait son ascendance sur le lieutenant en le tutoyant, en l'interpelant directement par son nom. Le policier se redressa sur son lit, celui qui l'appelait à trois heures du matin n'avait pas la même élocution que l'homme qui l'avait contacté l'avant-veille à la même heure. Le ton agressif qu'il employait, son arrogance, n'avaient rien de bon… Cet appel survenait quelques heures après sa communication avec Gallau de Flesselles. Simple coïncidence ?

— Qui êtes-vous…

Grange fut sèchement interrompu :

— Rendez-vous à Lyon dans une heure, sur les quais du Rhône, au pied de la piscine d'été !

— Pourquoi devrais-je y aller ?

— Tu n'as que très peu de temps pour visionner l'enregistrement que je t'envoie et pour venir… je ne te ferai pas de seconde offre. Viens seul et désarmé, si tu souhaites que tout se passe bien !

L'inconnu raccrocha. Un PPS venait d'arriver sur le téléphone de Grange. Le lieutenant le visionna et il devint livide ; il regarda une seconde fois le petit film, les larmes aux yeux. Son correspondant avait gagné le premier round, le policier était à terre. Ce dernier devait réagir, vite et bien, pas question pour lui de foncer tête baissée dans un piège. Il n'ignorait pas que c'était ce qu'attendait le ravisseur de Newkacem, mais il ne devait pas mettre en jeu la vie de la reporter. Il frappa discrètement à la porte de Durantour. Le brigadier ouvrit immédiatement et il devina qu'une chose terrible menaçait le lieutenant. Il le laissa parler, puis il regarda la vidéo…

— Bon Dieu, explosa-t-il… à voix basse, c'est quoi ce bordel ? J'assure tes arrières, je serai très discret…

— Non, celui qui m'a contacté doit déjà avoir positionné des guetteurs sur une bonne zone autour du lieu du rendez-vous. Je suis sûr d'être fouillé à mon arrivée et que mon téléphone sera confisqué…

— Prends le mien, planque-le dans ta voiture et laisse-le allumé…

— J'ai rendez-vous là-bas, mais ce gars a des choses à me dire, ou à exiger en échange de Sasha. Il ne fera pas son deal en plein-air, il va sûrement m'emmener dans un lieu plus discret !

— Et tu vas te jeter seul dans la gueule du loup... Alors, le Bleu-bite, pourquoi t'as frappé à ma porte. Uniquement pour que je me fasse un sang d'encre ?

— Phil... j'ai crû in instant que je trouverai une inspiration en frappant à ta porte, mais c'est raté. Si cela devait mal tourner pour moi cette nuit, Sasha n'aurait aucune chance de me survivre, et nous pourrions être salis à titre posthume. Jamais je n'aurais cru dire cela un jour, mais toi, Marco et moi, nous formons une vraie famille. Je vous devais la vérité !

— Fais gaffe à toi, Davy !

Durantour regarda partir le lieutenant, très ému. Le sort de ce dernier et de la reporter prenait plus d'importance à ses yeux que l'enquête en cours. Il était partagé entre l'envie de passer outre les ordres de son ami, de son frère et la peur de risquer par cette initiative de faire avorter les retrouvailles du couple. Il était passablement énervé, il enfila rapidement son treillis, puis il descendit sans bruit dans la cour intérieure de la caserne, pour respirer un grand bol d'air frais. La nuit était noire et le brigadier ne parvenait pas à retrouver la tranquillité ; toutes les images qui défilaient devant lui le ramenaient à son coéquipier, à son ordre de ne pas intervenir. Pourtant il savait qu'il n'aurait aucun mal à suivre la voiture du lieutenant, à vue et sans éclairage, c'était ce genre d'exercices périlleux qu'il enseignait auparavant à ses élèves en fin de formation. Certains s'en tiraient indemnes, d'autres avec des hématomes, voire des fractures. C'était le prix pour figurer parmi l'élite des motards de la Police Nationale... Un bruit de pas feutrés attira son attention, aussitôt le brigadier se fondit dans le decor, aux aguets. Il décela la présence de deux marcheurs avant que ceux-ci ne passent à quelques mètres de lui. L'un d'eux shoota involontairement dans un caillou, il s'arrêta et ne repartit que quelques secondes plus tard. Avait-il voulu s'assurer que personne ne le suivait ? Ils portaient des casques avec des bandes réfléchissantes à peine visibles, tant l'obscurité était profonde ; ils gagnaient discrètement le local des motos. Toujours avec la plus grande discrétion, ils poussèrent leur véhicule jusqu'à l'extérieur de la caserne. Durantour avait la clé de sa moto dans sa veste de treillis, il décida d'enfourcher à son tour son engin et de suivre discrètement les deux hommes. Sa filature était discrète : phare éteint, pas de risque de réverbération sur son casque, car il roulait tête nue pour mieux se concentrer sur sa conduite au jugé. Suivis et suiveur roulaient maintenant depuis plus d'un quart d'heure, Trivia était dans leur dos, Neuville sur Saône pas encore atteinte. La route départementale était déserte, soudain les deux inconnus firent un demi-tour parfaitement synchro, et remontèrent la route, face à Durantour, l'aveuglant de leur puissant phare. Ils fonçaient sur lui en parfaite ligne de front et ils conservaient un écart permanent entre les deux motos. Ils occupaient ainsi la totalité de la largeur de la chaussée et ne laissaient à Durantour que la possibilité de passer entre eux. Qu'envisageaient-ils de faire au moment de leur croisement ? Le brigadier sentit instinctivement qu'il avait affaire à des pros, à des pilotes aussi maîtres de leurs manœuvres que les meilleurs de ses élèves. Il éclaira à son tour son phare et il accéléra. Il avait son arme à portée de main, mais il refusait de s'en servir : le souvenir de son jeune élève irresponsable le hantait encore, il ne voulait pas reproduire le même drame. Au moment fatidique de sa rencontre avec ses agresseurs, il se pencha en arrière et sa moto se cabra, dressée sur une roue. Un choc inattendu se produisit et le policier fut projeté au sol, son engin poursuivit sa course avant de s'écraser sur l'asphalte, entièrement disloqué. Durantour se releva, sonné. Les deux motards revenaient face à lui, toujours avec la même coordination de leurs mouvements. Le brigadier était au milieu de la chaussée, ébloui. Ses agresseurs accélérèrent, il aperçut trop tard la chaine qu'ils tenaient tendue entre les deux motos. Il la reçut au niveau de la ceinture et il fut traîné sur plusieurs mètres, puis les motards l'abandonnèrent et filèrent en direction de Neuville, de Lyon. Le souffle coupé, parcouru de violentes douleurs intercostales et dorsales, l'homme roula sur lui-même, en direction du bas-côté. Pas question pour lui de rester sur la chaussée et de risquer de se faire écraser... Il était trop affaibli pour tenter de se relever, de dégager sa moto de la route... Pour la première fois de sa vie, il avait besoin d'aide, et Gallau de Flesselles était trop loin pour le secourir. Grange parti se jeter dans la gueule du loup, il n'avait qu'une personne vers qui se retourner, en espérant qu'elle viendrait le chercher.

— Virginie, dit-il d'une voix essoufflée, je suis à terre à une dizaine de kilomètres de Trivia, en direction de Neuville. Ma moto est dans un sale état, mais je ne suis pas en mesure de la sortir de la route. Peux-tu venir ?

— Phil… oui, bien sûr, mais que t'est-il arrivé. Tu as besoin de soins ?

— Je m'en remettrais, mais là, je suis Out. Viens vite avant que ma moto ne provoque un accident. Je te raconterai tout en détails. Sois prudente si tu croises deux motards !

En attendant d'être secouru, Durantour ruminait : il s'était fait avoir comme un bleu, pour la seconde fois depuis que Grange et lui enquêtaient sur la mort mystérieuse des Anciens de Trivia. Avait-il la scoumoune, était-il devenu trop vieux pour son métier ?

La maréchale des logis-cheffe enfila son uniforme en quelques secondes, puis elle toqua à la porte de Pernot :

— Chut ! Enfile ta tenue et rejoins-mois au garage. Prends ton arme !

Réveillé en sursaut, le gendarme mit quelques secondes à réagir. Brulant était-clle vraiment venue, avait-il rêvé ? La fraîcheur du carrelage qu'il perçut sous ses pieds nus lui confirma la réalité. Sans plus attendre, il se vêtit et retrouva son supérieur auprès d'un fourgon.

— Phil a eu un souci, nous devons le récupérer, lui et sa moto, au plus vite. Ton arme est chargée ?

— Oui, répondit Pernot, abasourdi.

— Alors, GO !

Quelques minutes plus tard, Durantour et sa moto étaient hissés dans le fourgon.

— Que s'est-il passé, questionna la conductrice.

— Davy a dû s'absenter pour un motif sérieux…

— Lequel, demandèrent en cœur les deux gendarmes.

— Je ne peux pas le dire, mais il est en danger…

— T'es son ami, tu étais certainement sorti pour l'aider, parle vite !

— Tout ce que je peux vous dire, parce que je sais que vous êtes clean et que vous aimez bien Davy, est qu'il a été appelé pour affronter son destin !

— Tu me fais peur, bégaya Pernot. Faut l'aider !

— Non, la vie d'un otage est en jeu…

— Alors t'as décidé de le suivre discrètement et ça s'est retourné contre toi…

— Pas vraiment. Après qu'il m'ait averti de son départ et de l'interdiction de le suivre, j'étais descendu dans la cour de la caserne, j'avais besoin de prendre l'air, de me calmer…

— Peu après 3 heures du mat… et en tenue !

— Oui, Virginie, je n'aime pas montrer mon caleçon de nuit au premier venu !

Durantour essayait de détendre l'atmosphère, de cacher son angoisse. Il aurait tant aimé être en ce moment en soutien de son ami…

— J'ai alors distingué le pas de deux hommes, je me suis caché. L'obscurité était trop profonde pour que je distingue leur silhouette, je n'ai aperçu que le reflet blafard des bandes réfléchissantes de leur casque. Ils ont poussé leur moto à la main, jusqu'à l'extérieur de la caserne puis ils sont partis en direction de Neuville, comme Davy peu avant !

— Et t'as décidé de les suivre, grogna Brulant, tu aurais pu m'avertir au lieu de jouer les Don Quichotte, ou m'appeler une fois sur ta moto !

— Tout s'est passé très vite, j'étais ensuite concentré sur ma conduite, sans éclairage…

— Phil, dès notre retour à la caserne, je vais sonner le rassemblement, nous verrons bien qui manquera à l'appel !

— OK Virginie, à condition qu'il manque toujours deux motos dans le garage !

— Luc restera en observateur et nous préviendra si tes agresseurs reviennent !

4 heures 30 du matin, branle-bas de combat à la caserne : l'alarme stridente avait réveillé tous les gendarmes, qui se présentèrent de manière désordonnée dans la cour. Certains étaient immédiatement descendus, avec pour tout bagage les vêtements de nuit qu'ils portaient sur eux. D'autres les avaient rejoints quelques minutes plus tard, en tenue militaire, et armés. Jamais les locataires de la Gendarmerie n'avaient vécu un tel événement.

— Merci à tous de nous avoir rejoints, annonça Brulant. Deux motos manquent dans le garage, je dois faire l'appel pour ensuite réprimander les fugueurs. Merci d'avancer à l'appel de votre nom !

Deux personnes manquaient : Corbin et Néville. Ce n'était pas une surprise pour chacun d'eux, mais Durantour, Pernot et sa cheffe auraient préféré que ce fussent d'autres personnes, sorties pour convenance personnelle… L'absence de ces deux gars ne présageait rien de bon pour Grange.

Le lieutenant ignorait tout de ce qui s'était passé depuis son départ de la caserne. Arrivé au lieu du rendez-vous, il se retrouva face à un groupe d'hommes qui marchait à sa rencontre, dans le contrejour de puissantes lampes, utilisées par les forces armées. Il n'avait plus le choix, il avança, les bras en l'air. Il était une cible sans défense, il aurait été facile à celui qui détenait Newkacem de le faire exécuter sur place… Mais aucun bruit suspect, aucun signe d'hostilité, aucune parole. Deux des ombres vinrent à son contact, le palpèrent avec dextérité. L'un des hommes récupéra le téléphone du lieutenant, l'éteignit et le glissa dans sa poche. Une nouvelle ombre se détacha et lui désigna d'un mouvement de bras de la suivre... toujours dans le plus grand silence. Grange et son escorte s'engouffrèrent ensuite dans plusieurs véhicules. Le policier était traité sans agressivité, mais son voisin de banquette lui banda les yeux. Le lieutenant restait concentré, le moindre détail qu'il mémoriserait lui permettrait peut-être ensuite de retrouver le lieu où il était emmené. Il repéra ainsi le sifflement caractéristique du vent sur les ponts, d'abord sur le Rhône puis sur la Saône, le ronflement accru du moteur qui révélait une forte côte, le grincement des pneus accompagné du déséquilibre de son corps lors du passage d'un virage très serré... puis le bruit de cloches d'une cathédrale lorsqu'il descendit à pieds quelques marches. Ses pas résonnèrent ensuite, nul doute pour lui qu'il parcourait, toujours les yeux bandés, la galerie enterrée d'un monument de grande taille. Un étage plus bas, un de ses accompagnateurs pressa sur son épaule et le força à s'assoir sur le siège qu'il lui appuyait derrière les genoux. Enfin ce fut la délivrance, le bandeau était retiré... La pièce était dans la pénombre la plus complète ; une voix s'adressa à lui :

— Tu ne m'as pas cru, tu t'estimais plus fort, mais ton copain est peut-être en ce moment à la morgue !

Surpris, le policier voulut se relever de son siège et protester, mais il fut stoppé dans sa tentative.

— Quoi… tu ne savais pas qu'un de tes complices avait décidé de te suivre. Mais pourquoi l'aurait-il fait si tu ne lui avais pas parlé de notre rendez-vous ?

— Il est insomniaque, mentit le lieutenant, alors plutôt que de risquer qu'il se pose des questions en me voyant partir à une heure peu habituelle, je l'ai averti que j'avais rencart avec un indic…

— Si tu dis vrai, je t'ai surestimé. Tu n'as pas su convaincre ton motard et t'as éveillé sa curiosité !

— Que lui est-il arrivé ?

— Les questions, c'est moi qui les pose. Mais je vais être fair-play, un de ces messieurs va te répondre.

— Disons qu'il a eu un problème de chaine et qu'il s'est viandé avec sa moto, ironisa l'homme désigné par l'inconnu.

Grange était abasourdi, pourquoi Durantour avait-il décidé de le suivre. Il avait été très clair entre eux qu'il ne devait pas le faire… Cela signifiait-il qu'il ne reverrait jamais Newkacem ? Trop de personnes étaient présentes dans cet endroit, leurs respirations se mêlaient, le lieutenant ignorait combien de complices pouvaient être là. Une chose était cependant sûre pour lui, il ne voyait personne, mais à l'inverse tout le monde le distinguait. Le groupe présent devait être muni de lunettes infrarouges…

— Tu m'as suffisamment nui, je devrais t'exécuter ici-même, sans le moindre procès. Mais il y aura toujours une nouvelle recrue qui reprendra ton flambeau, ou celui de tes successeurs. Aussi je te propose un deal : tu me fous la paix et je t'oublie. Dissuade ton ami Gallau de Flesselles de foutre son nez dans mes affaires, ton apprenti en informatique ne fait pas le poids face à la vingtaine de crackers qui travaillent dans mon service… Mes paroles dures au téléphone, cette fois-ci, c'était pour que tu viennes. S'il devait y avoir une seconde fois, n'en doute pas, elles seront de véritables menaces !

— Et Sasha ?

— Tss, tss… C'est donc bien ton talon d'Achille… Elle sera relâchée après notre entrevue, si bien entendu, tu te montres coopératif. Tu peux me remercier, mes hommes l'ont pistée depuis votre première entrevue et lui ont sauvé la vie à plusieurs reprises. C'est une battante, mais elle est un peu suicidaire… s'attaquer à des trusts internationaux du plastique, de l'embouteillage, puis pharmaceutiques et de la recherche médicale.

— Pourquoi l'avoir sauvée ?

— Je sais aussi réfléchir… je savais qu'un jour elle serait mon moyen de faire pression sur toi, de te rencontrer sans risque. Maintenant ne m'interromps plus, nous ne sommes pas ici pour discuter comme deux potes. Contente-toi de répondre à mes questions. Sais-tu qui te parle ?

— Dans ma profession, on ne se fait pas que des amis. J'imagine que vous le savez…

— N'abuse pas de ma patience. Alors qui suis-je ?

— L'ex-capitaine Albert ou monsieur Bruno…

L'inconnu rit bruyamment.

— Pas mal, mais incomplet, j'étais les deux à la fois, maintenant je suis quelqu'un d'autre… Ne t'avise jamais à me redire ex-capitaine. Tu ne connaîtras jamais ma nouvelle identité, le passé est mort, le capitaine Albert s'est volatilisé, Monsieur Bruno n'existe plus... Comme je te l'ai dit, oublie-moi, je suis un trop gros gibier pour toi, tes tentatives ne feraient que remuer la boue. La France, son Président et son état-major ont besoin de moi, des personnalités de tous bords me couvrent. Je n'ai pas besoin qu'un petit lieutenant comme toi m'empêche de me concentrer sur mon job, sur la Sûreté Nationale, sur la lutte contre le fanatisme. Que représentent tes griefs contre la vie de nos concitoyens, de tous nos concitoyens, en France et dans le Monde ? Tu veux me faire tomber mais tu n'es même pas capable de protéger celle que tu aimes… Tu vois, je pourrais te réduire au silence sans le moindre problème. Mais Latouche, mon fidèle serviteur que tu as retourné contre moi, m'a vanté tes qualités. Un élément comme toi aurait eu sa place dans mon équipe, seulement tu as refusé…

— Vous l'avez tué !

— Par ta faute… Tant que j'y suis, j'avoue, j'ai aussi tué Christian Despré qui allait raconter au capitaine Langlois, mon supérieur de l'époque, qu'il avait aidé Desvaux à déplacer le corps de Martinet. Puis j'ai renouvelé plus récemment avec Langlois qui t'avait aidé à me piéger et je m'attendais à te voir à son enterrement... Que puis-je te dire de plus ? Ah oui, les écoutes lors de ton enquête sur le suicide de Florit, c'est encore moi, tout comme les gars qui t'ont affronté dans le centre commercial de la Confluence, ou encore la plupart des photos transmises aux médias... Tu vois, je peux tout faire et tu n'y pourras jamais rien. Au mieux, tu gagneras quelques batailles qui ne seront pas toujours récompensées à leur juste valeur, mais jamais, tu m'entends, jamais tu ne remporteras la victoire finale. Penses-y. Il n'y a pas d'alternative entre la vie de millions de personnes et la justice pour un ou deux morts. Le choix t'appartient, mais il sera sans retour. Que comptes-tu faire ?

Grange était sans voix : les confidences d'Albert levaient un voile sur des interrogations qu'il avait, il lui devait la protection de Newkacem et l'ex-capitaine avait su lui mettre en avant l'intérêt national. À quoi bon s'entêter, cela ne le mènerait à rien, ne ressusciterait pas les victimes de cet homme de l'ombre !

— J'accepte, mais si Sasha...

— Elle sera chez toi demain en fin d'après-midi, saine et sauve. Tu as ma parole, donnant-donnant avec la tienne, mais si tu tentes de me trahir... C'est une chic fille, prends soin d'elle. Elle ne m'est plus utile et mes gars ne seront plus là pour la protéger !

— Capitaine, ou qui que vous soyez maintenant, Plouarnec, c'est vous ?

— Non, je suis étranger à son tragique destin, j'ai appris sa mort par la radio...

— Vos hommes dévoués, encore basés à Trivia, ne vous l'avaient pas annoncé ?

— Comment l'auraient-ils appris avant les médias, vous ne les avez pas conviés à se rendre sur le lieu de l'embuscade, toi et tes acolytes. J'ai félicité ceux qui me sont restés loyaux pour leur travail de cette nuit, puis je les ai recadrés, ils resteront tranquilles tant que tu ne chercheras pas à me nuire. Grange, cette conversation entre nous n'a jamais eu lieu, je ne tolérerai aucune allusion de ce que nous venons de dire aux médias. Ton amie Brulant connaît bien ma devise "Écraser ou être écrasé". Médite dessus et ne l'oublie pas. Tu te crois différent parce que tu n'es pas seulement un grain de sable qui pourrait contrarier mes plans, mais parce que t'es un minuscule caillou entré dans ma chaussure et que de ce fait, tu ne peux pas être écrasé sous ma semelle... Je peux retirer ma chaussure et t'en expulser, puis t'écraser. T'es prévenu, adieu... j'espère pour toi ne plus jamais te revoir !

Grange avait encore une question sans réponse, mais la discussion était close d'autorité par Albert. Jamais le lieutenant n'aurait la certitude que les deux porte-flingues, qui s'étaient amusés à encadrer sa tête de quelques tirs précis en plein centre de Trivia, avaient agi sur l'ordre de l'ex-capitaine !

Chapitre 10

Grange savait que c'était inutile de passer chez lui avant de retourner à Trivia. Son escorte musclée l'avait ramené depuis peu à sa voiture et lui avait rendu son téléphone. Albert était entré dans sa tête et il avait essayé de transformer le lieutenant en un homme docile. C'était peine perdue, l'officier agissait en électron libre... cependant l'ex-capitaine avait marqué des points, son score était suffisant pour que Davy jette l'éponge. Mieux valait pour lui retrouver Newkacem vivante, ne plus exposer ses amis à des conflits fratricides avec les policiers et les militaires à la solde d'Albert. C'était une défaite dure à avaler, mais il l'avait acceptée pour le bien de tous. Son inquiétude allait maintenant de Durantour à son amie, il avait hâte de retrouver l'un et l'autre.

Sitôt arrivé à la caserne de Trivia, Grange courut prendre des nouvelles du brigadier. Il frappa à sa porte, anxieux. Des bruits de pas révélaient la présence d'une personne plus légère que le brigadier ; la poignée pivota lentement pour faire face à...

— Virginie, que fais-tu là ?

— Chut, Phil vient juste de s'endormir. Il a sacrément été maltraité par deux motards de chez nous...

— Corbin et Néville...

— Oui, comment le sais-tu ?

— Je t'expliquerai tout ça en même temps qu'à Phil. Tu peux rejoindre ton quartier, il n'y a plus de danger de ce côté…

— Luc les a vus rentrer il y a peu de temps…

— Qu'importe, ils ont reçu des ordres et ils doivent se faire oublier !

— Ton assurance m'inquiète, qui as-tu rencontré pour être aussi sûr de toi, de la sécurité de tes amis ?

— Aie confiance, tu sauras tout avant de déjeuner. Je suis crevé et je voudrais voir Phil avant de prendre un peu de repos. Il est déjà 6 heures…

Grange observa le corps alité de son ami. S'était-il déshabillé et pansé tout seul, avait-il été aidé par des gendarmes, Brulant s'était-elle occupée seule de lui. Cette dernière pensée l'amusa, il réalisa que ces deux-là étaient faits l'un pour l'autre, mais en avaient-ils conscience ?

De retour dans sa chambre, il s'écroula sur son lit, les larmes aux yeux. Et si Albert s'était moqué de lui, s'il ne revoyait jamais Newkacem ? Malgré son angoisse, il n'oubliait pas l'enquête en cours. Ses cauchemars allèrent de l'un à l'autre de ses soucis du moment, de la reporter aux très grands seniors, clients de la Banque Postale.

Martine Bonpied avait changé d'idée après avoir sectionné tous les orteils et tous les doigts de Lapierre. Elle s'était refusé d'achever celui qu'elle considérait comme le principal responsable de l'agonie de sa grand-mère, tant que Couturier serait encore en vie. Peu lui importait que sa victime vive un jour ou deux de plus, elle avait commencé sa torture pour le cinquantenaire de l'expulsion de Gertrude Goulet et du drame qui s'en était suivi. Ce sursis la réjouissait même d'un certain côté : pour elle, l'ancien banquier allait souffrir plus longtemps et attendre l'issue fatale avec crainte, mais aussi avec impatience… Le bouquet final, l'ultime recours à la fraise allait se terminer dans un spectaculaire jet de sang, d'abord accompagné de cris aigus puis d'un bruit de suintement. Elle dormit en toute sérénité.

Costini, quant à lui, passa une nuit blanche ; il chercha désespérément un gars capable de dégommer la vieille demoiselle, encore sous protection probable de la Gendarmerie. Les candidats ne se bousculaient pas… Lui-même n'était ni assez courageux, ni assez compétent pour finaliser son contrat. Il devait trouver un exécuteur fiable, pas trop exigeant sur la somme à lui payer pour ce boulot considéré à risque. À 7 heures du matin, il comprit que sa quête était vaine et qu'il devrait en aviser sa commanditaire ; il n'était pas pressé de rendre compte à Bonpied. Il craignait cette femme aussi forte de corpulence que de caractère, aussi cruelle qu'exigeante. Il décida d'attendre l'après-midi pour la rencontrer en public dans un lieu fréquenté, il avait peur… peur d'elle et de ses réactions. Il s'allongea alors sur son lit et joua fébrilement avec sa console de jeux.

— Le Bleu-bite, j'ai ton info… Le portable de Plouarnec…

— Vas-y, Marco !

— La nuit de ton mystérieux appel à 3 heures du mat, il a été connecté une demi-heure avant à Mizéria, chez Renaud Costini, un gars qui vivote de petits travaux. Depuis aucune nouvelle connexion, ce gars a trouvé ce qu'il cherchait dans le téléphone du capitaine…

— Son adresse ?

— Je te l'envoie par SMS… Ça y est, tu l'as reçue ?

— OK, je fonce !

— Phil ne répond pas, tu le prends au passage…

— Non, il a besoin de repos. Rejoins-nous à midi à la caserne, j'ai un scoop pour l'équipe !

— Tu veux me faire languir sur ton scoop, m'inquiéter pour Phil. T'es inhumain !

Grange abrégea la discussion. Il connaissait bien le brigadier-chef et il savait que ce dernier finirait par lui arracher des confidences, mais par honnêteté envers ses amis, il voulait tous les informer en même temps sur le difficile choix qu'il avait dû prendre la veille. Il n'aimait et n'aimerait jamais Albert, il ne lui pardonnerait jamais ses crimes, mais il avait cependant cru en sa parole donnée, en la libération de Newkacem… Il était temps pour lui de rendre visite à Costini.

— Virginie, Marco a trouvé les coordonnées d'un gars en possession du portable de Plouarnec, il l'a utilisé avant de m'appeler pour me demander d'abandonner l'enquête. Tu m'accompagnes ?

— Et comment. Attends, on emmène aussi Luc !

Le trio fila à Mizéria et stoppa la voiture à une centaine de mètres d'un petit immeuble de trois étages.

— Son appart est au second, peu de chance qu'il s'échappe par la fenêtre, de ce côté. Faisons discrètement le tour du bâtiment avant de lui rendre visite. Virginie par la droite, Luc par la gauche et retrouvez-moi ensuite devant l'entrée… Je vais faire un premier passage au rez-de-chaussée pour examiner les lieux !

Quelques minutes plus tard, le lieutenant et ses amis gravirent silencieusement les étages. Fort heureusement, ils ne croisèrent personne et ils parvinrent sans encombre à leur destination.

— Gendarmerie, lança Brulant d'un ton autoritaire, ouvrez !

Des bruits provinrent des autres étages, de voisins surpris par l'annonce criée par la maréchale des logis-cheffe. Prudemment, les curieux refermèrent leur porte… Costini, quant à lui, semblait ne pas être là ou ne pas vouloir obtempérer. Grange frappa le battant en bois de plusieurs plats de la main, puis il menaça de défoncer la porte. La poignée de cette dernière commença un lent mouvement vers le bas, un jeune homme complètement

183

hébété apparut. Il céda le passage à ses visiteurs qui s'engouffrèrent dans l'appartement.

— Renaud Costini, nous avons quelques questions à vous poser. Vous pouvez nous répondre ici ou à la caserne...

Le locataire écoutait, livide. Il était sans voix... Comment les enquêteurs avaient-ils pu remonter jusqu'à lui, comment avaient-ils pu découvrir qu'il avait utilisé brièvement le téléphone de Plouarnec pour consulter son annuaire. Devait-il dévoiler la vérité, l'existence de sa commanditaire ?

— Alors, ce téléphone ; insista Brulant, comment est-il entré en votre possession, pourquoi ne l'avoir connecté qu'une seule fois, à quoi cela vous a-t-il servi ?

— C'est un ami qui me l'a donné, mentit maladroitement Costini.

Grange observait la gestuelle de l'homme : son regard en coin, ses mains en friction permanente, son basculement d'une fesse sur l'autre... Pas de doute pour le lieutenant, le locataire bluffait.

— Nom, prénom et adresse de cet ami, demanda le policier, nous allons tout de suite vérifier !

— Nono, c'est comme ça qu'il se fait appeler...

— Vous acceptez un cadeau d'un gars qui cache son identité, vous n'êtes pas très prudent, ou alors vous avez un deal avec lui. Parlez !

Costini était pris de court, le lieutenant l'avait piégé. Ce dernier poursuivit :

— Pourquoi n'avoir connecté qu'une seule fois ce téléphone ?

— J'ai voulu voir à qui il appartenait, j'ai eu peur quand j'ai vu son fond d'écran... une carte de capitaine de Gendarmerie, alors je l'ai éteint !

— Il est où, ce poste ?

Le locataire se leva sous le regard méfiant des enquêteurs, puis il ouvrit le tiroir de l'unique buffet du studio, en formica jaune, servant d'armoire range-tout.

— Nous savons que c'est vous qui avez appelé un de nos collègues à trois heures du matin, il y a quelques jours, pour lui demander de quitter Trivia...

— C'est faux... pourquoi l'aurais-je fait ?

— C'est à vous de nous le dire !

— Je n'ai appelé personne !

— On peut vérifier sur votre téléphone personnel ?

— J'n'en ai pas, c'est pour ça que Nono m'en a donné un !

— Que vous n'avez connecté qu'une fois, et seulement pendant quelques minutes... À qui voulez-vous faire croire cela ?

Grange était devenu plus incisif ; le locataire avait besoin d'être recadré, de faire profil bas et de coopérer. Il transpirait la peur et il cachait un secret lourd à porter, aussi le lieutenant annonça, après un coup d'œil furtif à Brulant :

— Très bien, nous allons poursuivre cette discussion à la caserne. Nous gardons le téléphone du capitaine Plouarnec comme pièce à conviction. Veuillez nous suivre !

Costini lança un regard apeuré puis il suivit les gendarmes. Grange se fit déposer ensuite à la Poste, laissant à Brulant le soin de cuisiner le jeune homme.

Les rares journalistes encore présents à Trivia attendaient de nouveaux événements dans leur chambre d'hôtel, attablés au café derrière une tasse fumante, ou encore assis sur un banc et lisant un journal… L'enquête pour laquelle ils avaient été dépêchés s'enlisait, après un tonitruant effet d'annonce. Pas de nouvelle mort, accidentelle ou non, parmi les grands seniors. Le calme était revenu, en apparence, sans que la Gendarmerie n'ait arrêté le moindre suspect. Aucun des reporters en place ne prêta attention au lieutenant qui entra dans l'agence de la Banque Postale… Le responsable était dans son bureau, à l'abri du regard de sa clientèle. Il ne vit pas arriver Grange, mais le rejoignit dès que son employé lui indiqua que le policier souhaitait le voir.

— Monsieur Manigan, désolé de venir sans prévenir, mais j'ai une piste, certes très aléatoire, à explorer. J'ai besoin de vous pour l'étoffer : savez-vous que le bureau postal n'a pas toujours été entre ces quatre murs ? Pourriez-vous retrouver dans vos archives la date exacte de son déménagement, comment ce terrain était aménagé auparavant, voire découvrir des articles relatant cet événement, d'éventuels problèmes liés à sa construction ?

— Lieutenant, ce que vous me demandez est pharaonique… Êtes-vous sûr que cette recherche soit nécessaire, je n'ai pas entendu parler de nouveaux décès ?

— Que faites-vous des précédents ? Devront-ils rester impunis ?

— Non, bien sûr, mais rechercher à l'aveuglette un document sur un événement qui s'est produit avant mon arrivée il y a quelques mois, c'est…

— Pardon, j'ai oublié de vous dire que cela s'est passé autour de 1970 !

— La recherche est fortement allégée. Vous voulez votre réponse dans la soirée ?

— Je suis persuadé qu'une vie est en jeu. Il me faut la date maintenant, et je dois aussi connaître le nom du responsable de l'époque !

— Maintenant, mais… mes rendez-vous !

— Je peux vous aider. À deux, combien de temps estimez-vous nécessaire pour retrouver le nom et la date ?

— Peut-être deux heures…

— Chaque minute compte, chaque seconde peut être fatale. À quelle heure votre premier rendez-vous ?

— 10 heures 30 !

— Nous avons donc juste une heure pour trouver... Je vous suis !

Manigan précéda Grange dans la salle des archives, petit local poussiéreux et mal éclairé, occupé sur trois pans de mur par des étagères en bois brut.

— Les documents sont classés par ordre chronologique, les plus anciens dans la première colonne sur votre gauche, puis la suite sur la seconde colonne... pour arriver aux plus récents sur votre droite, qui sont beaucoup moins nombreux, dématérialisation oblige !

— Où se situent les années 69 à 71 ?

— Là !

— Cela en fait, des cartons !

— Je vous avais prévenu !

— On se limite à 1970, en un premier temps. Il pourrait s'agir d'un jubilé, d'un jour noir pour celui qui est derrière tout ça. Le premier décès remonte à moins d'un mois, commençons la recherche à la même période, cinquante ans plus tôt !

— Si vous avez raison, vous aurez réussi à limiter votre recherches à quatre cartons contre 1, 2, 3... 16 pour la seule année 1970 !

Une demi-heure plus tard, Manigan s'exclama :

— Trouvé. Article du Progrès du 15 octobre 1970 : "Trivia. Le tout nouveau bureau de la Poste a été inauguré en compagnie de messieurs le Sous-préfet, le Maire, le responsable régional de la Poste et du tout jeune directeur en place. Après les discours de chacun, monsieur Lapierre a guidé ses prestigieux visiteurs à travers des salles spacieuses et très lumineuses, il leur a fait l'honneur de visiter la salle de coffres"

— Un simple article de journal… aucun rapport manuscrit sur cette inauguration ?

— Estimez-vous heureux. Mon prédécesseur de l'époque a inséré cet article dans nos archives légales, il n'avait même pas à le faire !

— Ce Lapierre, il a un prénom ?

— Oui, Lieutenant, Claude. Il signait à l'époque tous ses courriers avec son identité complète.

— Connaissez-vous cet homme ?

— Non. Je vous rappelle que je ne suis pas un autochtone et il avait passé la main bien avant mon arrivée. Depuis, plusieurs directeurs se sont succédé ici, sans jamais rester très longtemps. Allez savoir pourquoi, mais ce bureau n'a pas la cote, il fait peur !

— Merci monsieur Manigan. Il est évident que notre découverte doit rester secrète. Elle est peut-être inexploitable, mais sait-on jamais !

Grange sentait son malaise franchir un nouveau palier, son subconscient lui criait que Lapierre était la clé de l'histoire, qu'il était en danger... L'arrivée de Gallau de Flesselles, prévue pour midi, était une aubaine. Il plancherait en direct sur cette info, trop heureux de rester sur place le temps de sa recherche.

Pendant ce temps, Brulant et Pernot interrogeaient Costini. Ce dernier n'était pas très coopératif, mais sa retenue était dictée par autre chose que de la défiance ou de l'arrogance. À l'instar de Grange, les deux gendarmes avaient aussi décelé un trouble chez le jeune homme, un déchirement mental. Durantour vint en renfort, sa forte carrure imposait le respect, malgré sa démarche hésitante et sa main droite collée contre son torse, au niveau du cœur. Après des présentations rapides et un résumé succinct des réponses de Costini, le brigadier prit les commandes de l'interrogatoire :

— Jeune homme, vous êtes dans de sales draps... le téléphone trouvé en votre possession appartenait à un capitaine de Gendarmerie, très précisément le commandant de cette caserne. Cet homme a été victime d'un traquenard et il est mort. Vous êtes donc mêlé à cette histoire... La mort d'un officier pendant son service est un crime sévèrement puni. Maintenez-vous toujours qu'un certain Nono vous a donné son téléphone ?

Costini marqua un bref instant d'hésitation, puis opina.

— Et vous ne savez rien de lui, pas même comment le joindre ?

Nouveau signe de tête approbateur.

— Eh bien, vous allez nous aider à dresser son portrait-robot. Nous avons tout notre temps…, mais si une nouvelle mort devait grossir le rang des décès des personnes âgées de Trivia, je ne vous cache pas que je n'aimerai pas être dans votre peau. Obstruction à l'enquête, peut-être complicité avec une bande organisée pour le crime, sans parler de l'exécution du capitaine Plouarnec, recel de biens d'autrui… vous serez jugé avec des circonstances aggravantes, vous écoperez d'un max !

— Ne nous sous-estimez pas, surenchérit Brulant, nous enquêtons sur les dernières morts, qui auraient pu paraître naturelles ou accidentelles, mais nous avons découvert des indices qui nous prouvent que derrière l'apparence, la réalité est toute autre. Mon capitaine travaillait sur cette affaire, il a été sauvagement exécuté. Alors soit vous faites partie de ses assassins, soit vous êtes en danger et nous pourrions vous mettre en lieu sûr jusqu'à la fin de nos recherches !

Le jeune homme n'était pas de force face aux enquêteurs, mais il refusait d'avouer son rôle dans la déferlante meurtrière qui avait fait officiellement neuf morts et une survivante. Grange arriva à son tour et ses coéquipiers le briffèrent rapidement. Il était 11 heures 30 et Gallau de Flesselles n'allait pas tarder à arriver. Il s'adressa à son tour à Costini d'un ton calme, en abandonnant le vouvoiement pour un tutoiement accusateur :

— Connais-tu mademoiselle Paulette Couturier. Par deux fois, des personnes ont tenté de la tuer... de tes amis ? S'il devait arriver malheur à cette vieille dame, nous obtiendrions d'importants renforts pour retrouver le coupable. Des équipes cynophiles, des pilotes de drones, des équipes armées sont en alerte et attentent notre feu vert... mais obtenir une telle aide a un prix, que les coupables seront les seuls à payer !

Le jeune homme s'était complètement affaissé sur lui-même ; le dos rond, les bras croisés sur la table, la tête penchée en avant, il semblait désespéré.

— Nous te laissons le temps de réfléchir, poursuivit le lieutenant, nous reviendrons d'ici une heure ou deux. Fais le bon choix !

Les enquêteurs s'étaient réunis dans le bureau de Brulant et attendaient l'arrivée très proche du brigadier-chef villeurbannais.

— Nous avions encore quelques minutes avant l'arrivée de Marco, Costini était prêt à cracher le morceau...

— Oui, Phil, mais j'ai une piste que je veux vous révéler, et... avant que nous continuions notre enquête commune, je vous dois la connaissance de ce que j'ai vécu cette nuit. Tout est étrangement imbriqué dans l'affaire en cours, nous ne devons pas faire de faux pas et permettre au coupable de s'en tirer, suite à un vice de procédure. Nous devons nous assurer que tout est clean de notre côté…

Chapitre 11

Gallau de Flesselles pénétra dans le bureau, un petit sourire au coin des lèvres. Sa joie de retrouver ses amis était évidente, mais très vite ses sourcils convergèrent l'un vers l'autre, l'étonnement se lisait maintenant sur son visage :

— Phil, mon Grand, qu'est-ce qui t'est arrivé ?

La sollicitude du brigadier-chef pour son équipier mit un peu de baume au cœur des personnes présentes, leur faisant oublier durant quelques secondes l'enquête en cours. Durantour raconta son face à face avec deux motards de la caserne, des as de la conduite et de l'attaque.

— Néville et Corbin étaient absents pour l'appel de cette nuit, annonça Brulant.

— Ce sont surement ces suppôts de Satan, ces mercenaires à la solde de l'ex-capitaine Albert qui t'ont défoncé, Phil. Faut leur faire payer !

— Non, Marco, intervint Grange J'ai souhaité vous réunir pour vous faire une annonce primordiale, qui concerne aussi ces deux gars. Cela n'est pas facile à faire, je ne suis même pas convaincu à cent pour cent d'avoir bien fait et que vous me comprendrez. Ce matin à 3 heures, j'ai reçu un nouvel appel caché. Mon interlocuteur me donnait rendez-vous à Lyon, et je devais y aller seul, sans arme.

Il ne me laissait qu'une heure pour me rendre à son rendez-vous. Pour m'inciter à y aller, il m'a adressé une courte vidéo de Sasha, subissant une fouille au corps plutôt musclée. Si je voulais la sortir de sa prison, je devais accepter le rendez-vous...

— Et t'as foncé tête baissée dans le panneau...

— J'aurais peut-être dû, Marco, mais j'ai d'abord voulu avertir Phil, pour le cas où je ne reviendrais pas, ou dans celui où j'aurais été piégé et sali...

— J'avais promis au Bl..., à Davy, de rester tranquille et de me ronger les ongles en attendant son retour. Et puis j'ai eu envie d'une bouffée d'air pur. Je suis sorti dans la cour et j'ai aperçu deux motards qui quittaient la caserne en douce, seulement une dizaine de minutes après le départ de Davy. J'étais inquiet pour lui et j'ai filé ces gars. Ils m'ont mis à terre avant de filer en direction de Lyon !

— Je finis mon histoire, reprit Grange. Des hommes m'attendaient au rendez-vous, ils avaient toute latitude de me frapper, voire de me descendre, mais ils se sont contentés de m'emmener dans une salle sombre, je dirai au sous-sol du musée gallo-romain, d'après les repères que j'ai relevés lors du trajet. Là, un homme m'a accueilli, l'auteur de l'appel téléphonique...

— Il était de mèche avec mes deux motards...

— Attends, Phil, laisse Davy finir son histoire !

L'intervention de Pernot était inattendue ; le gendarme était d'ordinaire plutôt un taiseux.

— L'homme qui me faisait face nous connait tous, il m'a sournoisement attaqué sous différentes formes. Il tenait Sasha entre ses mains, c'était sa monnaie d'échange pour que je le rencontre et que j'accepte de ne plus m'intéresser à lui...

— Albert, s'écria Brulant. Et t'as accepté son offre ?

— Albert, monsieur Bruno, maintenant sous un autre nom tenu secret à la tête des plus hautes instances de la Sûreté Nationale. Il enquête dans tous les domaines : radicalisation et fanatisme, cartels de la drogue, corruption... Les quelques morts que nous pourrions lui attribuer ne sont hélas rien par rapport aux millions de vie qu'il protège. À quoi bon s'obstiner à rejouer sans cesse le combat du pot de terre contre le pot de fer ?

— T'as baissé les bras, t'as accepté un deal avec Albert, reprit Brulant.

La déception de la maréchale des logis-cheffe était communicative, un silence pesant régnait dans le bureau. Les aventures du groupe ne pouvaient pas s'arrêter là, l'amitié ne pouvait pas être reniée... Aucune des quatre personnes présentes autour de Grange ne souhaitait le départ de ce dernier, l'idée de ne plus le revoir était insoutenable pour chacune d'elles. Peut-être parce qu'il était le plus âgé, Gallau de Flesselles tenta une sortie de crise :

— Laissons de côté cette histoire, pour quelle autre raison je devais absolument venir ?

— 15 octobre 1970. C'est la date du déménagement du bureau de la Poste et le responsable de l'époque était Claude Lapierre. C'est tout ce que j'ai pu trouver dans les archives de la Poste, avec Manigan. Faut que tu fasses des recherches sur cet événement, sur des problèmes qui auraient pu se produire à Trivia à cette date, et surtout que tu retrouves les coordonnées de Lapierre !

— T'as interrogé ton père. Il a peut-être des réponses à te donner !

— Je vais l'appeler. Mais cherche quand même s'il y a eu, ou non, des incidents ce jour-là. Tu comptes rentrer à Villeurbanne pour poursuivre ton travail ?

— Si Virginie veut bien m'héberger, je préfère rester ici. Ce serait plus cool pour tous !

— Pas de problème, je te fais préparer la chambre voisine de celle de Phil !

— On continue notre enquête, OK, mais moi, qu'est-ce que je fais si je tombe encore sur Néville ou Corbin. Toute la caserne sait qu'ils étaient absents à l'appel de cette nuit et la plupart des gars a sa petite idée sur qui m'a agressé !

— Tu dois les ignorer. Je devais aller seul à mon rendez-vous, j'ignorais qu'ils me suivraient. Ils ont fait ce qu'Albert attendait d'eux, ils t'ont empêché de me rejoindre. Maintenant ils ont reçu un nouvel ordre d'Albert et ils ne doivent plus nous ennuyer !

— T'as vraiment confiance en ce criminel, t'as oublié le frère du Père Claude, Latouche…

— Non, Phil, je n'ai pas oublié et je traînerai toute ma vie le regret de ne pas les avoir vengés. Je n'aimerai jamais Albert, je ne l'excuserai jamais pour ses crimes, mais je crois en sa parole. Il m'a par ailleurs certifié qu'il n'avait rien à voir avec la mort de Plouarnec. Il est temps de manger un morceau et de faire parler Costini !

— Sans la présence d'un avocat ?

Brulant repensa à l'arrestation abusive du Père Claude ; l'ex-capitaine Albert avait-il déteint sur Grange ?

— Il n'était pas question de garde à vue ce matin, mais oui, il vaut mieux en faire venir un. Ce matin, nous ne l'interrogions que sur sa possession de la montre du Capitaine ; cet après-midi, nous déciderons peut-être de sa garde à vue. Virginie, veux-tu bien t'en occuper après déjeuner et trouver un avocat disponible pour 14 ou 15 heures ? D'ici là, j'aurai rencontré mon père et nous en saurons peut-être plus sur Lapierre. Je suis convaincu qu'il y a urgence à retrouver cet homme, mais j'ignore pourquoi il court un danger, et de qui !

— OK Davy, bougonna Durantour, tu vas voir ton père, Virginie va à la chasse à l'avocat, Marco se plonge dans les recherches… et moi ?

— Commence par aller voir le docteur Poux, tu ne peux pas rester dans ton état !

— Mais je vais bien…

— Tu vois, Phil, tu n'as pas voulu m'écouter quand je te l'ai demandé, surenchérit Brulant. Je sais que je n'ai aucune autorité sur un brigadier de Police, mais là, c'est ton lieutenant qui te l'ordonne !

— Bon…, mais après le repas, pas question que je reste le ventre vide !

— Et moi, demanda timidement Pernot ?

— Les nouvelles se propagent très vite, à Trivia comme ailleurs. Nous ne devons pas oublier que du point de vue technique, plusieurs personnes sont responsables de la mort de Courtaud et de Talbot. Il ne faudrait pas que notre invité reçoive de visite…

— Il suffirait de le préciser à l'accueil !

— T'as sans doute raison, Luc, mais je serai plus tranquille si tu restais là pour veiller à ce que l'isolement de Costini soit respecté. Qu'en penses-tu, Virginie ?

— Davy a raison, Luc. Je serai moi aussi beaucoup plus rassurée… je ne pourrai pas garder un œil sur notre jeune homme et lancer des appels téléphoniques pour trouver un avocat disponible !

Après leur déjeuner rapidement pris, les cinq amis se dispersèrent. Grange rencontra son père, qui ignorait ce qu'était devenu Lapierre :

— Tu sais, Fiston, je ne suis pas client de la Banque Postale. J'ai peut-être croisé ton gars pour une raison ou pour une autre, mais cela n'en fait pas pour autant une connaissance privilégiée. S'il n'a déposé aucun dossier à la Mairie, aucune demande de permis de construire ou autre, je ne suis pas sûr de trouver des infos sur lui !

— Il est à l'initiative du déménagement de l'agence, alors côté demande de permis de construire…

— T'as encore beaucoup à apprendre des arcanes de la bureaucratie. Tout se décide et se signe en haut-lieu, régional ou national, et ton Lapierre n'était là que pour suivre les ordres de sa hiérarchie. Il n'aurait en aucun cas pu prendre le projet de la construction et du déménagement du bureau de sa propre initiative…

— Donc, d'après toi, inutile de farfouiller dans les archives de la Mairie ?

— Si tu as du temps à perdre, vas-y, mais je doute que tu trouves des éléments en rapport avec ton enquête !

— Et le 15 octobre 1970 ne te rappelle aucun souvenir, aucune anecdote ?

— Non… vraiment !

Pendant ce temps, Brulant s'évertuait à trouver un avocat disponible, pouvant être commis d'office auprès de Costini. Les hommes de cette profession étaient-ils en majorité des gens déjeunant tardivement ? La maréchale des logis-cheffe en était à son dixième appel et à son second interlocuteur. Après s'être présentée et avoir rabâché sa demande, elle s'attendit à essuyer un deuxième refus.

— Voyons, répondit l'homme, 14 heures... non, disons 14 heures 30. Mais il va de soi que votre suspect peut demander l'assistance d'un confrère qu'il aura nommément cité. Trivia n'est pas loin de Villlefranche, je prends quand même le risque de venir...

— Merci, maître Blondiot.

Durantour avait obtenu un rendez-vous ; le docteur Poux l'examina de longues minutes, le palpa au niveau de ses hématomes :

— Vous avez reçu de sacrés chocs, mais apparemment aucun organe n'est touché. Les douleurs que vous ressentez au niveau du thorax proviennent très certainement d'un déplacement de vos côtes flottantes. Certains confrères vous prescriraient une ceinture abdominale et le repos, moi je vous conseille plutôt de consulter un bon ostéopathe !

— Pour vous, je peux donc assurer mon travail ?

— Vous avez reçu des chocs importants, ce serait quand même plus sage de rester tranquille quelques jours, le temps que vos douleurs disparaissent !

— Prescrivez-moi de l'Aspirine, ou un truc dans ce genre, tout aussi efficace, ça fera l'affaire. Mes collègues ont besoin de moi !

Poux rédigea une ordonnance qu'il tendit à Durantour :

— Brigadier, ceci pourra vous aider, mais prenez soin de vous. Vous avez beau avoir une carrure imposante, solide, vous n'en êtes pas moins à la merci d'un nouveau choc, et vous ne vous relèverez pas aussi facilement de celui-là !

14 heures 30 : Erwan Blondiot demanda à parler à la maréchale des logis-cheffe. Un gendarme l'accompagna jusqu'au bureau de Brulant, où attendaient les cinq amis. Tous comprirent pourquoi cet avocat avait accepté aussi facilement d'assister Costini : son planning devait être peu chargé, l'avocat étant très jeune. Peut-être allait-il même débuter sa carrière avec sa présence auprès de l'homme interpelé le matin même à son domicile…

— Maître, merci d'être venu. Comme je vous l'ai annoncé au téléphone, Monsieur Costini, que vous avez accepté d'assister, n'est pour l'instant questionné que sur sa possession du téléphone portable du capitaine Plouarnec, commandant de cette caserne et victime récente d'un meurtre. Notre jeune homme nous a fourni des réponses peu convaincantes et nous allons réitérer nos questions. Il se peut qu'ensuite nous le mettions en garde à vue et vous aurez carte blanche pour l'accompagner et pour le conseiller…

— Voyons cet être rétif, et attendons d'abord de savoir s'il souhaite que je l'assiste, répondit Blondiot.

Les enquêteurs se levèrent.

— Vous n'avez pas l'intention de venir tous les cinq, s'inquiéta le magistrat. Si mon client est aussi peu coopératif que ce que vous m'avez laissé entendre, votre présence à tous sera un prétexte supplémentaire pour qu'il se ferme à la discussion !

Les amis s'interrogèrent du regard.

— D'accord Maître, répondit Grange. Si la maréchale des logis-cheffe est d'accord, elle vous accompagnera avec le brigadier. Le brigadier-chef a des recherches à faire, le gendarme et moi, nous saurons nous rendre utiles ailleurs !

Le lieutenant avait adressé un furtif clignement des yeux à Brulant, lui signifiant qu'il attendait son approbation. L'avocat se rendit alors auprès de Costini en compagnie des deux personnes proposées par Grange. Pernot chuchota au policier :

— J'aurais bien aimé accompagner la Cheffe et Phil, j'ai encore beaucoup à apprendre pour pouvoir mener un jour mes propres interrogatoires !

— T'inquiète, Luc, tu vas aussi découvrir des trucs à mes côtés !

— Bonjour mademoiselle Couturier…

— Lieutenant Grange… en voilà une surprise.

— Nous enquêtons toujours sur celui qui a voulu vous supprimer. Pour l'instant, il n'a pas encore été identifié. Mais si je suis là, aujourd'hui, avec le gendarme Pernot, c'est pour faire appel à vos souvenirs. L'agence de la Poste a déménagé le 15 octobre 1970. Savez-vous ce qu'il y avait sur son terrain avant, s'il y a eu des problèmes autour de cet événement ?

— Voyons, voyons… marmonna l'institutrice retraitée, j'avais alors 41 ans. Qui avais-je comme élèves ? Jean Chapon, Annie Jambon… Laurent Colas, euh non, pas cette année-là, Martine Legrand… L'ouverture du nouveau bureau de la Poste… hum !

— Le jour de l'inauguration, nous savons que le responsable de l'époque a organisé un apéritif, en compagnie de son supérieur, du député et du maire. Il avait aussi convié tous ses clients… dont vous !

— Ha oui, je me souviens vaguement. Mais moi, les mondanités n'ont jamais été mon fort. Le Postier s'appelait Lapierre, n'est-ce pas ?

— En effet. À qui appartenait le terrain, vous en souvenez-vous ?

— Non, mais le postier actuel, monsieur Manigan, il doit bien le savoir !

— Hélas non. Les tractations faites à l'époque font partie des archives nationales de la Poste, et il faudrait un mandat pour obtenir l'accès aux documents conservés sous forme papier. Nous n'avons aucun motif sérieux pour engager une telle procédure. À la Mairie, nous avons uniquement des échanges de courriers avec la Poste et des documents pour la construction. Niveau notaire, cette recherche pourrait prendre du temps, beaucoup de temps, et je crains qu'il nous en manque !

— Un petit détail me revient maintenant, mais sûrement sans rapport avec votre enquête : la petite Martine Legrand avait quitté ses cours la semaine suivante, car sa grand-mère avait de sérieux problèmes de santé. Je ne l'ai jamais revue depuis, dans ma classe ou à Trivia. J'ignore ce qu'elle est devenue !

— Vous souvenez-vous du nom de la grand-mère ?

— Madame Chevalier… Je ne me rappelle pas son prénom. Cela avait fait toute une histoire car elle s'était défenestrée, un accident d'après ses proches… Ah mais oui, elle habitait là où a été construite la nouvelle Poste. J'avais complètement oublié cette histoire !

— Savez-vous si cette personne est morte suite à sa chute ?

— Ma mémoire me joue des tours, j'ai besoin parfois d'un repère temporel pour me souvenir, comme là pour madame Chevalier. Son drame m'est revenu parce que vous m'avez interrogée sur 1970 et que je me suis remémoré mes élèves. Mais ce recours à des événements de ma vie, de ma carrière, n'est pas systématique. Vous verrez, jeune homme, quand vous aurez mon âge !

Couturier secoua la tête, visiblement contrariée :

— Je devrais pourtant me souvenir de cette histoire, mais il s'est passé tant de choses dans notre petite ville en 50 ans, des bonnes comme des mauvaises. Et puis, je ne peux pas me rappeler tous les événements familiaux qui ont touché chacun de mes élèves, j'ai eu tant de petites têtes blondes à m'occuper !

— C'est difficile d'interroger des personnes âgées, comment fais-tu Davy, pour garder ton calme et pour trier le vrai du faux dans leurs réponses ?

— T'as raison, Luc, c'est difficile. Le plus dur est avant tout de discerner si la personne que tu interroges est sénile ou pas, enfermée dans son passé... Mademoiselle Couturier a 91 ans et des milliers de souvenirs. Son cerveau travaille moins vite que le tien ou le mien, cependant ses discours sont cohérents. C'est le premier indicateur qui te révèle que cette personne a toute sa tête, qu'elle te fait des réponses réfléchies et fidèles à sa vérité, qui peut être différente de celle que tu connais...

— D'accord, on peut donc suivre la trace de mesdames Chevalier et Legrand ? bégaya Pernot.

— Oui, mais en restant très discrets sur ce que nous a raconté la vieille Demoiselle, car là elle n'a pas su nous donner des informations sûres. Tu vois, c'est là qu'il faut faire la part de la réalité : les noms, elle nous les a donnés sans trop d'hésitation, alors que pour l'accident de Chevalier, elle a bouté en touche, se réfugiant derrière les caprices de sa mémoire. Ce qu'elle nous a alors révélé est moins fiable…

— Elle s'en souvient peut-être et ne veut pas en parler !

— C'est une possibilité, mais j'en doute. Pour cela, il aurait fallu qu'elle s'aperçoive qu'elle avait gaffé en nous parlant de l'accident de Chevalier et qu'elle réagisse très vite pour parer à nos questions. Cette vivacité d'esprit, elle ne l'a plus !

De retour à la caserne, le duo retrouva Brulant, Durantour et Gallau de Flesselles. Grange fit un compte rendu de sa visite, puis demanda :

— Marco, notre jeune ami Luc est très prometteur, plein de bonne volonté pour tout apprendre. Pourrais-tu le prendre sous ton aile et l'initier à tes recherches. Tu as maintenant deux nouveaux noms à entrer dans tes tablettes !

Le brigadier-chef accepta ; pour lui cela signifiait qu'il resterait encore quelques jours à Trivia…

Avant que le groupe ne s'éclatât, Brulant fit un compte rendu de l'interrogatoire de Costini :

— Notre invité s'est enfermé dans son histoire et nous a dressé un portrait-robot de son fameux Nono. Nous n'avons aucune preuve qu'il ment, même si nous en sommes convaincus. Blondiot a demandé sa remise en liberté, et j'ai dû accepter. J'ai mis deux hommes sur le coup, ils ne le lâcheront pas d'une semelle !

Grange était déçu, Costini était prêt à lâcher le morceau avant le déjeuner et la présence de l'avocat l'avait rassuré. Le lieutenant se reprochait de ne pas être allé jusqu'au bout avant midi, Gallau de Flesselles aurait pu attendre quelques minutes... L'officier espérait maintenant que cette erreur de sa part, induite par son besoin de révéler au plus vite le deal qu'il avait conclu avec Albert, ne se solderait pas par un nouvel accident.

Chapitre 12

La soirée était déjà bien entamée, Grange regagnait son domicile. Plongé dans son enquête, il n'avait pas vu passer le temps, même si de petits pincements au cœur lui avaient régulièrement rappelé que Newkacem devait l'attendre chez lui. Mais qu'étaient ces faibles signaux face au malaise sans cesse grandissant qui le tiraillait, qui le stimulait à poursuivre ses recherches ?

À quelques kilomètres de son studio, à quelques minutes de ses retrouvailles, il avait soudainement peur… peur d'être tombé dans un piège. Et si la reporter n'était pas au rendez-vous, si elle travaillait pour Albert ? Ce fut tremblant, sur la défensive, qu'il pénétra dans son appartement. La pièce de vie était allumée ; une personne somnolait, allongée sur l'unique canapé, emmitouflée sous un plaid. Cette dernière se redressa vivement lorsqu'elle entendit des bruits de pas. Le lieutenant n'en croyait pas ses yeux : où était passé le visage qui le hantait durant des nuits entières, avec une longue chevelure auburn ? La femme qui lui faisait face avait des cheveux décolorés et coupés court.

— Sasha… j'ai failli ne pas te reconnaître !

— Oh Davy, j'ai eu si peur…

— Là, du calme, je suis là. Tu es arrivée depuis longtemps ?

— Je suis descendue du train à 15 heures 15.

— Comment ça c'est passé, ton enlèvement, ton isolement puis ta libération ?

Newkacem raconta son enlèvement, à la frontière franco-belge.

— Plus de peur que de mal, monsieur Bruno, ou quelle que soit sa véritable identité, s'est servi de moi pour t'affaiblir. J'espère que ma remise en liberté n'a pas fait de toi un homme corrompu. Rassure-moi !

— Dans cette affaire, il n'y a pas de véritable gagnant, mais oublions cela… Dis-moi plutôt comment tu vas, pourquoi tu as changé de tête…

— Mon nouveau look ne te plaît pas ?

— Il est nouveau, pour moi. Quand tu t'es levée du canapé, j'ai failli ne pas te reconnaître !

— C'est une idée de ce Bruno. Il prétend m'avoir sauvée de plusieurs situations périlleuses, que je me suis fait des ennemis lors de mes grands reportages, ceux qui traitent de l'avenir de notre planète. "Mes hommes ne seront plus là pour te protéger, m'a-t-il dit. Tu vas retrouver ton entière liberté, mais aussi des caïds… à la solde des grands trusts mondiaux de la distribution que tu as dénoncés. Ton ami Grange saura très certainement te protéger, mais pour ta propre sécurité, faut changer de tête !" Puis, sans même me laisser le temps de réfléchir, sur un claquement de doigts, il m'a mise entre les mains d'une coiffeuse. Mais qui c'est ce gars-là, qu'est-ce qu'il t'a demandé en échange ?

— Je ne répondrai pas à la reporter Newkacem, mais à Sasha, je dis que cet homme a fait des erreurs dans sa jeunesse et que je les ai mises à jour. Ta liberté en échange de ma promesse de ne plus fouiner dans son passé…

— Davy, je suis désolée… j'aurais dû faire plus attention !

La femme pleurait, son menton tremblait et son corps était animé de soubresauts.

— Embrasse-moi et serre-moi fort, gémit-elle.

Grange l'enlaça aussitôt, puis lui passa une main dans sa courte chevelure. Il la plaqua ensuite plus fort contre son torse. La seule chose qui comptait pour le policier en cet instant était que son amie était là, saine et sauve.

Ils se couchèrent ensuite et ils passèrent une nuit plutôt sage : ils avaient besoin l'un et l'autre de faire le point sur leur situation, d'envisager leur nouvelle vie et de raviver leur amour, sans hâte excessive.

Le lendemain matin, le lieutenant devait retrouver ses coéquipiers à Trivia.

— Va vite, mon amour, tes amis ont besoin de toi. Moi, je vais prendre le pouls de Lyon, avec le Covid, les bavures policières dans la région parisienne, la supplique des restaurateurs et des cafetiers, je trouverai bien de quoi faire un bon reportage !

— Sois prudente, et appelle-moi au moindre problème !

— Promis !

L'accueil chaleureux de ses coéquipiers rassura Grange, qui avait perçu la veille une désapprobation silencieuse de leur part ; l'épisode Albert semblait clos et l'amnistie accordée pour les dernières actions musclées de Corbin et de Néville…

Gallau de Flesselles affichait une grosse fatigue ; ses yeux quasi immobiles, soulignés de cernes proéminents, prouvaient qu'il avait passé des heures et des heures derrière son ordinateur.

— Retrouver l'identité complète de la grand-mère de Martine Legrand n'aurait dû me prendre que quelques minutes, grogna le brigadier-chef, n'importe où, mais pas à Trivia… C'est quoi cette bourgade où les enfants ne portent pas tous le nom de leur géniteur depuis des temps immémoriaux, où frère et sœur portent l'un le nom du père et l'autre de la mère… Ce phénomène reproduit sur des générations, on se sait plus qui fait partie de telle ou telle famille !

— Ici, les traditions perdurent, intervint Brulant. Davy et moi, nous nous sommes heurtés à elles lors de notre première enquête, avec Albert et sa demi-sœur, avec le Père Claude et son frère… Et puis, les gens d'ici sont très avares en confidences, principalement sur tout ce qui touche leur intimité, leur vie de couple, le passé de leurs aïeux…

— Je l'ai bien compris cette nuit, et Luc aussi. Je l'ai envoyé se coucher à 2 heures…

— C'est vrai, renchérit Pernot, Marco m'a montré toutes ses ficelles pour faire des recherches poussées, mais à chacune de ses tentatives, il finissait par bloquer sur une identité non connue. Des heures durant, nous avons épluché les annuaires téléphoniques papier, conservés dans nos archives et les pages jaunes sur Internet. Nous nous sommes limités à rechercher sur Trivia et les alentours immédiats les personnes portant le nom de Chevalier ou de Legrand. Ça en fait des personnes…

— Mais aucune Martine Legrand, bougonna le brigadier-chef. Je demanderai aujourd'hui à un collègue de Villeurbanne d'approfondir cette recherche !

Grange avait compris que Gallau de Flesselles allait mettre son bébé sur le coup.

— Mon père aura peut-être plus de chance en fouillant dans les archives de la Mairie, avec les actes de mariage et les déclarations de naissance…

— Pas sûr qu'il puisse les consulter, même en temps qu'ancien employé.

— T'as raison, Virginie, mais cela vaut le coup d'essayer…

— S'il peut fouiner dans les archives, t'as idée du temps que cela pourrait lui prendre, intervint Durantour. Pendant ce temps, un ou des assassins sont dans la nature, peut-être tout près de nous !

— Je fais un rapide aller-retour pour briefer mon collègue de Villeurbanne, insista Gallau de Flesselles, mais si vous avez du nouveau, appelez-moi !

Pour la septième fois depuis le lever du jour, le téléphone de Costini vibrait. L'homme reconnut le numéro affiché, toujours le même. Il n'avait pas envie de répondre, mais son correspondant était tenace. Il savait que tôt ou tard, il devrait prendre la communication. De guerre lasse, il décrocha.

— J'espère que tu n'as rien raconté aux flics, tu sais que si je tombe, toi aussi, et tu paieras certainement pour les crimes de tes copains. Je n'aime pas devoir te rappeler plusieurs fois avant que tu ne daignes me répondre, as-tu au moins une bonne nouvelle ?

— Je n'ai trouvé personne pour s'occuper de l'institutrice !

— Alors, fais-le toi-même !

— Moi ? Mais non, je ne suis pas un pro, et elle est sous la protection des gendarmes. Si je m'en occupe, je suis sûr de me faire prendre… et les enquêteurs remonteront jusqu'à vous !

— Qu'est-ce qu'ils te voulaient, aujourd'hui ?

— Le capitaine de Gendarmerie de Trivia, celui qui est mort ces jours-ci, j'ai son téléphone en ma possession…

— Idiot !

— Je ne savais pas à qui il était. Je l'ai connecté une seule fois pour découvrir son propriétaire… et cela a suffi pour que l'appareil soit géo localisé et pour que je doive expliquer comment il était arrivé entre mes mains !

— Tu m'as certifié que l'exécution de Plouarnec n'était pas de ton fait, alors son téléphone ?

— J'ai été témoin de son agression, mais je me suis caché. Les gars qui s'en sont pris à lui étaient de sacrés colosses. Je les ai aperçus lorsqu'ils se sont dirigés vers la voiture du capitaine, ils communiquaient entre eux par signes, on aurait dit un groupe de commandos… Quand ils sont partis, je suis allé jusqu'à la voiture, le capitaine avait perdu connaissance. Je suis reparti en courant et mon pied a heurté un objet dans l'herbe… un téléphone. Je jure que je n'ai pas pensé un seul instant qu'il pouvait appartenir au capitaine, je l'ai ramassé. C'est plus tard, quand je suis rentré chez moi, que j'ai découvert que c'était celui de Plouarnec !

— Pourquoi n'as-tu rien dit aux gendarmes, ils auraient pu te croire. Ton silence est pour eux un aveu de culpabilité, tu vas maintenant les avoir sur le dos. N'oublie pas que tu me dois encore un service, débrouille-toi comme tu veux, mais Couturier doit mourir aujourd'hui. Lapierre est en état de choc, il ne résistera plus longtemps !

— Je… je ne peux…

— Aujourd'hui, sinon j'engage une autre équipe et ta mort sera beaucoup plus atroce que celle de Lapierre, rappelle-moi quand ce sera fait. Me suis-je bien faite comprendre ?

— Oui, lâcha Costini.

L'image du corps mutilé de l'ancien responsable du bureau de la Poste hantait le jeune homme et l'idée de connaître une fin pire encore l'angoissait. Qu'allait-il faire, quel choix avait-il réellement, avait-il encore une petite possibilité de sauver sa peau ?

Sur la demande insistante de son fils Davy, Guy Grange se rendit à la Mairie et il annonça son intention de faire des recherches dans les archives. Sa requête n'était pas courante, et l'édile voulut en savoir plus :

— Pourquoi donc voulez-vous consulter les registres matrimoniaux et les naissances déclarées à Trivia depuis un siècle, êtes-vous sur la réalisation de votre arbre généalogique ?

— C'est ce que j'aurais pu vous faire croire, monsieur le Maire, mais en réalité je recherche les traces de deux personnes qui pourraient avoir un rapport plus ou moins proche avec la vague de décès de nos grands seniors. Je ne peux pas vous donner leur nom, je dois appliquer les consignes strictes de la Gendarmerie…

— Mais pourquoi a-t-elle fait appel à vous ? Vous n'êtes pas enquêteur !

— Ce qui se passe chez nous dépasse l'entendement. La Gendarmerie est débordée… et les reporters toujours à l'affût ! Mon fils est venu spécialement de Lyon pour aider la maréchale des logis-cheffe Brulant, qui fait de son mieux pour enrayer l'hécatombe de nos anciens. Il est officier de Police, et c'est lui qui m'envoie ici !

— Certains documents sont très fragiles, en mauvais état…

— J'en prendrai grand soin. N'avez-vous pas hâte, monsieur le Maire, que toute cette agitation autour de nos morts, cesse. N'êtes-vous pas gavé des appels téléphoniques de vos administrés réclamant un retour à la normale ?

Guy Grange avait trouvé les bons mots pour convaincre l'édile de le laisser consulter les archives :

— Vous devrez rester très discret sur les découvertes que vous pourricz faire. Limitez votre recherche aux seuls noms qui vous intéressent !

— Bien sûr, monsieur le Maire !

Grange commença avec les éléments les plus accessibles, les fichiers informatiques. Aucune trace d'une Martine Legrand. Cette personne devait être née avant le passage du bureau de la Mairie à l'informatique, en 1980. Peut-être un acte de mariage, un avis de décès ?

Gallau de Flesselles avait un sérieux problème avec son bébé, violemment secoué par une intrusion vérolée. Sa créature s'était elle-même placée en mode protégé ; le brigadier-chef était dans l'impossibilité de reprendre la main sur les algorithmes de sa chose... Il n'avait pas plus de chance avec la reconnaissance oculaire ou digitale, il ne lui restait que la communication orale. Le policier n'avait encore jamais eu recours à cette possibilité, et il ne se sentait pas très à l'aise pour parler à sa machine qui, elle, restait silencieuse en toute circonstance. C'était pour cet homme comme parler à un mur, à une porte... Il n'avait jamais vraiment envisagé cette possibilité d'interaction avec son ordinateur doté des meilleurs logiciels, boosté par des programmations toujours plus pointues, initiées parfois directement par son intelligence artificielle. Les premières questions du brigadier-chef ne produisirent aucune réaction de son bébé, qui affichait le message "question imprécise, reformulez votre demande !" Le policier était démoralisé, encore sous le choc de l'intrusion de son ordinateur qu'il pensait inviolable. Le jour où il se heurtait à quelqu'un de plus fort que lui était-il arrivé ?

— Quelle était la dernière recherche en cours ? demanda-t-il, convaincu d'obtenir une énième fois le même message de rejet.

— Capitaine Albert…

— Motif de la recherche, poursuivit le brigadier-chef.

— Virement du solde de son compte à la Banque Postale, inactif depuis plusieurs années, sur un compte étranger.

— Identification du nouveau compte?

Pas de message sur l'écran, Gallau de Flesselles renouvela sa demande… en vain. L'intrusion de son ordinateur était-elle liée à cette ultime recherche ? L'enquêteur informaticien devait évaluer l'étendue du problème :

— Demande nouvelle recherche !

Aucune interaction avec son bébé, le policier déconnecta son appareil.

— Le Bleu-bite, je vous rejoins un peu plus tard. Mon Bébé est HS, je fais d'abord la recherche sur Legrand et Chevalier… J'ai d'autres cordes à mon arc, je vais les utiliser !

— C'est grave pour ton bébé ?

— Assez, il est dans le coma. Je ne peux rien faire pour lui dans l'immédiat, faut lui laisser du temps !

Le lieutenant comprit que Gallau de Flesselles allait ressortir la version.0 de son bébé et il appréciait la réaction de son coéquipier. L'implication de l'adjudant-chef dans l'enquête en cours était totale et elle primait sur la remise en état de son ordinateur, sur la réécriture des programmes des très nombreux logiciels qu'il avait créés et incorporés dans son appareil pour le rendre autonome, quasi humain. Ne l'appelait-il pas avec tendresse son bébé ?

— Cheffe, le suspect sort de chez lui. Il semble hésiter sur la direction à prendre…

— Ou bien il s'assure de ne pas être surveillé, reprit Brulant. Suivez-le et restez discrets. Séparez-vous au besoin pour être moins visibles, mais tenez-moi au courant !

— Oui, Cheffe !

— Porte-t-il un sac ?

La maréchale des logis-cheffe s'était fait souffler cette question par Grange, elle l'avait docilement répétée sans en voir l'utilité. La réponse était négative. Brulant fit de même avec l'avertissement suivant :

— Méfiez-vous, il peut être imprévisible !

Se tournant ensuite vers le lieutenant, elle l'interrogea :

— C'est quoi cette histoire de sac ?

— Hier matin, nous lui avons mis la pression, aussi il pouvait être tenté de fuir, d'où le sac. C'est certainement ce que j'aurais fait à sa place si j'étais coupable ou si je me sentais menacé. Or il n'a pas choisi cette option, ce qui ne fait pas de lui un innocent pour autant. Il n'est pas clair, il nous a mené en bateau avec son Nono, il nous a menti pour le téléphone de Plouarnec…

— Tu sembles bien sûr de toi, Davy !

— Oui, Virginie, des gestes, des comportements révèlent parfois ce que des personnes tentent de dissimuler. Rappelle-toi son attitude avant notre pause déjeuner !

— Cheffe, il s'est arrêté devant l'Église. Je crois qu'il nous a vus… il entre dans l'Église !

— Attention, il y a une porte sur le côté, envoie ton coéquipier là-bas pour s'assurer qu'il ne tente pas de vous semer. Si cela dure trop, rappelle-moi !

— Davy, murmura Brulant, crois-tu que notre ami le Père Claude va devoir entendre une confession gênante, qui lui rappellera la galère qu'il a vécue à la suite de celle de l'assassin de Sandra Martinet ?

— Je l'ignore. Mais à notre stade, on n'en est pas encore à soupçonner Costini de meurtre…

— De toute manière, je pense que le Père Claude ne fera pas deux fois la même erreur, même s'il nous connaît bien !

— Virginie, nous saurons d'ici quelques minutes si Costini s'est abrité dans l'Église pour échapper à d'éventuels suiveurs ou s'il s'est entretenu avec notre curé. Je te propose de m'accompagner pour rendre visite à notre ami, dès que son visiteur sera parti !

Costini ressortit de l'Église par la porte latérale, une demi-heure après son arrivée. Il semblait vouloir se fondre dans le décor, passer inaperçu.

— Mon Père, un homme est venu ici il y a peu de temps. Nous ne vous demandons pas de trahir un secret, mais s'est-il confié à vous, confessé ?

— Mes enfants, répondit le Père Claude, pensiez-vous vraiment que je répondrai à cette question ?

— Nous le croyons en danger, bluffa Grange. Nous devons le protéger…

— Davy, mon fils, comment peux-tu croire que je vais te donner la raison de sa visite ?

— Mon Père, nous sommes persuadés qu'il est venu ici parce qu'il se sentait menacé et qu'il avait besoin de faire la paix avec sa conscience. Ce n'est pas un mauvais gars, de premier abord…

— En effet. Mais il a rencontré beaucoup d'écueils durant sa vie, il a fait des actions qu'il regrette aujourd'hui et il a peur d'en assumer les conséquences…

— Peur de la justice divine, du Jugement Dernier, ou d'une justice plus immédiate ?

— Je ne peux pas en dire plus, désolé. Faut me comprendre !

— Mon Père, intervint Brulant, vous n'ignorez sans doute pas la vague de décès de ces derniers jours qui a frappé nos grands seniors, parmi lesquels se trouve votre grand-mère, madame Blandine Despré. Lors de nos précédentes rencontres, vous aviez affirmé que vous étiez le seul à pouvoir vous occuper de votre frère Christian. Pourquoi nous avoir caché l'existence de votre grand-mère, qui aurait pu accueillir votre frère ?

— Je ne vois pas le rapport entre ma vie privée et votre venue, grogna le prêtre. Êtes-vous ici pour me juger ?

— Loin de nous cette idée, mon Père, mais votre passé se révèle aujourd'hui moins limpide que lors de votre inculpation arbitraire pour le meurtre de Sandra Martinet. Lors de cette affaire, l'assassin s'était confessé à vous, aujourd'hui Costini vous rend visite alors qu'une série de morts s'abat chez nous. Nous autres enquêteurs, nous devons forcément faire un rapprochement entre ces deux situations…

— Et vous me soupçonnez de quoi, s'indigna le prêtre en levant les mains au ciel, d'être derrière ces drames ?

— Non, mon Père, trancha Grange, mais si la série de morts devait continuer, nous risquerions d'être dessaisis de l'enquête et nos successeurs ne manqueront pas de faire ce rapprochement hasardeux. Vous pourriez alors être mis à défaut pour votre retour incognito à Trivia, pour le rôle de tuteur que vous avez assuré auprès de Christian, et pour l'obstruction faite à la prise en charge de votre frère par votre grand-mère !

— Vous n'avez pas connu ma grand-mère, sinon vous comprendriez. Cette personne n'avait alors plus toute sa tête. Faut reconnaître qu'elle a eu une vie difficile : les morts successives de ses proches l'ont enfermée dans un monde loin de la réalité…

— Pas si éloigné que cela. Sinon, elle aurait été mise sous curatelle et dépossédée de la gestion de son compte postal, elle aurait même pu être internée…or il n'en est rien !

— À son époque, tout ce qui sortait de la norme, du cadre, faisait peur et on classifiait facilement les gens de fous, on les mettait sur la liste des gens à éviter… C'était le cas pour ma grand-mère… pardon mon Dieu pour ce jugement sévère de ton serviteur. Personne ne s'est alors insurgé contre mon choix, qui n'en était pas franchement un, d'élever Christian !

— Très bien, mon Père, nous ne voulions pas vous manquer de respect. Nous sommes convaincus que vous avez fait tout ce qu'il y avait de mieux pour votre frère, mais Virginie devait vous mettre en garde pour le cas où nous serions dessaisis de l'enquête. La série de décès qui se déroule à Trivia n'a rien de naturel, malgré les apparences. Nous sommes désemparés, déstabilisés… Jamais rien de tel ne s'est produit ici ou ailleurs, hier ou aujourd'hui. Toute information qui tourne autour de cette enquête pourrait être primordiale !

— Je comprends, mon fils, mais j'ai des limites à ne pas franchir…

— Vous l'aviez pourtant fait pour Sandra Martinet !

— C'était pour que sa famille puisse faire son deuil et tourner la page... Le père et le fils avaient déjà suffisamment souffert !

— Et là, s'indigna Brulant, vous estimez qu'il n'y a pas péril en la demeure, que ces dernières morts et peut-être d'autres à venir, ne traumatisent personne ?

— Des grands seniors qui décèdent, c'est dans l'ordre naturel des choses. Bien sûr que c'est condamnable s'il y a intervention humaine, mais cela ne chamboule pas la vie de leur entourage, forcément prêt à connaître le deuil. Pour ma grand-mère, je ressens cette fin de vie tronquée comme une délivrance...

— Mon Père, pourriez-vous seulement nous confirmer que nous faisons le bon choix en reliant Costini aux morts de nos grands-seniors ?

— Désolé, mon fils, je ne peux pas. Je sais que je te suis redevable de ma liberté, de la suppression de toutes les charges abusives dressées par le capitaine Albert contre moi. Mais cela ne fait pas de moi pour autant un indic, soumis ou vénal. J'ai confiance en vous deux, mais je ne te dirai rien. J'ai failli une fois dans le passé, ce que j'ai vécu pour l'affaire Martinet m'a révélé que je ne pouvais pas me substituer à la Justice Divine. J'avais alors péché par orgueil, je dois tirer une leçon de mon erreur. Allez, mes enfants, je n'ai rien contre vous mais je ne peux pas vous aider !

Chapitre 13

L'homme s'approchait de la maison de Couturier, la peur au ventre, bien qu'il eût semé ses poursuivants. Il n'avait pas l'âme d'un assassin, mais il devait honorer son contrat. Jusqu'alors, il n'avait pas trempé ses mains dans le sang, il n'avait jamais assisté aux dernières minutes de vie des victimes listées par Bonpied. Il s'était contenté de faire l'intermédiaire entre sa commanditaire et des hommes prêts à tout pour quelques centaines d'euros. Il savait que la vieille institutrice bénéficiait de la protection de la Gendarmerie, mais il était piégé, il n'avait pas le choix.

— Pas le choix, pensa-t-il soudainement au moment de pénétrer dans la maison... pas le choix ?

Ces mots résonnaient dans sa tête, lui semaient le doute, l'aiguillaient sur une alternative hasardeuse... Son choix était dicté d'un côté par son instinct de survie, de l'autre par un pari sur l'avenir. Devait-il exécuter la vieille demoiselle selon l'ordre reçu ou jeter l'éponge et coopérer avec la Gendarmerie, sous la promesse de cette dernière de le protéger de sa commanditaire, des gros bras qu'il avait recrutés ?

— Cheffe, le jeune homme d'hier, il est revenu...

— Costini ?

Le gendarme opina.

— Emmène-le dans l'isoloir, je récupère Davy et je te rejoins… Luc, surveille-le, je ne voudrais pas que Corbin ou Néville lui nuise !

Quelques minutes plus tard, Brulant, Grange et Durantour rejoignirent Pernot et son visiteur.

— Monsieur Costini, vous êtes venu de votre plein gré, sans une demande de nos services. Souhaitez-vous cependant être assisté par un avocat ?

— Non, Madame…

— Alors nous vous écoutons. Tout ce que vous nous direz à partir de ce moment sera enregistré, poursuivit la maréchale des logis-cheffe, aussi je vous demande en premier lieu d'annoncer que vous êtes au courant de cet enregistrement et que vous vous êtes présenté à la caserne de votre plein gré, puis de décliner votre identité !

— Je m'appelle Renaud Costini. Je me suis rendu à la Gendarmerie de Trivia sans aucune contrainte…

Brulant approuva les paroles du jeune homme d'un signe de tête.

— J'ai été contacté, il y a quelques semaines, par une personne qui m'offrait une forte somme pour accompagner des personnes âgées dans leur dernier moment…

Les enquêteurs retenaient leur respiration, était-ce la fin de leur affaire, allaient-ils enfin connaître le mobile des décès des grands seniors triviarois ?

— Cette personne, poursuivit Costini, m'a proposé trente mille euros pour abréger la vie de cinq personnes, autant pour les cinq suivantes et un bonus pour la onzième !

— Ces noms, cette liste, vous nous les avez amenés ?

— Non, madame, mais je les ai là, dans un coin de ma tête !

— Qu'attendez-vous de nous ? intervint Grange.

— Je n'ai tué personne, je n'ai servi que d'intermédiaire. Si je crache le morceau, je me mets en danger et vous autres m'inculperez de complicité…

— Complice, vous l'êtes, vous l'avez même clairement reconnu dans vos propos. Nous pouvons vous assurer une protection rapprochée jusqu'à la fin de cette histoire, annonça Brulant, mais il faut d'abord nous donner quelques noms !

— Étienne Lebrun, Florence Fournier, Dominique Bontron, Roger Granjean…

— Paulette Couturier ?

— Oui Madame, mais celle-là, elle est encore en vie…

— Connaissez-vous le gars qui s'est introduit chez elle et qui a été abattu par mes hommes ?

— Non, je vous l'ai dit : je ne suis qu'un intermédiaire...
qui pensait se faire de l'argent sans réaliser dans quoi il
s'était engagé !

— Comment contactez-vous vos sous-traitants ?
demanda Grange.

— Par téléphone...

— Tiens donc, s'étonna le lieutenant, vous nous avez
déclaré lors de votre précédente visite, enregistrée elle
aussi, que vous n'aviez pas de téléphone, et que c'était la
raison pour laquelle vous aviez accepté le cadeau de
votre ami "Nono"...

— J'ai menti, Monsieur, le téléphone, je l'ai ramassé dans
l'herbe, à plusieurs dizaines de mètres de la voiture
accidentée du capitaine Plouarnec !

— Pourquoi ne pas nous l'avoir dit plus tôt ?

— Votre intervention chez moi m'a pris de court, et
j'avais, j'ai peur !

— De qui ?

— De ceux qui s'en sont pris au capitaine. J'étais à
proximité du lieu où il a été agressé, je ne crois pas qu'ils
m'aient vu, mais... ils agissaient comme un commando,
ils communiquaient par signe, et j'ignore si un cinquième
homme était embusqué. Si quelqu'un m'a vu courir
jusqu'à la voiture, alors que je voulais voir si je pouvais
faire quelque chose pour la victime dont j'ignorais le nom
et la profession, je cours un danger...

— Vous avez utilisé le téléphone du capitaine Plouarnec pour trouver mes coordonnées, dit Grange d'une voix cinglante, vous m'avez ensuite contacté à 3 heures du matin en prenant le soin de déguiser votre voix pour m'ordonner de m'occuper de mes affaires et de retourner à Lyon...

— C'est vrai... J'ai cru que vous étiez un des agresseurs du capitaine !

Grange resta sans voix, il n'avait pas vu arriver cette accusation perfide. Était-il l'objet d'une nouvelle attaque sournoise de l'ex-capitaine Albert, Costini était-il aux ordres de ce fantôme protégé dans les plus hautes strates de la Nation ?

— Pourriez-vous reconnaître l'un des agresseurs ?

— Non, il faisait sombre. Mais c'étaient des baraques !

— Comme le brigadier, demanda Grange.

— Je ne sais pas, il aurait fallu qu'il soit l'un d'eux pour que je puisse vous répondre...

— Alors pourquoi avoir eu des doutes sur moi, vous n'aviez pas plus de raisons de me soupçonner ?

— Vos origines sont à Trivia, vous êtes perçu dans les environs comme un super héros. Mon implication auprès de ma commanditaire a su passer entre les mailles de la Gendarmerie, pardon Madame, je ne veux pas vous insulter, mais vous Monsieur...

— Allez-vous cesser de vous moquer de nous, grogna Grange, pouvez-vous maintenant nous dire la vérité. Réalisez que plus vous nous racontez des salades, moins nous serons enclins à vous croire. Il y a cinq minutes, vous m'accusiez d'être peut-être un agresseur du capitaine Plouarnec, maintenant vous avouez que vous avez voulu m'éloigner de Trivia dans la crainte que je vous démasque… Continuez ainsi et nous vous balançons dans la rue, avec une gamelle… celle d'un mouchard !

— Parlez-nous plutôt de votre commanditaire, intervint Durantour.

Le brigadier s'était levé de son siège et dominait Costini. Sa forte carrure et sa voix de stentor produisirent l'effet escompté, le jeune homme s'exécuta :

— C'est une femme très cruelle, apparemment sans problème d'argent… Je regrette d'avoir accepté son offre, c'est une folle !

— Son nom ?

— Bonpied !

— Bonpied comment, son prénom ? insista Grange.

— Sur ma vie, je l'ignore, jura Costini.

— Tu l'as jointe aussi par téléphone ?

Le lieutenant avait repris le tutoiement. C'était son faire-valoir avec les personnes qu'il interrogeait, quand il devait leur arracher des informations, leur montrer qu'il ne s'agissait pas de discussions amicales, mais bien d'enquêtes policières.

— Oui !

— Faut vraiment tout te demander… alors, tu le donnes ce numéro !

Grange ressentit une nouvelle fois son malaise, maîtrisé. Son enquête allait-elle enfin aboutir ? Le jeune homme fournit le renseignement ; son tremblement n'échappait à personne. La simple évocation du nom de Bonpied semblait l'avoir retourné, il craignait apparemment cette femme. Il n'était cependant pas très pressé de raconter en quoi elle représentait un danger pour lui…

— Tu l'as déjà rencontrée, en chair et en os. Chez elle ?

— Dans un hangar désaffecté…

— Où ?

Costini sembla soudain manquer d'air, il se tenait le cou à deux mains, la bouche grande ouverte. Ses yeux naviguèrent dans tous les sens puis s'agrandirent démesurément. Les enquêteurs s'inquiétèrent de son état, Brulant appela Poux et demanda au docteur de les rejoindre de toute urgence. Ce dernier arriva quelques minutes plus tard pour constater le décès du jeune homme.

— D'après vos descriptions, annonça-t-il, votre visiteur a fait un malaise cardiaque. A-t-il subi un mauvais traitement, une grosse frayeur ?

— Il est venu nous voir de son plein gré, répondit Brulant piquée à vif par les sous-entendus du médecin, parce qu'il avait peur pour sa propre sécurité !

— Avez-vous pu remonter jusqu'à l'origine de sa phobie ?

— Il allait nous la révéler quand il a semblé manquer d'air, puis tout s'est passé très vite, trop vite !

— Le temps que la maréchale des logis-cheffe vous appelle, tandis que le gendarme présent s'emparait d'un défibrillateur dans la pièce voisine, Costini s'est effondré sur la table, inconscient ! précisa Grange.

— Son autopsie est incontournable. Peut-être nous en apprendra-t-elle plus sur l'état de santé de ce jeune homme... Moi, je ne peux que constater son décès, évaluer son heure entre votre appel et mon arrivée à 15 heures 30, préciser que je n'ai constaté aucune trace de mauvais traitement...

— Bien sûr, Docteur !

Les enquêteurs restèrent enfermés dans le bureau après l'enlèvement du corps de Costini. Ils étaient choqués, aucun d'eux n'avait côtoyé la mort de cette manière, rapide, sournoise, imprévisible.

— Ce qui s'est passé dans cette pièce va certainement entraîner une enquête interne, je vous propose de faire chacun une déposition auprès d'un de mes hommes. Je ne dérogerai pas à cette obligation et je la ferai aussi. Je vais avertir mes gars, et même leur demander d'enregistrer nos dépositions. Après, nous pourrons reprendre notre enquête là où elle s'est stoppée. Nous devrons agir vite, car nous serons forcément dessaisis de cette enquête dès que nous ferons l'objet d'une autre enquête, celle-là interne !

Le groupe approuva la décision de Brulant et s'éclata, chaque membre relata les faits. Sans même s'être concertés sur le sujet, aucun d'eux ne mentionna le nom de la commanditaire de Costini, cette information était cruciale pour l'enquête et devait être vérifiée dans la plus grande discrétion, à l'abri d'oreilles malveillantes. Il serait toujours temps de s'expliquer sur cet oubli avec ceux qui viendraient les entendre sur ce malheureux drame…

— Marco, comment ça va ?

— Phil, c'est très sympa de t'inquiéter pour moi, ce n'est pas si souvent que tu m'appelles… Je galère avec mes recherches. Je crois que je vais vous rejoindre et reprendre les bonnes vieilles méthodes, j'utiliserai les archives des Mormons…

— Tu vas vider la caisse de Virginie !

— Elle doit bien pouvoir débourser quelques centaines d'euros… Maintenant, dis-moi la vraie raison de ton appel !

— Je ne peux vraiment rien te cacher !

— N'oublie pas que nous formons un vieux couple, et qu'à ce titre, cela nous est très difficile de garder des secrets !

Durantour rapporta à son coéquipier villeurbannais la venue de Costini à la caserne, les infos qu'il avait délivrées avant sa triste fin, et la frustration de chacun de n'avoir pas pu le sauver et d'être passé tout près de révélations cruciales pour l'enquête.

— Nous avons donc maintenant un nom de plus, Bonpied, un numéro de téléphone… c'est bien peu et il est à parier que ce téléphone est connecté à partir d'une carte d'appels prépayés, que l'appareil n'est ni identifiable, ni géo-localisable, conclut le brigadier.

— Dis-moi Phil, le Bleu-bite, qu'est-ce qu'il pense de tout ça ?

— Il est sonné, comme nous tous, Marco… Je suis surpris de l'avoir pris de vitesse et de t'avoir raconté nos mésaventures en premier !

— Je reçois un double appel, c'est sûrement lui. Allez, je raccroche !

— Marco, nous déplorons un nouveau décès. Ce qui est grave est qu'il s'est produit à la caserne, en présence de nos amis, sans témoin extérieur à notre groupe… et que cette personne était impliquée dans la série de morts des grands seniors. Cet homme, Renaud Costini, d'après ses propres dires n'était pas le bras armé, mais l'intermédiaire entre sa commanditaire, une certaine Bonpied et de petits malfrats corvéables à l'infini pour quelques centaines d'euros... Si tu peux abandonner ton "bébé.0", rejoins-nous, ta présence serait d'un réel réconfort !

— Dis donc, le Bleu-bite, d'abord Phil puis toi, vous vous êtes donné le mot ? Comment pourrais-je résister à votre demande... j'arrive au plus vite !

Le brigadier-chef était ému ; il n'avait jamais ressenti de manière aussi forte l'importance qu'il revêtait aux yeux de Durantour et de Grange. Il savait qu'ils formaient tous les trois une famille, que leur amitié était réelle et partagée sans tabou, aussi entendre simultanément ses deux amis réclamer sa présence à leur côté était un réel enchantement.

De nouveau réunis, Brulant, Pernot, Durantour et Grange faisaient le point sur les informations délivrées par Costini, tentaient de les rapprocher des noms des victimes, de Martine Legrand et de sa grand-mère Goulet. Mais ils ne trouvèrent aucune piste pour associer la commanditaire dont ils ne connaissaient que le nom aux autres personnages.

— Bonpied, émit Pernot, c'est peut-être le nom de mariage de cette dame !

— C'est vrai, répondit Grange, mais ce peut être aussi le nom de famille d'une enfant illégitime. Les exemples pullulent autour de nous, tradition oblige !

— Nous sommes quand même certains de plusieurs choses, déclara Durantour, il s'agit d'une femme, apparemment cruelle, et assez fortunée pour débourser au bas mot soixante mille euros pour 10 victimes, sans parler du bonus pour la 11ème !

— Nous connaissons l'identité des 10 premières victimes, souligna Brulant. Nous savons ce qu'elles sont devenues, mais nous devons encore trouver la dernière de la liste !

— Nous ne savons rien sur Claude Lapierre qui a inauguré la nouvelle Poste le 15 octobre 1970. Espérons que Marco trouvera quelque chose. Mon entrevue avec Albert nous a un peu fait oublier ce responsable financier...

Brulant avait consigné tous les noms sur un paperboard et Gallau de Flesselles réalisa, dès son arrivée, qu'il avait fait l'impasse sur Lapierre. Certes l'intrusion perpétrée sur son "bébé.1" avait contrarié son travail et il n'avait pas la mémoire sans faille de Grange, mais il n'en était pas moins chagriné pour autant. Pour la première fois depuis qu'il avait troqué son uniforme contre son ordinateur, il avait oublié une recherche, il s'en voulait. Mais sa déception fut vite balayée par la joie de retrouver ses amis, de faire physiquement équipe avec eux.

— Les archives de la Poste, de la Mairie, des journaux régionaux le Progrès et le Patriote..., OK, fit le nouveau venu, mais il existe bien d'autres journaux quotidiens ou hebdomadaires, avez-vous fouillé les archives de chacun d'eux ?

— Non Marco, et c'est pour cela que je t'ai demandé de venir…

— Peu auront des archives numérisées de 1970… Cela va être très long !

— Le temps, en plus des effectifs, c'est ce qui nous manque, répondit le lieutenant. En accord avec Virginie, tu seras aidé par quelques gendarmes. À toi et à Luc de bien gérer cette équipe, de la dynamiser !

— Nous avons une date, le 15 octobre 1970, des noms sur lesquels axer les recherches, Claude Lapierre, xx Chevalier, Martine Legrand et yy Bonpied, des événements à retrouver, inauguration du nouveau bureau de la Poste, défenestration ou accident, alors à vous de foncer ! surenchérit Brulant.

— Vu l'heure, regretta Gallau de Flesselles, nous ne pourrons pas nous rendre dans les agences de Presse aujourd'hui, mais Luc et moi, nous allons déjà recenser celles qui pourraient nous être utiles, nous assurer qu'aucune d'elles n'a changé de nom ou disparu… Ainsi demain, nous pourrons envoyer les renforts promis aux bonnes adresses !

— De quoi passer une soirée bien chargée, intervint Durantour. Un coup de main ?

— Plus on est de fous… plaisanta le brigadier-chef ravi de la proposition de son coéquipier.

— Je me joins aussi à vous, annonça Brulant en lorgnant dans la direction du brigadier.

Grange ne voulait pas se désolidariser de l'équipe, malgré sa forte envie de retrouver Newkacem, de la serrer dans ses bras, d'humer sa peau délicatement parfumée avec le numéro 5 de Coco Chanel.

— Je suis aussi des vôtres, annonça-t-il.

— Tu n'as pas quelque chose de plus urgent à régler à Lyon. Tu vas encore laisser passer ta chance ?

Durantour ne plaisantait pas, il aimait bien Grange et il lui avait prouvé qu'il était prêt à prendre tous les risques pour lui, mais il ne comprenait pas l'attitude du lieutenant. Le brigadier n'avait jamais connu d'aventure amoureuse, mais une chose lui semblait primordiale : on ne badine pas avec l'Amour, quand il est là, qu'on y croit vraiment, l'hésitation pour aller plus de l'avant était un non-sens…

Grange croisa le regard conciliant des trois autres personnes présentes.

— Ok, je sens que je n'ai pas le choix… merci à tous. Mais promettez-moi de m'appeler si vous trouvez des scoops… à n'importe quelle heure. Je serai de retour demain pour 7 heures !

— Embrasse-la pour nous, lâcha Durantour.

Son regard s'était radouci, il adressa un clin d'œil et un petit sourire au lieutenant. Celui-ci constata une nouvelle fois que son coéquipier cachait un cœur de midinette derrière sa montagne de muscles... Il espérait qu'un jour une femme s'en apercevrait et ferait son bonheur.

Non loin de là, Guy Grange poursuivait ses recherches dans les archives de la Mairie avec l'espoir amoindri au fil des heures de trouver une information sur Martine Legrand. L'ancien employé municipal avait épluché toutes les déclarations de naissance des années 1960 à 1965, car si l'ancienne institutrice avait eu l'enfant dans sa classe en 1970, il ne pouvait alors avoir qu'entre 5 et 10 ans. Le père du lieutenant avait bien trouvé plusieurs gamines prénommées Martine, nées dans à cette période, mais laquelle pouvait être la bonne ? Il élimina toutes celles dont les noms des deux parents figuraient sur l'acte de naissance, mais il n'en restait pas moins de 15, enregistrées sous la seule identité de leur mère. Guy Grange releva les noms sur une feuille, puis il rechercha si l'un d'eux apparaissait ensuite dans un acte de mariage avec un Legrand. Il en était au milieu de ses recherches quand le Maire le pria d'arrêter : il était déjà très tard et les bureaux étaient fermés au public depuis plus de deux heures... L'édile lui-même devait rentrer chez lui, il permit au retraité de revenir le lendemain, s'il en avait envie.

La mort de Costini était passée sous silence ; les rares reporters encore présents à Trivia n'en avaient pas eu connaissance. Ils n'avaient pas porté une attention particulière à l'arrivée précipitée de Poux quelques heures plus tôt, pas plus réagi au stationnement d'une ambulance des Pompiers au niveau de l'entrée arrière de la caserne de la Gendarmerie. Aussi aucun d'eux n'avait assisté au chargement d'un corps inanimé dans le véhicule des secours… À mi-parcours de son domicile, le lieutenant réalisa que c'était une aubaine pour lui et ses amis.

— Marco…

— On te manque déjà, plaisanta ce dernier.

— Non, mais je vais appeler Deloin pour lui apprendre le décès de Costini. Toi, Phil et moi, nous avons fait la promesse à nos capitaines de les tenir informés. Par chance, les médias n'en ont pas parlé, mais cela peut se produire d'une minute à l'autre. Fais de même avec Neyret !

— T'as raison, le Bleu-bite… pardon, oh et puis merde, Virginie et Luc, c'est aussi notre famille maintenant !

— Ça va, mais surveille ton vocabulaire. Imagine que tu m'appelles par ce surnom, qui je le sais bien est devenu un terme affectif, en présence de cette Bonpied qu'on doit débusquer. Crois-tu qu'elle sera disposée ensuite à me craindre, à me prendre au sérieux ?

— Message bien reçu. Je ferai gaffe, quitte à me mordre les lèvres. J'appelle mon capitaine, et toi ne tarde pas à rentrer chez toi !

— Tu n'es pas resté avec tes amis, questionna Newkacem, à la fois surprise et ravie.

— Non, Sasha, nous avons déjà perdu beaucoup trop de temps, nous devons sérieusement songer à nous, passer égoïstement un peu de temps ensemble…

— Tu n'es plus le lieutenant Grange que j'ai aimé dès mon premier regard… Que t'arrive-t-il, cela a-t-il un rapport avec le deal que tu as conclu avec mon ravisseur ?

— Non, pas vraiment, mais ta disparition, avant même ton enlèvement, m'a ouvert les yeux. Je t'aime et quand tu disparais, je suis inquiet…

— Moi aussi je t'aime, gros nigaud, n'en doute pas une seconde. Nous avons tous les deux des idéaux qui nous tiennent à cœur, nous les vivions jusqu'à maintenant intensément, sans nous inquiéter des conséquences, nous assumions nos choix. Nous sommes de la même trempe, des incorruptibles avides de vérité. Cette passion nous rend forts, ne laisse pas le doute s'installer en toi. Je serai toujours là pour toi et…

— Et moi pour toi, enchaîna Grange. Mais cela ne doit pas nous empêcher de penser à nous, de vivre intensément les moments où nous sommes ensemble !

La reporter stoppa la discussion en embrassant goulument son amant, en l'invitant à une folle nuit. Elle était terriblement éprise du lieutenant, si fort pour traquer les criminels, si faible à ses côtés. Elle avait en elle une maturité d'esprit et un instinct maternel très prononcés, qui la poussaient à prendre son ascendant sur Grange dans la gestion de leur couple. Newkacem savait que des moments intimes et intenses comme celui qu'elle partageait en ce moment ne seraient que des exceptions dans leur vie commune, faite d'incessantes séparations et retrouvailles...

Chapitre 14

Grange pénétra dans la caserne de Gendarmerie à 7 heures, Gallau de Flesselles et Pernot étaient penchés sur un bureau, des feuilles à la main :

— Bonjour Messieurs... que faites-vous ?

— Nous préparons les tournées des quatre hommes qui vont venir en renfort, répondit le brigadier-chef. Nous avons regroupé les médias, Presse et Radio, par secteurs géographiques et nous essayons d'équilibrer le travail des hommes !

— Je ne vais pas vous faire perdre plus de temps, finissez vos préparatifs et vous me donnerez plus tard la liste des médias, vous me raconterez aussi le déroulement de vos recherches d'hier soir. Je vais retrouver Phil et Virginie... où sont-ils ?

Le lieutenant leur tournant le dos, le brigadier-chef et le gendarme échangèrent un sourire malicieux.

— On ne les a pas encore vus ce matin, mais la nuit a été courte pour nous quatre !

Grange perçut une petite pointe d'amusement dans la voix de Pernot, il le remercia pour sa réponse et il entra dans le bureau de Brulant, vide. Il hésita un instant, puis il décida de prendre un café au distributeur. Il vit alors arriver la maréchale des logis-cheffe, suivie de près par Durantour.

— Je n'ai pu dégager que quatre hommes pour interroger les médias...

— Cela double presque notre effectif sur cette affaire, Virginie, c'est déjà pas si mal. Et puis, il ne faut pas vider la caserne de tous ses occupants, cela attirerait l'attention des rares journalistes encore basés à Trivia. Tant que nous pouvons agir dans l'ombre, nous avons plus de chance de coincer cette Bonpied...

— C'est vrai, tu as raison. Dis-moi, Davy, j'ai une question qui me tarabuste depuis hier : qu'allons-nous faire si l'autopsie de Costini révèle une mort arrangée ?

— J'en ai une moi aussi, intervint Durantour, et depuis quelques jours déjà : peut-on se fier au docteur Poux ? Il a constaté les décès de toutes les personnes que nous avons sur le paperboard, il a attesté des morts naturelles ou accidentelles pour les premiers défunts, et il aurait peut-être continué ainsi si tu n'y avais pas fourré ton nez !

— Les questions que vous vous posez, je me les suis faites et je n'ai trouvé que d'autres questions en guise de réponse. Pour Costini, si sa mort est l'œuvre d'un assassin, est-ce Bonpied elle-même qui s'en est occupée, comment, qui d'autres, les agresseurs de Plouarnec ? Pour le docteur, il est le seul à Trivia, son confrère est parti à la retraite il y a un an et personne ne vient le remplacer ; cela explique qu'il est associé à chaque décès et que son diagnostic a pu être parfois prononcé de manière hâtive. J'étais allé plus loin dans mes hypothèses, en soupçonnant le docteur d'être complice des assassins et de masquer leurs meurtres, jusqu'à son intervention après la pendaison de Talbot. Nous aussi, nous avons beaucoup à faire et je ne suis pas certain que nous aurions cherché si cette personne était capable ou non de se pendre. Le plus souvent, la direction qu'on donne à une enquête se décide dès les premières secondes passées sur la scène du drame, c'est aussi bref et instinctif que le ressenti qu'on éprouve face à un ou une inconnue qui a su attirer notre attention d'un sourire, d'un regard, d'une parole....

— En résumé, reprit Durantour, pour toi le problème Costini demeure entier jusqu'au résultat de son autopsie et le toubib est clean, sans exclure qu'il ait pu se tromper sur l'origine de certains décès !

— C'est bien ça !

— Je vais relancer la Scientifique, annonça Brulant, et j'espère bien obtenir leur rapport avant ce soir. Nous devons savoir au plus vite ce qui est arrivé à ce pauvre jeune homme !

— Virginie, cela n'a sûrement pas dû t'échapper, souviens-toi, Costini a commencé à trembler lorsqu'il nous a balancé Bonpied. J'ai mis son comportement sur le dos de la peur que lui engendrait le simple nom de sa commanditaire. Et si je m'étais trompé, si c'était le premier signe d'un empoisonnement ?

— Si tu as raison, cela voudrait dire qu'il a été empoisonné dans les murs de la caserne…

— Oui, Phil, mais par qui ?

— C'est impossible, objecta Brulant, il n'y avait aucune personne étrangère au service. Cela voudrait dire que ce serait un de mes hommes, c'est inimaginable !

— Je comprends, Virginie, et j'en suis moi-même abasourdi. Si on exclut Luc qui est venu te prévenir de l'arrivée de Costini, peux-tu retrouver qui était présent et assez près de ton visiteur pour intervenir rapidement et en toute discrétion ?

— Je rejette cette hypothèse, faut me comprendre. Quelle commandante je serai, si je doutais de mes hommes sans la moindre preuve ? Attendons le résultat de l'autopsie… j'espère bien qu'il sera établi que la mort de Costini est naturelle. Dans le cas contraire, et selon la manière dont il aura été assassiné, j'agirai. Ceci doit rester entre nous tant que ma décision n'est pas prise…

— Je suis d'accord pour ne pas en parler à Luc, malgré mon entière confiance en lui, car cela pourrait le mettre mal à l'aise et le culpabiliser de ne pas avoir suffisamment protégé notre visiteur, mais permets-moi d'en parler à Marco. Je suis garant de lui, comme de Phil !

— Tu me conduis à douter de mes hommes et tu me demandes de faire confiance aux tiens. Je n'ai rien contre eux, bien au contraire, mais c'est immoral. Fais ce que tu veux mais disons que ta question n'a jamais été posée !

Brulant n'avait pas tort sur le fond, il ne pouvait pas y avoir deux poids, deux mesures. Sa réaction n'était dirigée contre aucun de ses amis policiers, mais la maréchale des logis-cheffe ne pouvait pas une nouvelle fois privilégier des éléments extérieurs à ses hommes, pour la plupart irréprochables.

Il était maintenant temps pour le trio de rejoindre Gallau de Flesselles et Pernot, qui avaient distribué les feuilles de route aux quatre gendarmes venus en renfort. Grange ressentit pour la seconde fois l'étrange sensation que ses compagnons lui cachaient quelque chose, mais quoi. Il ne s'agissait certainement pas d'une information cruciale pour l'enquête, le lieutenant connaissait le sérieux de toutes les personnes du groupe ; avaient-elles fantasmé sur la nuit qu'il avait passée avec Newkacem, avait-il été un sujet d'amusement pour ces hommes et cette femme qui avaient travaillé sans relâche des heures durant ? Le lieutenant devait chasser ce questionnement de sa tête, recouvrer ses esprits et sa concentration, c'était essentiel pour poursuivre l'enquête en cours…

— Nous n'allons pas rester ici les bras croisés, en attendant le retour des hommes de Virginie…

— T'as raison Davy, qu'est-ce qu'on fait ?

— Tout dépend de l'autopsie de Costini…

— Pourquoi, il y a un os ? demanda Gallau de Flesselles.

— Notre enquête part dans tous les sens, des morts naturelles se révèlent ensuite provoquées. Inutile de vous rappeler que Costini est venu chez nous pour nous révéler son rôle dans la mort de nombreuses personnes, pour nous demander notre protection, car il se sentait menacé. Sa mort est arrivée au bon moment… Nous devons donc être sûrs qu'elle n'a pas été programmée !

Brulant dévisagea Grange, elle lui adressa un regard rempli de détresse, elle n'avait pas pu tenir sa langue. Elle devait maintenant poursuivre sur sa lancée…

— Si la mort de Costini est naturelle, nous devrons concentrer nos recherches sur les hommes qu'il a contactés pour faire le sale boulot et sur Bonpied ; dans le cas contraire, nous aurons une nouvelle enquête sur les bras. Ceci est strictement confidentiel et ne doit pas sortir de cette pièce !

— Nous devons aussi rechercher des traces de Claude Lapierre. Il est important de savoir ce qu'est devenu ce prédécesseur de Manigan. S'il est encore en vie, il aura peut-être des souvenirs précis de ses clients de l'époque et du drame qui s'est déroulé lors de l'inauguration de son nouveau bureau de la Poste !

— Ton père n'a aucune info sur cet homme ?

— Non, Virginie. Je le lui ai déjà demandé, mais il a son compte dans une autre banque et il n'a jamais eu de rapport direct avec Lapierre, même à la Mairie !

— Suivre les traces d'un fonctionnaire en activité est déjà très compliqué, s'il est mutable ; alors retrouver un retraité de la Poste, qui peut être n'importe où en France ou à l'Étranger, qui peut être enterré depuis des lustres... c'est du domaine de l'Impossible, déplora Brulant.

— C'est vrai, confirma Gallau de Flesselles, les recherches semblent tellement faciles aujourd'hui à partir de documents informatisés, voire dématérialisés, qu'on en oublie l'existence des archives manuscrites. Avec l'accord de Virginie, je voudrais ouvrir un compte pour consulter les archives internationales des Mormons, regroupées à Salt Lake City. Ces gars ont microfilmé des documents dans le Monde entier depuis plus de 70 ans... Nous pourrions trouver des informations cruciales, avec un peu de chance

— Et avec l'argent du contribuable, plaisanta Durantour.

La maréchale des logis-cheffe valida immédiatement la demande du brigadier-chef, sans suivre la procédure réglementaire qui aurait contraint le policier à rédiger au préalable une demande motivée, accompagnée d'une estimation du coût engagé. Le temps n'était pas à la paperasse et Brulant assumerait sa décision devant n'importe quelle commission. Elle était consciente que le risque pour le groupe d'être dessaisi de l'enquête croissait de jour en jour ; elle affirma que le résultat de l'autopsie de Costini risquait d'accélérer la venue d'une équipe interne de contrôle.

— Mais pas celle des médias. Mon père m'a appris que les derniers journalistes encore présents à Trivia venaient de plier bagages !

— Enfin quelque chose de positif ! conclut Brulant.

Le moment tant attendu et redouté arriva sous la forme d'un appel téléphonique de la Scientifique : Costini présentait des traces de cyanure, il avait été victime d'un empoisonnement. L'autopsie avait permis de localiser l'endroit où le jeune homme avait été piqué avec un objet pointu de faible taille : à l'arrière de la cuisse gauche, à la base du fessier. La densité du poison avait été suffisante pour provoquer la mort du visiteur une demi-heure plus tard. La victime ne présentait aucune trace de gonflement au niveau de la piqûre, ce qui laissait supposer que le cyanure de potassium n'avait pas été injecté avec une seringue, mais avec une aiguille qui avait trempé dans une solution liquide. L'hypothèse de la seringue était définitivement rejetée, suite au rapport de la Scientifique et au fait que cela aurait pris du temps pour immobiliser la victime et lui injecter le poison ; cette manœuvre était inenvisageable... Une certitude, le coup était prémédité, personne ne pouvait se promener éternellement avec une aiguille empoisonnée, pour le cas où... Ces révélations ébranlèrent Brulant, qui sentit un court instant ses jambes flageoler, puis un froid glacial la parcourir. Elle était proche de l'évanouissement. Durantour s'empressa de la soutenir et elle reprit ses esprits entre les puissants bras du brigadier. Le visage de la maréchale des logis-cheffe, d'abord livide, avait rosi... D'une voix encore mal assurée, celle-ci annonça :

— Costini a été empoisonné chez nous, nous devons trouver son assassin !

— Luc, te souviens-tu qui était présent quand la victime est arrivée ?

— Il y avait beaucoup de collègues, Davy, comment veux-tu que je me souvienne avec certitude de qui était là ? Par contre, je suis sûr qu'il n'y avait aucun civil !

— Le doute est donc définitivement levé, déplora Brulant. C'est un des nôtres qui a fait le coup !

— Il va falloir agir prudemment et éviter de tourner le dos à ceux dont on a une confiance limitée. Je sais, c'est dur à admettre, mais celui qui a fait ça pourrait recommencer avec l'un de nous, s'il se sent percé à jour...

— Moi, Davy, tu peux être sûr qu'il y en a deux auxquels je ne m'amuserai pas à tourner le dos...

— Je devine lesquels, Phil, mais s'ils étaient impliqués dans cette histoire, ils seraient sûrs d'être les premiers soupçonnés... Je les crois plus malins !

— Je pense comme Davy, annonça Gallau de Flesselles.

— Il est temps de mettre en place une stratégie...

— T'as raison, Luc. Nous avons beaucoup à faire et nous allons devoir nous répartir les tâches. Davy, comment vois-tu les choses ?

— Je pense essentiel, Virginie, que Marco poursuive ses recherches via les Mormons, que Luc soit mis en retrait des autres gendarmes, il pourrait mettre à profit ce que Marco lui a appris et tenter de retrouver les personnes qui ont dialogué avec Costini, à partir de son portable… Phil aurait alors la lourde tâche de découvrir qui était présent à l'arrivée du jeune homme. Virginie, je pense indispensable que tu sois tenue au courant des avancées de chacun, mais que tu assures aussi, en même temps, le commandement de la caserne. Inutile de donner du grain à moudre à ceux qui nous jugeront bientôt… Moi, je vais fouiner à la recherche de cette Bonpied. Des questions, des remarques ?

— Au sujet des communications téléphoniques, je propose aussi de vérifier si des appels sont arrivés après la mort de Costini. Les gars qu'il a contactés ne savent peut-être pas encore qu'il a été empoisonné, et ils attendent peut-être d'être payés…

— Entièrement d'accord avec toi. Mais fais tes recherches dans ton appart, vers Marco ou encore à vue de Virginie. Phil risque de déranger le coupable qui aura vite fait de croire que tu l'as dénoncé…

— J'inclus Bonpied dans la liste des recherches que je vais faire via la base de données des Mormons. Cela risque de coûter un peu plus cher, pas d'objection ?

— Vas-y, répondit Brulant.

— Comment je m'y prends, pour trouver qui était là l'autre jour. Les écrans de surveillance, à l'accueil, ils ont des enregistrements ?

— Oui Phil, mais si tu les visualises sur place maintenant, tu vas intriguer mes hommes et alerter le coupable. Tu devras attendre la fermeture du bureau pour faire ce travail, je pourrais même t'aider !

— OK, mais qu'est-ce que je fais, en attendant ?

— Tu peux aider Luc, il a un gros boulot à faire. À deux, ce sera plus facile de recenser les coordonnées téléphoniques de chaque appel, leur heure et leur durée…

— Sauf imprévu, Virginie, je propose que nous fassions un débriefing à 19 heures !

— Oui Davy, j'allais juste le proposer. Maintenant, au travail !

Avant d'engager leurs recherches, Gallau de Flesselles et Grange avertirent leur capitaine du résultat de l'autopsie de Costini. Les réactions de Neyret et de Deloin étaient similaires, emplies d'étonnement et de contrariété. Le capitaine de Lyon 1 expliqua à son lieutenant les raisons de son inquiétude :

— Ce qui se passe à Trivia est alarmant, je n'ai jamais connu d'enquête avec une telle dangerosité. Policier exécuté en pleine rue, visiteur empoisonné dans la caserne. Ceux qui sont derrière ces actes ne reculent derrière aucune prise de risque, ils agissent en professionnels et ils semblent sûrs d'eux. J'hésite à vous laisser poursuivre cette enquête qui semble ne pas vouloir aboutir, avec des meurtres qui ne touchent plus la même catégorie de victimes, qui visent maintenant des personnes essentielles à la résolution de ce dossier. D'ici peu, une enquête interne devrait être mandatée ; votre amie Brulant et ses hommes, vos coéquipiers villeurbannais et vous, allez être cuisinés aux petits oignons, cela ne fait aucun doute. Neyret et moi n'y échapperons pas, peu de chance que nos visiteurs voient d'un bon œil l'entraide Police-Gendarmerie...

— Capitaine, donnez-moi encore un peu de temps, notre groupe exploite maintenant la piste de l'empoisonnement de Costini, nous avons reçu un renfort de quatre gendarmes pour effectuer des recherches au niveau des médias. Nous sommes à deux doigts de découvrir ce qui s'est passé le 15 octobre 1970, d'obtenir des noms...

— Vous et vos amis villeurbannais, ne prenez aucun risque !

19 heures. Les cinq enquêteurs firent le point sur leurs informations et répondirent aux questions de leurs collègues.

— Je parle sous le contrôle de Phil, annonça Pernot. Nous avons listé des échanges téléphoniques avec une trentaine de numéros différents pour la période allant de J-30 à J, jour de la mort de Costini. Trois de ceux-ci sont réapparus depuis. Nous travaillons actuellement sur l'identification des correspondants !

— Aucun message enregistré ? demanda Grange.

— Ni avant le jour J, ni après ! répondit Durantour.

— J'ai lancé des recherches généalogiques sur les noms de Chevalier, Martine Legrand, Claude Lapierre et Bonpied, avec des orthographes différentes pour cette dernière dont le nom ne nous a été communiqué qu'oralement. J'ai cantonné les demandes sur la France, mon ordinateur emmagasine les données qui lui sont transmises au fur et à mesure. Si seulement on avait l'identité complète de chacun, cela limiterait le nombre de transfert d'infos…

— J'ai une bonne nouvelle pour toi, Marco, mais aussi pour nous tous : j'ai reçu mes gars juste avant notre débriefing, et l'un d'eux a trouvé dans les archives de "La Voix de l'Ain" un entrefilet concernant un accident à Trivia, le 15 octobre 1970. Il l'a pris en photo avec son téléphone et me l'a transféré après son rapport oral. Tenez, lisez !

Le téléphone de Brulant circula de main en main ; chaque lecteur écarquillait les yeux et restait hébété. Les quelques lignes rédigées cinquante ans plus tôt changeaient la donne. La maréchale des logis-cheffe jubilait :

— Qui aurait pu croire que notre vieille institutrice se soit trompée de personne ?

— Merci mon Dieu, je vais pouvoir relancer mes recherches, avec des infos plus précises ! s'enthousiasma Gallau de Flesselles.

Sa remarque provoqua le rire de ses compagnons.

— Certes, nous sommes maintenant assurés de l'identité de la propriétaire expulsée de chez elle pour permettre la construction de la nouvelle Poste, mais cela ne révolutionne pas pour autant l'enquête, commenta Pernot.

— Moi, intervint Grange, je crois que si, et que cela va nous faire avancer dans l'enquête. L'article n'est pas très long mais très important.

Le lieutenant le récita de tête, à l'intention de tous : "Trivia, le 15 octobre 1970. Tragique accident : madame Gertrude Goulet a fait une chute de plusieurs mètres, du second étage de sa petite maison du bourg, où elle vivait recluse depuis son expulsion de l'endroit où elle vivait précédemment. Les secours l'ont emmenée, inconsciente, à l'Hôpital de Villefranche sur Saône"

— Le jour de l'inauguration, OK, mais quel rapport ? demanda Durantour.

— Je me suis permis d'appeler le père de Davy, il était encore à la Mairie, en train d'éplucher les archives, et…

Brulant était cette fois-ci le centre d'intérêt de ses compagnons. Ella attendit quelques secondes, avant de lâcher l'info qui la satisfaisait tant :

— Madame Gertrude Goulet était officieusement en couple avec Martial Chevalier. Dans le village, certains l'appelaient madame Goulet, d'autres parfois plus pervers madame Chevalier… Davy, ton père a fait du bon boulot, maintenant il recherche une Martine issue de la branche Goulet !

— Alléluia ! s'exclama Gallau de Flesselles.

— Dis donc, Marco, tu n'en fais pas un peu trop ? s'esclaffa Durantour. Jamais, jusqu'à ce jour, je ne t'ai entendu prononcer des mots à connotation religieuse !

Le brigadier-chef piqua un fard, il se sentit subitement ridicule. Ce n'était pas l'effet escompté par son ami et coéquipier ; ce dernier s'en rendit immédiatement compte :

— Tous, un jour ou l'autre, on a envie de remercier quelqu'un pour un instant plus ou moins bref de bonheur. Peu importe que ce soit une divinité, un inconnu, un ami… Moi, poursuivit Durantour, je serai le premier à brûler un cierge à l'Église si un de mes vœux était exaucé !

— Lequel ?

— Ah non, Marco…

La gêne palpable de Gallau de Flesselles était retombée, à la faveur de l'aparté fait par son ami. Quelques minutes de perdues, sans rapport avec l'enquête, mais qu'était ce court intermède face à l'importance de l'amitié ?

— La famille Bonpied n'est pas originaire de Trivia et j'ai eu beaucoup de mal à récolter quelques infos sur elle, annonça Grange. Les Bonpied font partie de la vague subversive qui a envahi notre territoire, après les événements en Algérie. Ces expatriés ont attiré sur eux l'indifférence des Triviarois de pure souche, comme tous ceux qui sont arrivés durant la même période… Nous allons maintenant concentrer, grâce à l'effort de tous, nos recherches sur les familles Bonpied, Goulet et Lapierre. Peut-être allons-nous enfin connaître la raison des meurtres de nos grands seniors !

Alors qu'il prononçait cette phrase, le lieutenant ressentit une nouvelle fois un malaise. Il ne savait plus vraiment quoi penser de cette manifestation sournoise, intestine, qui semblait jouer le yoyo avec lui. Était-ce vraiment un don du ciel, une sorte de sixième sens qui lui annonçait par avance la résolution de ses enquêtes ? Jamais, au cours des affaires précédentes, il n'avait subi autant de manifestations de son étrange allié…

Martine Bonpied rageait, Costini ne l'appelait pas et Claude Lapierre était très mal en point. Le vieil homme avait cessé de résister ; mutilé des pieds et des mains, il espérait une mort rapide et refusait toute nourriture et toute boisson. La tortionnaire regardait si souvent sa montre qu'il lui semblait que le temps s'était figé.

— Pourquoi ne m'appelle-t-il pas, s'était demandée la femme à plusieurs reprises, a-t-il renoncé au contrat, a-t-il cru que je plaisantais en lui lançant mon ultimatum ?

Bonpied n'en pouvait plus de cette attente interminable, alors elle appela Costini. Elle entendit le message habituel de son répondeur, l'invitant à donner la raison de son appel. Elle raccrocha aussitôt, sans prononcer le moindre mot. Prise d'une colère soudaine, elle s'empara de sa fraise de dentiste et l'appliqua sur le cou de son prisonnier, l'homme la regarda sans peur.

— Je devrais en finir avec toi maintenant, vociféra-telle, mais je dois d'abord savoir ce que fabrique cet idiot de Costini. Tu ne perds rien pour attendre !

Le vieil homme cracha dans sa direction.

— Tu crois ainsi me manipuler, me forcer à t'achever maintenant, ricana la tortionnaire, garde ce qui te reste de salive pour hurler lorsque sera arrivée ta dernière heure. Ce que tu as enduré n'est rien à côté de ce qui t'attend. Rien qu'à y penser, j'en ai des frissons dans le dos !

Bonpied se dirigea vers une desserte sur laquelle reposaient divers appareils. Elle empoigna une disqueuse électrique et la brandit fièrement :

— Je serai clémente avec toi. Ma fraise ne sera pas assez puissante pour les articulations des coudes et des genoux… mais ça oui. Enfin j'espère, même si je dois mettre tout mon poids dessus !

Lapierre devint livide. Il redoutait plus la souffrance que lui infligerait Bonpied, que ses mutilations multiples et que sa mort, libératrice.

— Fais de beaux rêves... je reviendrai te voir plus tard !

Dès que la femme disparut en plongeant son prisonnier dans la pénombre, ce dernier tira la langue, la coinça entre ses deux mâchoires et serra les dents de toutes ses forces. Il avait mal, sa langue tentait de s'échapper de l'étau tel un animal pris dans un piège. Plusieurs fois, le puissant muscle parvint à se contracter, à rouler sur lui-même, mais Lapierre tenait bon. Le sang chaud coulait maintenant dans sa gorge, provoquant une toux, accompagnée de crachats. L'homme pencha la tête en avant et reprit son automutilation. La langue était percée de part en part, les canines et les incisives l'avaient déchiquetée à son extrémité, les molaires prenaient la relève pour l'écraser et chasser le sang vers l'extérieur. Lapierre avait mis toute son énergie dans son autodestruction, ses mâchoires s'ouvraient et se refermaient à intervalles d'abord réguliers, puis plus disparates. L'homme se vidait peu à peu de son sang, il perdait progressivement ses forces et il sentait un froid et une raideur s'emparer lentement de son corps. À travers le peu de lucidité qu'il lui restait, il espérait que Bonpied ne reviendrait pas avant qu'il eût fini sa tâche.

22 heures. Durantour visionnait les enregistrements des caméras en compagnie de Brulant, tandis que Pernot et

Gallau de Flesselles poursuivaient leurs recherches. Grange avait insisté pour rester à la caserne, il avait appelé Newkacem sur son portable et lui avait laissé un message pour l'informer de sa décision. La reporter n'avait pas rappelé, sans doute avait-elle compris que son ami n'avait pas d'autre choix que de poursuivre son enquête... Le lieutenant avait aussi d'autres raisons de rester : Durantour l'avait protégé de Néville et de Corbin lorsqu'il le croyait en danger, Brulant et Pernot étaient aussi dans le collimateur de ces deux gendarmes, c'était à son tour d'assurer la protection de ses compagnons. Bien qu'il ait cru en la parole d'Albert, il doutait de la fiabilité des deux sbires de l'ex-capitaine. Sa défiance s'expliquait par le meurtre de Costini à l'intérieur de la caserne et par l'apparition de deux hommes, qui l'avaient suivi durant une partie de l'après-midi. Ceux-ci étaient différents de ceux envoyés par Albert et qui l'avaient pris pour cible, ils avaient cherché à passer inaperçus. Le lieutenant les avait cependant repérés et leurs statures carrées l'interpelaient, le policier se rappelait la déclaration de Costini, son témoignage sur l'agression de Plouarnec : "j'ignore si un cinquième homme était embusqué... ils agissaient comme un commando, ils communiquaient par signe... c'étaient des baraques !" Grange avait décidé de ne pas parler de ses suiveurs au débriefing de 19 heures, pour que ses compagnons puissent poursuivre leur travail en toute sérénité. Corbin et Néville étaient aussi de sacrés gaillards... Une hypothèse un peu folle germait dans l'esprit du lieutenant :

— Ces deux gars, pensait-il, ne sont pas des enfants de cœur. Quand Albert les a enrôlés dans son escadron, il devait connaître des choses sur eux grâce auxquelles il les tenait... Il a fermé les yeux dessus en échange d'une soumission totale. Ils ne m'ont jamais aimé, ils ont montré à maintes reprises leur opposition à la coopération entre Gendarmerie et Police Nationale. Sont-ils passés à l'acte, avec l'aide de deux complices pour effrayer Plouarnec. Avaient-ils l'intention de l'éliminer ? Ont-ils maintenant l'intention de me faire payer pour ma riposte à leur première agression, leur chute de vélos ?

Plus l'éventualité d'une telle possibilité s'ancrait dans l'esprit du lieutenant, plus ce dernier trouvait des indices tendant à la confirmer. Il devait rester très prudent, pour lui et pour ses compagnons. Il n'était pas question de jeter un caillou dans la mare, puis d'attendre les réactions. Grange devait trouver des preuves irréfutables, qui prouveraient la complicité ou non de l'ex-capitaine Albert. Il était temps pour lui de rejoindre Durantour et de découvrir si Corbin ou Néville était l'assassin de Costini. La scène qu'il vit alors l'émut puis lui envoya une bouffée d'amertume en pensant à son propre cas : Brulant était collée contre l'épaule du brigadier et tous deux examinaient les enregistrements. Grange ressentait de la tendresse pour le couple qui lui faisait dos et qui ignorait son arrivée discrète, de la tristesse de ne pas être collé à Newkacem.

— Un temps pour chaque chose, pensa-t-il avant de se racler la gorge et d'enchaîner, alors, les amis, qu'est-ce qu'on a ?

Durantour et Brulant sursautèrent et reprirent une position plus professionnelle.

— Dis, le Bleu-bite, tu ne peux pas arriver plus bruyamment ?

— D'abord Marco, toi maintenant... Virginie, oublie comment Phil vient de m'appeler !

— Faut voir, plaisanta la maréchale des logis-cheffe.

— Il nous reste encore à visionner les enregistrements de ce monitor, pour l'instant, on n'a rien, annonça le brigadier.

— Quatre yeux valent mieux que deux, à condition qu'ils ne quittent pas l'écran, pouffa Grange.

Durantour et Brulant piquèrent un fard, leurs pommettes virèrent au rose... foncé. Les trois amis rirent ensuite à l'unisson, puis scrutèrent les images qui défilaient devant eux. Sur ces dernières apparaissaient Costini, puis sur sa gauche Corbin. Un instant une silhouette s'interposa entre la caméra, Costini et Corbin... Néville ? L'homme tournait le dos à la vidéosurveillance et il avait frôlé la caméra de si près qu'il ne laissait de lui que l'image d'un morceau de tissu bleu marine. Il pouvait s'agir de n'importe quel gendarme présent ce jour, et rien ne prouvait un geste intentionnel afin de rendre l'enregistrement inefficace. Peu après, le trio découvrait Pernot qui venait à la rencontre du visiteur et qui l'accompagnait jusqu'au bureau de Brulant.

— Virginie, sur les autres enregistrements, d'autres de tes collègues étaient-ils aussi près de Costini que Corbin, à un moment ou à un autre ?

— Non Davy, et les autres films nous donnent des images en continu, sans interruption…

— Tu vois, je te l'avais dit, explosa Durantour, ce mec et son comparse sont des pourris, tout comme Albert !

— Parle moins fort, on pourrait nous entendre. Si c'est le cas, il ne faut pas que ces gars comprennent qu'on a des doutes sur eux !

— T'as raison Davy, enchaîna Brulant. Phil, saurais-tu faire une copie de cet enregistrement ? Pas question qu'il disparaisse, intentionnellement ou pas, et que nous n'ayons plus rien pour confondre notre assassin !

— Je fais ça et je te la transfère sur ton portable. Mes longues heures passées auprès de Marco sont une aubaine, en pareille situation !

— Cheffe, cheffe !

Pernot venait de faire une entrée beaucoup moins discrète que Grange auparavant. Haletant, il expliqua la raison de son excitation, entre deux bégaiements :

— Le portable de Costini… quelqu'un a appelé dessus. Le temps que je vérifie le numéro, et… ce même numéro apparaît de nombreuses fois depuis un mois, sept fois le matin de la mort de notre jeune homme…

— T'as pu identifier la personne, la géo localiser ?

— Non, je ne suis pas assez rapide pour ça !

— T'en as parlé à Marco ?

— Non, Davy, la personne a raccroché trop vite, sans laisser de message !

— Cela prouve que la mort de Costini n'a pas été divulguée. Cela va peut-être nous permettre de coincer cette Bonpied ! annonça Grange.

— Allons voir si Marco a trouvé des infos, un numéro de téléphone qui nous mettrait sur ses traces !

Le brigadier-chef n'avait pas perdu de temps, il louait les réseaux informatiques qui ne connaissaient ni les décalages horaires, ni les frontières. Ses recherches progressaient rapidement, il avait maintenant établi que Gertrude Goulet et Martial Chevalier formaient un couple illégitime, qu'une enfant était née de leur union : Antoinette Goulet. Une autre recherche menée en parallèle sur les fichiers de l'État Civil et des impôts lui laissait croire que la maison dans laquelle vivait cette famille appartenait à Chevalier, qui n'avait jamais reconnu sa fille née dans le péché, comme c'était alors la coutume… À sa mort, sa compagne ne pouvait pas prétendre conserver une maison qui ne lui appartenait pas officiellement. Comment la veuve avait-elle expliqué à ses proches l'expulsion de cette demeure dans laquelle elle avait vécu tant d'années, dans laquelle elle avait connu le bonheur et parfois la honte d'une épouse illégitime bafouée par l'opinion publique, dans laquelle elle avait élevé sa fille, était un mystère qui n'était pas résoluble avec la seule aide des fichiers des Mormons et de l'État Civil… Il fit un compte rendu de ses découvertes à ses amis.

— Encore une heure ou deux, et je devrais savoir si cette Antoinette Goulet a suivi les traces de sa mère, si elle a eu une vie plus conforme à l'image pudibonde véhiculée par notre société profondément hypocrite, si elle a eu des enfants…

— Parfait, s'enthousiasma Grange, tiens-nous au courant dès que tu auras du nouveau. De notre côté, nous nous intéressons à Corbin qui pourrait être l'assassin de Costini. Nous devons tous nous méfier de lui, mais ne pas éveiller ses soupçons…

— Et ceux de son acolyte, renchérit Durantour. Pour moi, ces deux gars forment un binôme aussi uni que les Dupond "D" et Dupont "T" dans les BD de Tintin !

— Holà, quelle référence, plaisanta Brulant, on voit tes sources d'inspiration. Tu t'es mis à jour, ne dit-on pas "dis-moi ce que tu lis, et je te dirai qui tu es !"…

— La prochaine fois, j'utiliserai des références plus littéraires, bougonna le brigadier un tantinet vexé.

— Luc a découvert un nouvel appel sur le portable de Costini. Le numéro de l'appelant est apparu très souvent sur son téléphone, sept fois le matin de son exécution !

Gallau de Flesselles poursuivait son travail tout en écoutant Grange. Il l'interrompit ;

— Phil, ce numéro fait partie de ceux que tu as listés avec Luc ?

— Oui Marco !

— Tu as recherché l'identité cachée derrière chaque numéro, comme je te l'ai appris ?

— Oui, avec Luc, nous avons pu trouver les noms de quelques correspondants…

— Mais pas celui de ce soir, déplora Pernot.

— Alors aucune chance d'identifier le correspondant de Costini. Luc, va chercher ton PC, je te donnerai des tuyaux tout en continuant mon boulot de mon côté !

Le téléphone de Grange vibra, il était minuit trente.

— Davy, des amis haut placés m'ont annoncé qu'une équipe arrivera demain en fin d'après-midi, soit dans moins de 40 heures, pour vous entendre sur la mort du capitaine Plouarnec et sur celle de Costini. Vous n'avez plus beaucoup de temps. Tenez-moi au courant de vos avancées avant son arrivée !

— Oui Capitaine, merci !

Ses compagnons avaient deviné la gravité de la situation, Deloin n'avait pas pour habitude de contacter ses hommes la nuit pour des peccadilles. Grange confirma leur crainte et poursuivit :

— Nous n'avons donc que très peu de temps pour clore notre enquête... Peu de chance d'obtenir des infos de mon père, il m'aurait déjà appelé s'il avait trouvé des choses intéressantes dans les archives de la Mairie. J'ai bien peur que nous ne dormions pas beaucoup cette nuit. Luc et Marco, à vos écrans !

— Et nous ?

— Phil, j'ai besoin de prendre un peu l'air pour réfléchir, pour essayer d'y voir un peu plus clair. Tu m'accompagnes ?

Le lieutenant avait formulé son ordre sous l'apparence d'une question mais le brigadier connaissait bien Grange et il accepta. Brulant se sentit alors exclue :

— Pendant que ces messieurs vont prendre l'air, je fais quoi ? Je commande cette caserne et j'ai parfois l'impression de ne pas être maître des décisions à prendre !

— Virginie, répondit Grange d'une voix câline, tu as la lourde tâche de protéger nos deux internautes, tu me surprendrais si tu réveillais tes hommes pour le faire à cette heure-ci. Tu dois aussi te préparer à la venue de tes visiteurs. N'est-ce pas un boulot exclusivement réservé au commandant de ces lieux ?

Chapitre 15

Durantour et Grange étaient dans la cour de la caserne, invisibles des appartements de Néville et de Corbin.

— Je ne suis pas chaud pour casser du gendarme, cela m'a déjà valu pas mal d'emmerdes, mais je crois que dans les prochaines heures, ce sera inévitable. T'es de la partie ?

— Et comment, s'enflamma le brigadier, mais seulement si cela s'applique aux deux gars avec qui j'ai un sérieux contentieux, et à leur renfort éventuel. Quel est ton plan ?

— Je suis convaincu, à force d'y penser, que nos deux gars agissent sous les ordres d'Albert, mais qu'ils font aussi des actions pour leur propre compte. Tu te souviens de Costini, à la caserne, il nous a dit que Plouarnec a été victime de quatre malabars. Néville et Corbin sont presqu'aussi imposants que toi…

— Ouais, presque. N'empêche qu'ils se sont toujours mis à deux pour me battre…

— Je n'ai pas remarqué d'autres personnes de leur carrure à la caserne…

— Moi non plus. Tu sous-entends qu'ils ont des complices à l'extérieur et qu'ils s'en sont pris à Plouarnec ?

— Cet après-midi, j'ai été filé par deux balèzes…

— Ça devient une habitude. Les gars de l'autre fois, ceux qui t'ont encadré le portrait ?

— Non, même s'ils étaient sensiblement de la même taille. Ceux d'aujourd'hui me filaient discrètement, mais je les ai quand même repérés.

— Pourquoi tu n'en as pas parlé au débriefing ?

— Il y a urgence à trouver Bonpied et à la faire parler… Nos amis doivent pouvoir se concentrer sur cette affaire, l'esprit libre. Mais sa vendetta n'a rien à voir avec les meurtres de Plouarnec et de Costini. Ces deux-là ont été victimes d'un autre groupe que nous devons identifier à coup sûr avant l'arrivée des enquêteurs parisiens…

— On fait quoi, on frappe à la porte de Néville et on lui demande de se mettre à table… et idem avec Corbin ?

— Non, ils sont sûrement sur leur garde. Ils n'ignorent pas que les Parisiens vont bientôt investir la caserne et passer les dossiers de chaque homme au peigne fin, ils ignorent seulement quand. En ce moment même, ils sont certainement tout aussi éveillés que nous. Cela vaut le coup de les bluffer !

— Dis-moi, le Bleu-bite, tu ne vas pas me rejouer ton improvisation de l'autre soir !

— Demain, ils risquent d'apprendre quand arriveront les inspecteurs pour l'enquête interne. Il faut les forcer à sortir de l'ombre, eux ou leurs complices. On va bientôt connaître tes talents de comédien, je t'explique !

Grange annonça son plan au brigadier. Ce dernier n'était pas conquis pas la stratégie de son ami, qui comportait une part de risques importante pour chacun d'eux. Durantour n'était pas craintif, mais ses récentes agressions l'avaient rendu prudent : tabassé devant la maison de la vieille institutrice, désarçonné de sa moto par Néville et Corbin, quelle allait être l'étape suivante ?

— Laisse-moi au moins en parler à Virginie, qu'elle puisse m'apporter de l'aide si ça tourne mal, et que je te rejoigne sans problème !

— Rien ne prouve qu'ils s'en prendront à toi, ce serait vraiment maladroit de leur part. Je parie qu'ils resteront à l'affût derrière leur fenêtre, qu'ils guetteront si tu sors, et qu'ils laisseront leurs complices s'occuper de moi !

— Mais tu ne sais rien d'eux, tu pourrais te faire démolir par les deux baraques qui t'ont suivi…

— Je sais qu'ils ne sont pas d'ici, ils ne connaissent pas la topographie des lieux, c'est comme ça que je les ai remarqués. En pleine nuit, ils seront vulnérables, l'obscurité est mon alliée. Je vais les balader à travers tout Trivia. Il y aura bien un moment où l'un d'eux va joindre Néville ou Corbin… S'ils sortent de la caserne, tu les files, s'ils t'attaquent, tu les neutralises. Fais gaffe à toi, ils ont déjà utilisé du poison, ne quitte pas leurs mains des yeux !

— Ce n'est pas comme ça que j'envisageais de casser ces gendarmes, d'ailleurs ils ne méritent plus qu'on les appelle encore comme ça !

— S'ils arrivent jusqu'à moi, tu pourras faire parler tes poings sans retenue, mais cela ne va pas nous faire aimer des envoyés parisiens !

— Et ça te chagrine ?

— Pas plus que ça, mais ils seront forcément du côté des leurs, bons ou mauvais. Marco, toi et moi, nous sommes des intrus…

— Plouarnec nous a acceptés, pourquoi pas ces inspecteurs ?

— Ce capitaine était un visionnaire qui croyait que Gendarmerie et Police Nationale pourraient un jour vraiment coopérer. Nos actes envers les gendarmes étaient alors bienveillants. Aujourd'hui ou demain, en frappant Néville et Corbin, on ferait bien plus que de corriger deux ordures, on s'attaquerait à l'image de la Gendarmerie, au symbole de l'uniforme marine. Ce serait une incitation à la violence sur les forces de l'Ordre, et dans les temps qui courent, ce serait plutôt maladroit !

— Nous aussi, on représente l'Ordre…

— Oui, toi à Villeurbanne et moi à Lyon !

— J'ai une proposition à te faire. Si nos amis prennent leur moto, je leur donne une petite leçon de conduite. J'écarte ainsi le risque de me faire piquer par une aiguille empoisonnée et j'évite une bataille rangée en pleine nuit dans les ruelles de Trivia. Et là, j'y mettrai tout mon cœur et j'utiliserai toutes mes ficelles d'ancien moniteur. C'est comme ça que je rêve de leur rendre la monnaie de leur pièce !

— S'ils prennent des voitures…

— Des balles perdues dans les pneus devraient les retarder suffisamment pour que tu finisses ta besogne en paix. Et puis je resterai planqué dans Trivia…

— D'accord Phil, mais il faut d'abord que notre accroche fonctionne. Tu sais ce que tu dois dire…

— Je m'en sortirai !

— Sois convainquant, sans être trop théâtral !

Les deux amis se postèrent sous les fenêtres des appartements. Celle de Corbin était entrebâillée, malgré la fraîcheur de cette nuit d'octobre.

— Davy, grognait Durantour, laisse-moi t'accompagner, c'est de la folie !

— Non Phil, les inspecteurs arriveront ce soir, je dois retrouver les assassins de Plouarnec avant !

— Tu ne sais même pas qui ils sont, où ils sont !

— J'ai ma petite idée, mais je la garde pour moi. Tu serais encore capable de me suivre contre mon gré !

— Davy…

— Merci, ne t'inquiète pas, rentre !

— T'es suicidaire, s'écria Durantour, je veux t'accompagner !

— Rentre, c'est un ordre !

— T'y vas à pied ?

— Je ne veux pas réveiller tout le monde, j'ai planqué une moto à côté de l'église. Je dois les affronter seul, monte te coucher !

Durantour indiqua discrètement à Grange la fenêtre de Corbin, maintenant plus largement ouverte ; le gendarme avait certainement écouté la conversation. Les observait-il en ce moment, allait-il mordre à l'hameçon ? Le brigadier rejoignit sa chambre sans problème, le lieutenant avait vu juste. Il se colla alors derrière sa fenêtre et attendit. Pour la première fois de sa vie, il était impatient. Lui qui était resté si souvent planqué des heures durant pour observer, par tous les temps, impassible, avait hâte de voir débouler Néville et Corbin, de régler ses comptes avec eux.

— Allez, allez, ne cessait-il d'implorer, sautez sur vos motos, vous avez rendez-vous avec ma revanche !

Grange marchait maintenant depuis une dizaine de minutes, il était seul dans la rue déserte menant à l'Église. Il avançait d'un pas décidé, tous ses sens en alerte. Il savait que les deux balèzes qui l'avaient pisté la veille, pouvaient arriver de n'importe où, s'être embusqués à proximité du monument religieux, facile à trouver pour des personnes étrangères à Trivia. Il avait sciemment cité ce lieu dans son sketch avec Durantour. Il n'était maintenant plus qu'à quelques pas de sa destination, l'endroit était propice pour être observé en toute discrétion, les inconnus pouvaient être planqués n'importe où. Aucun bruit suspect, aucune odeur particulière, aucun reflet suspect... Corbin avait-il flairé le piège ? La nuit était noire, mais le lieutenant parvenait néanmoins à discerner les silhouettes des constructions. Sa mémoire visuelle et sa très bonne connaissance du lieu lui permit de distinguer deux masses sombres qui ne devaient pas être là, accolées à un mur... il était attendu. Il glissa ses mains dans les poches de son blazer ; à travers le tissu, il ressentit le contact des menottes, une paire pour chacun des étrangers, puis il caressa la crosse de son pistolet accroché à sa ceinture. Ses doigts serrèrent ensuite l'acier froid d'un coup de poing américain, arme peu conventionnelle dans le bagage d'un policier en exercice...

— Merde, s'écria-t-il en sortant vivement les mains de ses poches et en agitant les bras dans tous les sens, ma moto. Où est-elle passée ?

Il n'y avait jamais eu de deux roues à cet endroit, mais les inconnus ne pouvaient pas le savoir. Ils étaient arrivés quelques minutes après la discussion entendue par Corbin et le vol de l'engin était crédible. Leur complice ne leur avait-il pas parlé de la moto déposée plus tôt par le lieutenant ?

— C'est pas possible, maugréa Grange en contournant l'Église.

Le policier se dirigeait maintenant vers une ruelle adjacente, qui conduisait à la sortie latérale du bâtiment religieux. Il discerna un bruit feutré de pas, la respiration discrète de ses suiveurs. C'était parti pour la visite de Trivia, by night ! Grange bifurqua un coup à gauche, un autre à droite... les deux balèzes le suivaient et semblaient ne pas vouloir le perdre de vue. Le lieutenant sourit, il se rapprochait du lieu propice à son offensive, il se revoyait quelques années plus tôt en train d'amener Néville et Corbin dans cette même ruelle. Il partit soudain en petites foulées, imité par les inconnus qui le perdirent de vue. Les deux hommes restèrent figés, hésitants, à l'intersection de leur ruelle avec une autre, plus étroite ; leur cible s'était volatilisée... D'un signe de main, ils se séparèrent et remontèrent chacun une ruelle. La nuit était silencieuse, les pas des deux hommes s'entendaient faiblement. Ceux-ci avaient été repérés, ils ne cherchaient plus à passer inaperçus. L'un d'eux franchit un porche, l'arme à la main. Un petit sifflement annonça la chute d'un objet, il leva la tête trop tard pour éviter Grange qui lui tombait dessus et l'acier du poing américain. Les deux hommes roulèrent au sol, le lieutenant bénéficiait de l'effet de surprise et de l'impact de son arme qui avait fortement sonné son adversaire. Il se releva aussitôt et s'empara d'une paire de menottes, il accrocha l'un des bracelets au poignet droit du balèze qui s'était maintenant redressé et le dépassait d'une demi-tête. L'homme ramena brutalement son bras à lui et arracha les menottes des mains du policier, qui reçut à son tour un violent coup sur la joue. Le combat redoubla d'intensité, mais aucun des lutteurs ne prononça le moindre mot. Grange était maintenant à terre et son adversaire levait un pied, visait son visage. Le lieutenant refit instinctivement le geste salvateur qui lui avait permis de déstabiliser Durantour lors de leur premier face à face, dénué d'amitié. Son balayage de jambe fut efficace, l'inconnu chuta de côté et sa tête heurta violemment un mur. Il gisait maintenant au sol, inconscient. Grange le menotta en plaçant ses mains de part et d'autre d'un anneau scellé en façade, qui servait autrefois pour attacher les chevaux.

Le lieutenant progressait maintenant dans une venelle, qui rejoignait la ruelle dans laquelle se trouvait l'autre inconnu. Il attendit quelques secondes, caché. Les pas du gars semblaient se rapprocher. Quelle direction allait-il prendre, allait-il poursuivre son chemin ou déboucher face au policier, dans l'optique de rejoindre son compagnon ? L'homme choisit cette seconde solution. La lutte au corps à corps était violente, aucun des deux antagonistes ne semblait prendre le dessus. Les coups et les chutes se succédaient, l'inconnu était avantagé par sa forte carrure et Grange affaibli par sa précédente bagarre. Les hommes s'affrontaient à la loyale, l'un et l'autre semblaient maîtriser les sports de combat ; les ronflements lointains de plusieurs motos ne perturbaient pas leur affrontement.

À quelques kilomètres de là, Durantour avait suivi Néville et Corbin qui roulaient à vive allure en direction de Mizéria. Devaient-ils retrouver leurs complices une fois leur besogne faite ? Quand Durantour jugea le terrain propice pour un affrontement, il déversa toute sa rage sur les deux sbires, surpris pas son attaque inattendue. Aucun d'eux ne parvenait à détourner l'attention du brigadier pour permettre à son complice de poursuivre sa route. Les motards engagèrent alors un ballet dangereux, un duel à deux contre un. Les motos se frôlaient, les moteurs ronflaient lors d'accélérations violentes… Peu à peu, les gaz d'échappement prenaient les pilotes à la gorge, irritaient leurs yeux. Néville et Corbin fonçaient maintenant sur Durantour, côte à côte, sur une route peu fréquentée qui les éloignait de Mizéria.

— Pas deux fois le même truc, objecta le brigadier, ils manquent d'imagination ces gars !

Il fit volte-face et poursuivit sa route, dressé sur les pédales de sa moto qui roulait à vive allure sur une seule roue. Gênés pas la posture du policier, les deux gendarmes ne virent un poteau électrique qu'au dernier moment. Ils n'eurent pas le temps de libérer la chaîne qu'ils avaient coincée entre leur guidon, qui s'enroula autour de l'obstacle La trajectoire des motos fut déviée, les deux engins vinrent violemment à la rencontre l'un de l'autre et se couchèrent, en éjectant leur pilote. Le silence était retombé, seul le ronronnement de la moto du policier était encore perceptible. Les gendarmes étaient inconscients, Durantour les menotta dans le dos, de part et d'autre du poteau. Les carcasses de leur moto étaient encore reliées l'une à l'autre par la chaîne. Néville reprit conscience le premier :

— C'est quoi cette attaque, de quel droit ?

— Toi et ton acolyte, répondit calmement le brigadier, vous vous êtes fait un malin plaisir de m'agresser l'autre soir. Disons que je vous rends la monnaie de votre pièce !

— Tu n'as aucun droit ici, tu vas le payer cher, sale flic !

— Où alliez-vous, si vite, tous les deux ?

— Va te faire foutre !

— Tu te crois le plus fort, enchaîna Corbin. Tu viens peut-être de gagner un round, mais je ne donne pas cher de ta peau, une fois qu'on sera délivré !

— Je laisse vos motos en l'état, Nous verrons ce qu'en penseront les inspecteurs parisiens. Je reviens vous chercher dans un instant, je vous conseille de rester discrets, vous n'êtes pas très aimés des habitants du coin !

— Connard, on te fera la peau ! vociféra Néville.

— Ouais, surenchérit Corbin, tu ne seras pas le premier !

Durantour ignora les menaces des deux gendarmes. Il aurait pu les réduire au silence en les bâillonnant, mais il avait une autre idée en tête en les abandonnant ainsi, menottés et impuissants, en pleine nuit, entre Trivia et Mizéria. Corbin avait impliqué Néville dans cette virée nocturne, ce dernier devait maintenant lui en vouloir, la fracture menaçait au sein de l'équipe…

Durantour découvrit le premier agresseur de Grange, agenouillé face au mur d'une vieille maison. L'homme semblait chercher désespérément un moyen de se défaire de ses menottes, d'arracher l'anneau qui le retenait prisonnier. Il tourna la tête en direction du nouveau venu, qu'il ne pouvait pas reconnaître dans la pénombre.

— Aidez-moi, j'ai été agressé par un fou…

— Ne bougez pas, je file à la Gendarmerie, ce n'est pas très loin d'ici. Votre nom ?

Pas de réponse.

— Vous êtes d'ici ? insista le brigadier.

L'inconnu restait muet.

— Très bien. Dites-moi où est votre complice !

L'homme menotté ignora la question. Quelques secondes plus tard, Durantour se fit plus incisif :

— Ne joue pas à ce petit jeu avec moi. Je sais qui t'a attaché ici. C'est mon pote, et je parie qu'il s'occupe actuellement du tien. Tu travailles pour qui ?

L'homme ne broncha pas. Le brigadier lui donna un coup de pied au niveau des côtes flottantes, il savait que cet endroit était sensible et que son coup porté ne laisserait aucune trace.

— Tu crois que je vais me mettre à table en pleine rue, de nuit, face à un inconnu ?

— À la bonne heure, tu as retrouvé l'usage de la parole ! Où est passé le lieutenant Grange ?

— Aucune idée. Il a disparu avant que je reprenne mes esprits. Si tu le vois, dis-lui de profiter pleinement de cette nuit, c'est sûrement sa dernière !

L'inconnu éclata d'un rire sifflant. Durantour haussa les épaules et partit à la recherche de son ami. Il était 4 heures, le temps pressait. Le brigadier découvrit le lieutenant et son adversaire en plein combat. Ce dernier durait depuis longtemps, trop longtemps, les deux hommes étaient épuisés et n'avaient plus assez de force pour porter une frappe décisive.

— Besoin d'un coup de main ?

Grange profita de cette diversion pour frapper l'inconnu sous le menton. Le coup porté n'était pas violent, mais suffisant pour étendre l'inconnu.

— Phil, passe-lui les menottes et relève-le !

— Faudrait qu'on lève le camp, qu'est-ce qu'on fait de lui et de son pote ?

— On les emmène au poste et on les interroge sans tarder. Qu'est-ce que tu as fait des deux autres ?

— Je les ai mis au vert. Ils doivent méditer en ce moment sur les conséquences de leurs actes, sur leur stupidité de s'en être pris à moi. J'irai les chercher avec la maréchale des logis-cheffe, si elle le veut bien, une fois que tes colis seront déposés à la caserne. Je pense que nos autres amis seront ravis de t'épauler pour prendre les dépositions de tes deux lascars !

Grange s'empara des pièces d'identité des deux prisonniers :

— Pure précaution, affirma-t-il, pour le cas où vous chercheriez à nous fausser compagnie !

Le lieutenant menotta ses prisonniers l'un à l'autre, sous la protection rassurante de Durantour, puis saisit l'un d'eux par un bras, le petit cortège se rendit à la caserne sans incident.

5 heures sonnaient au clocher de Trivia lorsque policiers et prisonniers entrèrent dans la caserne. Une seule lampe était encore allumée dans le bureau du commandant des lieux. Durantour poussa la porte avec précaution, il surprit Brulant endormie, la tête posée sur ses avant-bras. Elle sursauta :

— Phil, je ne t'ai pas entendu arriver. Ne me regarde pas comme ça, je dois avoir une tête horrible !

Le brigadier sourit, puis porta un index sur ses lèvres. Il enchaîna :

— Davy et moi, nous n'arrivons pas les mains vides. Davy a cueilli deux gars qui le suivaient, deux balèzes...

— Ils sont connus ?

— Si tu le veux bien, laisse Davy s'en occuper, avec Marco et Luc. D'ailleurs, ce ne serait que justice, c'est Davy qui intéressait ces gars !

— Tu renonces à participer à cet interrogatoire, qu'est-ce que tu me caches ?

— Une surprise, fais-moi confiance. Mais pour qu'elle soit plus grande encore, réveille quelques gars en qui tu as confiance, prévois un fourgon et aussi un appareil photo. Je te propose une balade en moto !

— Tu m'impressionnes !

— Faut faire vite !

Brulant en oublia la présence des deux prisonniers de Grange ; l'idée de faire une virée nocturne accrochée à Durantour la séduisait...

Quelques minutes plus tard, la maréchale des logis-cheffe découvrit Néville et Corbin.

— Pour une surprise...

— Je t'expliquerai plus tard. Il est primordial de faire des photos des motos de tes gars, c'est la preuve de leur abus de pouvoir, ma carte pour jouer la légitime défense !

Brulant se pencha et aperçut la chaîne responsable de la chute des motards.

— C'est ton œuvre ?

— Non. Tes gars manquent d'originalité. Ils ont voulu me rejouer la scène de l'autre soir, mais ce soir, j'étais préparé !

— Néville, Corbin, considérez-vous aux arrêts. Suivez-nous sans histoire !

— Il baise bien, ton flic ? hurla Corbin.

Néville, menotté, pivota sur lui-même et balança ses deux poings sur le visage de son coéquipier.

— Arrête tes conneries, ça suffit pour ce soir !

Durantour avait vu juste, ses nombreuses heures passées en compagnie de Grange avaient porté leurs fruits, la fracture entre les deux sbires d'Albert venait de se produire.

La course contre la montre était engagée : récolter le maximum d'informations avant l'arrivée des inspecteurs parisiens, trouver les responsables de la mort de Plouarnec et de Costini, faire avouer à ceux-ci leur mobile, sans oublier la traque de Bonpied, la chasse aux tueurs recrutés par Costini, la nécessité de retrouver Lapierre… C'était beaucoup trop pour les cinq enquêteurs, mais aucun d'eux ne baissait les bras. L'heure n'était plus à la clémence, Brulant, assistée de Pernot et de quatre autres gendarmes naviguait d'une salle à l'autre, de Corbin à Néville. Ces derniers protestèrent contre leur arrestation arbitraire, contre leur interrogatoire mené en dépit du règlement interne. La maréchale des logis-cheffe leur fit comprendre qu'il était de leur intérêt de coopérer, que cela pourrait être retenu en leur faveur par les enquêteurs parisiens. Une tension palpable s'était installée entre les deux hommes de main de l'ex-capitaine Albert, mais ces derniers l'oubliaient dès qu'ils devaient se positionner sur le rapprochement Gendarmerie-Police Nationale. Ils nièrent l'un et l'autre leur opposition à cette coopération, leurs attaques sur Grange, Plouarnec et Durantour, leur appartenance à une organisation secrète dirigée par Albert, leur responsabilité dans la mort de Costini.

— Néville, tu dois savoir avant l'arrivée de nos Parisiens que nous avons des preuves que seul ton ami Corbin a eu une opportunité d'empoisonner Costini. Nous sommes en train d'analyser plus profondément les enregistrements vidéo pour voir si tu as tenté de le couvrir…

— Et je devrais croire cette fable, cheffe ?

— Nous savons que toi et lui, vous ne me portez pas dans votre cœur, que vous avez à plusieurs occasions tenté des actions contre le lieutenant de Police Grange, puis contre le brigadier Durantour. Vous faisiez partie du peloton armé de notre ancien commandant, le capitaine Albert et vous avez tenté de faire disparaitre des témoins gênants lors d'anciennes enquêtes…

— Bla bla bla…

— Corbin est aveuglé par sa soif d'en découdre avec le lieutenant Grange. Jusqu'où ira-t-il pour assouvir sa paranoïa, va-t-il t'entraîner dans sa chute ?

— Tu n'as aucune preuve, espèce de vendue !

— C'est lui qui t'a incité à sortir très tôt cette nuit ? Réfléchis, je ne suis pas sure qu'il sera aussi bienveillant à ton égard !

Brulant abandonna Néville sous la surveillance d'un de ses hommes, puis elle renouvela ses questions à Corbin. Ce dernier cachait derrière son attitude hautaine l'envie de cracher des insultes à la maréchale des logis-cheffe, d'être remercié pour sa lutte contre l'ingérence sournoise de la Police dans l'organisation interne de la Gendarmerie, d'être félicité pour sa fidélité à Albert…

— Corbin, les Parisiens vont arriver dans peu de temps, ils vont visionner l'enregistrement des monitors de l'Accueil… Tu es dans de sales draps, ils ne vont pas te lâcher. Tu es le suspect numéro 1 pour le meurtre de Costini…

Le gendarme haussa les épaules et bailla.

— Cette nuit, nous avons arrêté deux hommes qui pourraient se montrer bavards, pour alléger leur peine. Ils sont actuellement entendus par d'autres personnes…

— Vos putains d'amis flics !

— Des policiers, en effet. Mais pour eux, il n'y a de vrai combat que celui qui mène à la vérité et qui rend la Justice. Tu peux comprendre ça ? Si ces gars vous balancent, toi et ton pote Néville, vous allez morfler. Si tu coopères, tu récolteras peut-être une part d'indulgence… Comment va ta mâchoire ?

— Ma mâchoire ?

— Néville sera peut-être moins gentil la prochaine fois. As-tu compris son geste, son coup porté sur toi, son ami. Es-tu sûr qu'il ne t'utilisera pas comme bouc émissaire ?

Corbin poussa un cri inhumain et frappa la table du tranchant de ses mains menottées. Brulant sortit et laissa le gendarme en compagnie d'un de ses hommes, peu rassuré.

Pendant ce temps, Grange et Durantour interrogeaient tour à tour les deux inconnus. Ils connaissaient maintenant leur identité et Gallau de Flesselles faisait des recherches poussées sur eux, tout en assurant en parallèle l'enregistrement des données sur Antoinette Goulet, transmises par les Mormons. Gilles Khalam et Carol Hernandez habitaient le même immeuble, à Jassans-Riottier. L'examen de leur téléphone montra qu'ils communiquaient souvent entre eux, mais aussi que Khalam avait appelé un numéro qui se révéla être celui de Néville, à plusieurs reprises avant l'accident tragique de Plouarnec, puis cette nuit, la communication s'était faite dans l'autre sens, peu après le départ de Grange. Le doute n'était plus permis, les deux suspects jassannais travaillaient avec les sbires d'Albert. Ils n'étaient pas connus des services de Police et ils survivaient, l'un et l'autre, grâce à de petits travaux pas toujours légaux. Grange décida de réunir ses deux prisonniers et de les bluffer, il n'avait que peu de temps pour les convaincre de parler.

— Des traces d'ADN ont été relevées sur le pavé qui a fait voler en éclats le pare-brise du capitaine Plouarnec. Maintenant que nous avons des soupçons sur vous, nous allons pouvoir vérifier si elles correspondent à l'un de vous, annonça le lieutenant d'une voix faussement calme.

Les hommes menottés se faisaient face. Ils échangèrent un regard affolé, puis interrogateur. Ils cherchaient désespérément un réconfort qui ne venait pas, ils paniquaient.

— Nous ne mettrons pas beaucoup de temps pour établir votre complicité avec les gendarmes Néville et Corbin, puis à prouver que vous avez agi en bande organisée pour déstabiliser le capitaine Plouarnec. Pour l'instant, nous ignorons encore si votre intention était aussi de tuer cet officier dans l'exercice de ses fonctions. Déjà comme ça, vous êtes dans de sales draps, et vos complices gendarmes ne pourront rien pour vous, rien pour eux. Des enquêteurs vont spécialement descendre de Paris pour vous entendre, des gars pas tendres, même nous, ils nous font peur...

— Il y aurait bien une solution pour éviter à nos amis de tomber dans leurs pattes, intervint Durantour.

— Qu'ils nous racontent tout ce qu'ils savent, comment et pourquoi ils ont marché avec Néville et Corbin, mais je ne crois pas que ces messieurs soient disposés à nous faire des révélations. Tant pis pour eux !

Les Jassannais étaient livides. Grange fit mine de sortir de la salle.

— Lieutenant... Néville nous tenait pour une petite affaire de vol dans un entrepôt !

— Très bien, monsieur Khalam. Et vous, monsieur Hernandez, vous voulez aussi nous apprendre quelque chose ?

— J'étais avec Gilou quand Néville et son pote Corbin nous sont tombés dessus !

— C'est un bon début, enchaîna Grange, nous allons maintenant prendre vos dépositions séparément. Vous serez filmés le temps de ces entretiens. Brigadier, emmenez monsieur Khalam dans le bureau voisin et prenez sa déposition, en présence d'un gendarme !

Le lieutenant, assisté lui aussi d'un militaire, interrogea Hernandez. Il l'invita à décliner à nouveau son identité, son adresse, sa profession… Il le questionna ensuite sur ses rapports avec Khalam, puis avec la Gendarmerie.

— Gilou et moi, nous sommes du même quartier, nous avons eu une jeunesse difficile. Nos parents sont arrivés en France alors que nous étions très jeunes, aujourd'hui encore ils ont d'énormes difficultés avec votre langue. Moi, je me débrouille, même si j'utilise souvent les mêmes mots…

— Merci de préciser devant la caméra qui est Gilou !

— Gilles Khalam !

— Merci. Venons-en maintenant au mobile qui vous a conduit ici. Pourquoi me suivez-vous depuis deux jours ?

— On me l'a demandé !

— On… votre ami Khalam ?

— Non, le gendarme Néville !

— Cela ne vous a pas surpris qu'un représentant de l'Ordre vous demande d'en suivre un autre ?

— Il me l'a demandé comme un service. Il savait que je n'étais jamais venu à Trivia, et il espérait ainsi que vous ne vous méfieriez pas de moi !

— Et vous avez fait ça gratuitement, sans poser de question ? Vous devez être vraiment quelqu'un de très proche de cet homme !

— Non, mais j'ai fait une erreur. Un soir, je me suis introduit dans un entrepôt où étaient stockés des produits pharmaceutiques. Le bruit courrait qu'il y avait là-dedans des substances revendables sur le marché parallèle. Néville et un second gendarme me sont tombés dessus et m'ont alors proposé de ne rien dire, à condition de bosser pour eux !

— Comme indic ?

— Pour les dépanner en cas de besoin !

— Le nom de l'autre gendarme ?

— Corbin !

— Parlez-moi maintenant de la soirée du 27 octobre 2020 !

L'homme marqua un temps d'hésitation.

— Votre ami Khalam est en train de faire sa déposition dans la salle voisine. J'ignore encore ses réponses, mais nous savons tous les deux que vous avez participé au caillassage du véhicule du capitaine Plouarnec. Voulez-vous revenir sur cette confidence, que vous m'avez faite en présence de votre ami et d'autres témoins ?

— Néville avait demandé à Gilou qu'on lui renvoie l'ascenseur. Nous devions seulement faire peur au capitaine, pour le dissuader d'établir une entente cordiale entre ses hommes et vous !

— Vous a-t-il précisé pourquoi il ne voulait pas de cette coopération ?

— Non, mais sûr qu'il ne vous aime pas !

— Racontez comment s'est passée votre embuscade !

— Gilou et Corbin d'un côté de la route, Néville et moi de l'autre. Nous avons attendu le passage de la voiture et nous avons lancé tous nos projectiles. Le conducteur a poursuivi son chemin. Néville est monté dans sa voiture et s'est planté face au capitaine, il avait éclairé toutes ses lumières. Il y a eu un bruit de verre cassé puis la voiture du capitaine est tombée dans le fossé...

— Un témoin a vu quatre personnes se diriger vers la voiture du capitaine. L'une d'elles s'est penchée sur lui, savez-vous qui et ce qu'elle a fait ?

— Corbin... Il était dans tous ses états, il riait comme un enfant, il était heureux de ce qui venait d'arriver. "...Je ne pouvais pas espérer une telle fin, que du bonheur..." a-t-il dit entre deux rires !

— Corbin et Néville ne vous ont rien demandé d'autre jusqu'à ces derniers jours... Vous aviez payé votre dette, plutôt chèrement, alors pourquoi vous ont-ils ensuite demandé de me suivre ?

— Ils n'avaient pas l'intention d'en rester là avec nous. Le 27 octobre, ils nous ont mis entre les mains la pierre qui traversa ensuite le pare-brise du capitaine, sans que nous sachions pourquoi. Ils nous tenaient, Gilou et moi, avec la mort du capitaine, ils prétendaient pouvoir nous faire tomber n'importe quand !

Grange remercia Hernandez pour sa déposition, à charge contre Néville et Corbin, puis il stoppa l'enregistrement. Quelques minutes plus tard, il écouta le compte rendu de Durantour, qui contenait les mêmes informations.

— Mais j'ai un bonus, se réjouit le brigadier. Tu ne devineras jamais !

— Vas-y, Phil, je sens que c'est très important !

— Le cyanure…

Le lieutenant resta coi.

— Eh bien, Néville s'en est fait livrer par Khalam, qui m'a donné le lieu du vol, la date et l'heure !

— Je ne m'attendais pas à pareil dénouement. Les enquêteurs parisiens peuvent venir, on est prêt à les accueillir. Je te laisse la joie d'informer Virginie et Luc de cette bonne nouvelle, rejoins-moi ensuite auprès de Marco, nous devons encore retrouver Bonpied et Lapierre… Il ne nous reste, au mieux, plus que 28 heures avant l'arrivée des Parisiens !

— Dis, le Bleu-bite, c'était sacrément gonflé de piéger Néville et Corbin avec ton sketch !
— Tu sais, répondit humblement Grange, parfois, plus c'est gros, plus les gens mordent à l'hameçon !

Chapitre 16

Bonpied était d'humeur massacrante, elle était sans nouvelle de Costini et Lapierre avait eu l'indélicatesse de la priver de son exécution finale. Elle se sentait lésée, elle était inconsolable, elle devait retrouver son bras armé coûte que coûte. Elle lui ferait payer chèrement son incompétence, elle lui collerait la tête contre le sang coagulé de l'ancien directeur de la Poste, elle lui en bourrerait des caillots au plus profond de sa gorge, puis elle s'amuserait sur lui avec sa fraise de dentiste, en lui lacérant son corps en entier... Mais pour cela, elle devait le retrouver et personne ne semblait vouloir accepter un contrat sur la tête de Costini. Tant pis, elle le ferait elle-même... Les Goulet, dont elle revendiquait la descendance légitime, n'avaient jamais baissé les bras, s'étaient toujours montrés très forts face à l'adversité. Sa grand-mère avait effectué l'acte suprême en se défenestrant le jour de l'inauguration de la nouvelle Poste, et même si l'issue n'avait pas été celle prévue, "Mémée Gertrude" avait accompli et assumé son acte avec dignité. Elle connaissait les habitudes des Triviarois : aujourd'hui était le jour du marché, elle allait arpenter les allées, écouter les conversations des commerçants fraîchement installés derrière leur stand et celles des premiers clients. Elle ignorait d'où elle tenait cette information, mais elle était convaincue que les premières heures sur la place de l'Église étaient les plus propices aux confidences, aux commérages...

Personne ne semblait lui porter une attention particulière, pourtant Bonpied n'avait jamais affronté la fraîcheur matinale pour se promener entre les étals dès 7 heures du matin. Elle découvrit un monde qui lui était étranger, où les discussions et les plaisanteries allaient bon train, où les commerçants et les clients se tutoyaient. Personne ne l'interpelait pour lui proposer sa marchandise, elle était transparente… C'était une aubaine, elle allait forcément recueillir des informations qui l'intéresseraient au plus haut point. Mais allée après allée, tout ce qu'elle entendait n'avait aucun intérêt. Qu'en avait-elle à faire des disputes dans tel couple, de la propagation du Covid ? Son problème, son cancer se résumait en deux mots : Renaud Costini !

Les parents du lieutenant Grange étaient aussi des habitués du marché. Lorsqu'ils arrivaient à 10 heures précises, ils se séparaient, c'était un rite sacré. Solange retrouvait ses copines, faisait quelques courses, tandis que Guy buvait le petit blanc du matin en compagnie d'habitués du café de la Poste, après avoir acheté le Télé 7 jours. Les consommateurs parlaient de tout et de rien, refaisaient le monde, reprenaient les commérages de leurs femmes pour les tourner le plus souvent en dérision.

— Vous ne savez pas la dernière, demanda le garde champêtre retraité Portier, ma femme a croisé une revenante… enfin s'est collée contre le banc du poissonnier pour la laisser passer !

— Ta femme Isabelle n'est pas des plus corpulentes, répondit Guy Grange. Je ne sais pas qui elle a croisé, mais certainement pas une femme anémique !

— La veuve Bonpied, paraît qu'elle a doublé de volume !

— Bonpied... Bonpied ? fit un consommateur qui semblait ne pas connaître cette personne.

— Mais si, insista le garde champêtre, tu la connais, c'est même ton frère qui a enterré son mari René !

— Ah oui, la fille Legrand, la Martine... C'était un sacré beau brin de fille quand elle était jeune !

Gilles Grange n'en crut pas ses oreilles, en quelques minutes seulement, il avait découvert ce qu'il cherchait depuis plusieurs jours. Il jubilait, la mémoire collective n'était pas définitivement perdue et son fils allait être content ! Il prétexta un besoin urgent et s'enferma dans les toilettes du café.

— Davy, Martine Legrand, c'est la veuve Bonpied. D'après les notes que j'ai prises à la Mairie, c'est la fille d'Antoinette Goulet !

— Merci Papa, t'es super. Pour la bonne marche de l'enquête, je fais vérifier tes infos par un de mes coéquipiers, mais c'est toi le meilleur !

— Non fiston, pas moi, mais la mémoire collective de notre bonne vieille ville !

Une voiture banalisée stationna devant le portail de Martine Bonpied. Deux véhicules de la Gendarmerie bloquaient les accès à cette demeure, isolée au milieu des champs, à mi-distance de Trivia et de Mizéria. La façade du bâtiment était en partie délabrée, la végétation prenait le dessus sur le ciment. Le portail, rouillé, semblait rivé à ses gonds et refusait de s'ouvrir.

— Aucune trace de vie, murmura Brulant, cette baraque parait abandonnée…

— C'est vrai, répondit Grange, notre cliente a dû déménager !

— Luc, trouve-moi où elle loge !

— Oui Virginie… Allo Marco, peux-tu trouver où Martine Bonpied pourrait se cacher. Elle a déserté son domicile depuis apparemment pas mal de temps !

— Marco, donne-nous l'adresse de tous les Goulet du coin ! intervint Grange.

Le lieutenant était soumis à de nouvelles crampes, plus fortes que jamais. Sa douleur interne était décelable sur son visage, mais ses compagnons firent mine de ne pas la percevoir, tout en gardant discrètement un œil sur lui. Ils avaient déjà décelé des contractions du visage du lieutenant au cours d'enquêtes précédentes, durant celle en cours, et ils pensaient qu'elles étaient le fruit du surmenage.

— Virginie, laisse Luc en liaison avec Marco et dis-lui d'envoyer tes hommes aux adresses qu'il lui communiquera. Que dirais-tu de faire un tour dans cette maison, avec Phil et moi, tant qu'on est là, autant en profiter ?

— Ce n'est pas très réglo !

— Si Bonpied avait été là, tu te serais souciée de la procédure réglementaire ?

— Moi non, intervint Durantour, on a déjà fait des trucs de ce genre avec le Bleu-bite, et on a sauvé un innocent !

— Phil !

— Oui, pardon, avec Davy… Qu'est-ce que tu peux être susceptible, le Bleu-bite !

Le trio pouffa de rire, puis une fois calmé, il sauta par-dessus le portillon et avança prudemment. Grange désigna des traces sur le sol, des voitures avaient écrasé l'herbe à plusieurs endroits. Les véhicules semblaient arriver à chaque fois par l'autre accès. La porte d'entrée, une fois la serrure crochetée, résistait.

— Les personnes qui sont venues ici récemment n'ont pas emprunté cet accès, murmura Durantour, il doit y avoir une autre entrée !

— Là, le sous-sol, annonça Grange.

Rejoint par ses compagnons, il ouvrit prudemment la porte et il perçut immédiatement une odeur pestilentielle qui lui était connue, qu'il souhaitait ne jamais sentir lors d'une enquête :

— Il y a un cadavre dans cette baraque. Ça pue la mort, la mort horrible au milieu d'excréments, de vomis, de sang. Ce qu'on va découvrir ici ne sera certainement pas beau à voir !

Grange appliqua fortement un mouchoir sur son nez et sur sa bouche. De sa main droite, disponible, il éclairait les lieux avec une lampe torche. Le faisceau lumineux balayait les murs, le plafond, le sol... Une porte était ouverte, l'odeur se faisait plus intense. À petits pas, le trio se dirigea en direction de la seconde pièce, ce qu'il découvrit était horrible. Aucun des enquêteurs n'avait connu telle horreur, chacun fut pris de nausées et quitta la pièce au plus vite, courut jusqu'à l'extérieur du sous-sol pour respirer à pleins poumons.

— Nous avons été imprudents, constata Grange, l'auteur d'une telle abomination pouvait nous attendre à la sortie !

— T'aurais préféré réfléchir à une tactique là-bas dedans ?

— Non, Phil, mais ça prouve que nous sommes vulnérables. Nous devrons en tirer un enseignement pour nos prochaines enquêtes !

— C'est qui, c'est quoi ce qu'on a vu ? demanda Brulant visiblement plus choquée que ses compagnons.

— Des restes humains, un corps mutilé et entièrement dépecé... enrobé de son sang coagulé !

— Virginie, quand tu te seras remise, appelle la Scientifique, c'est ton secteur ! fit Durantour d'un ton compatissant.

La maréchale des logis-cheffe avait affecté la moitié de l'effectif de la caserne à la recherche de Bonpied. Il était midi passé, elle appréhendait l'arrivée des inspecteurs parisiens, prévue dans moins de quatre heures. Elle organisa une ultime réunion avec Pernot, Gallau de Flesselles, Durantour et Grange.

— Nous sommes au pied du mur, nous ne connaissons pas l'identité de la victime et Bonpied est introuvable. Rien ne prouve que cette personne soit responsable du carnage qu'on a découvert chez elle, elle-même est peut-être dans un sale état...

— Elle est en vie, des témoins l'ont croisée ce matin au marché. Marco, t'as pu trouver l'adresse de Claude Lapierre ?

— Je relance mes potes de Villeurbanne, Davy, et je te dis !

Le brigadier-chef sous-entendait qu'il dirigeait à distance son bébé "version.0" et qu'il attendait un résultat de sa part.

— Dès que tu l'as, donne-la à Phil qui ira voir sur place si cet homme est chez lui…

— Et je m'introduirai chez lui pour récolter une bricole qui nous révèlera son ADN. Davy, tu crois que c'est lui qu'on a trouvé là-bas ?

Grange opina.

— Mais pourquoi un tel acharnement sur ce… cette…

Brulant cherchait un mot pour décrire ce qu'elle avait vu.

— La violence exercée sur cette malheureuse victime n'a rien à voir avec les meurtres commandités par Martine Bonpied, rien à voir avec Néville et ses complices, c'est l'œuvre d'un détraqué, d'un sadique ! assura Grange.

— Je ne sais pas où elle habite, cette Bonpied, mais je sais où elle pourrait être !

— On t'écoute, Luc ! fit la maréchale des logis-cheffe, estomaquée par cette annonce.

— Elle a commandité des morts, une personne a échappé à son tragique destin !

— Paulette Couturier ! répondirent en chœur les autres enquêteurs.

Le groupe s'entassa dans deux véhicules et fila silencieusement en direction de la maison de l'ancienne institutrice. La vieille demoiselle ne bénéficiait plus de la protection de la Gendarmerie depuis que la vague d'assassinats avait cessé. Brulant et ses compagnons la découvrirent sur le pas de sa porte, en discussion avec une femme de forte corpulence. Les enquêteurs étaient trop loin pour entendre le sujet de leur conversation, mais celle-ci semblait ne pas être des plus amicales. L'inconnue paraissait vouloir entrer de force dans la maison. Aucun voisin n'était présent en ce début d'après-midi pour intervenir, c'était le moment idéal pour... La visiteuse tournait le dos aux nouveaux arrivants, elle sortit subitement un couteau de son manteau et le pointa sur le cou décharné de Couturier.

— Tu vas crever, comme tes amis !

Une goutte de sang perla sur la peau parcheminée de l'institutrice retraitée.

— Martine Legrand, c'est bien toi... Mais qu'est-ce qui t'es arrivé. C'est toi la responsable de toutes ces morts ?

— Lebrun, Fournier, Bontron et tant d'autres. Bien sûr, mais il reste encore toi, je dois finir mon œuvre !

Couturier aperçut cinq uniformes qui approchaient prudemment, l'arme au poing. Cette vision la rendait-elle plus forte, ne redoutait-elle plus la mort à son âge, toujours fût-il qu'elle tentait de gagner du temps, de découvrir la raison de la démence de sa visiteuse.

— Peux-tu au moins me dire pourquoi, après tu feras ce que tu voudras !

— Sérieux, tu ne t'en doutes pas, s'écria Bonpied. Toi et tes amis, vous avez encouragé Lapierre pour qu'il fasse construire un nouveau bureau de la Poste, que vous avez inauguré en grandes pompes. Mais vous avez du sang sur les mains et vous avez engendré la douleur de toute une famille, d'abord ma grand-mère chassée de chez elle, qui s'est défénestrée et qui a terminé sa vie dans d'immenses souffrances, ma mère qui n'a pas supporté le geste désespéré de ma grand-mère…

— Mais pourquoi agis-tu maintenant, après tant d'années ?

— L'histoire s'est reproduite le 15 octobre, cinquante ans après l'accident de ma grand-mère. Le nouveau responsable de la poste a organisé un apéritif pour son arrivée. Il a réveillé en moi toute la haine que je parvenais à canaliser à grand peine. Je l'ai averti qu'il ignorait où il mettait les pieds, qu'il ne devait pas réveiller les loups qui dorment, mais c'était trop tard !

Les doigts de la femme se crispèrent sur le manche du couteau :

— J'espère que tu resteras digne face à ta mort !

Un claquement sec résonna, Brulant hurla :

— Gendarmerie, mains en l'air !

Bonpied regarda Couturier droit dans les yeux :

— Qu'est-ce que j'en ai à foutre de crever aujourd'hui, j'ai passé toute ma vie à attendre le moment de me venger. Je suis à 2 cm d'y parvenir, une petite pression de mon poignet et hop !

Second tir de sommation, situation inchangée. Les enquêteurs comprirent que Bonpied n'avait pas l'intention de se rendre, Durantour s'élança dans sa direction, tandis qu'elle insultait la vieille demoiselle qui refusait de baisser les yeux.

— C'est vraiment mon image que tu veux emporter avec toi en Enfer, sale…

Le brigadier saisit le poignet armé de Bonpied au moment où elle s'apprêtait à égorger la retraitée. Le policier avait sous-estimé son adversaire qui le surprit par son agilité. Sa forte corpulence ne l'avait pas empêchée d'envoyer un puissant coup de genou dans l'entrejambe de l'homme qui lâcha sa prise, plié en deux. La femme leva son bras droit au-dessus de Durantour, la lame du couteau brillait d'un éclat semblable à celui de ses yeux furibonds. Bonpied pivota alors sur elle-même et attrapa Couturier de sa main gauche. Aucune équivoque dans son intention, elle allait la tuer sous les yeux des enquêteurs. La marge de manœuvre était très étroite pour ces derniers. Un claquement sec, l'odeur de la poudre… le temps semblait s'être figé. Seule une tache rouge d'abord imperceptible grandissait sous l'omoplate gauche de Bonpied, qui restait immobile, la main droite crispée sur son couteau. Durantour se releva et libéra Couturier, encore solidement maintenue par celle qui fut un jour son élève.

— Sacré carton ! reconnut Grange, admiratif.

— Je n'ai de cesse de te le répéter, répondit Gallau de Flesselles, physiquement, je ne suis pas au top avec ma patte folle, mais avec mon arme, je ne crains personne.

— Cette fois-ci, je crois que vous n'avez plus rien à craindre !

— Merci, ma Petite. Merci à tous, maintenant allez, je n'ai que trop mobilisé de votre temps !

— Nous attendons l'équipe qui va vous récupérer le corps de madame Bonpied, voulez-vous qu'on vous envoie un psy ?

— Ce ne sera pas nécessaire. Et puis, tu sais, à mon âge, on n'a pas peur de mourir, on a plutôt peur de voir mourir tous ceux qu'on a connus et de rester l'unique survivant, de vivre au milieu de personnes qui nous sont inconnues, avec qui on n'a aucun souvenir à partager !

De retour à la caserne, les enquêteurs rédigèrent chacun une nouvelle déposition, en mentionnant la découverte du corps mutilé d'un homme qu'ils pensaient être Claude Lapierre, en insistant sur les tirs de sommation, sur le danger éminent couru par Paulette Couturier et sur la nécessité absolue de réduire Martine Bonpied à l'inaction.

Cette formalité faite, Grange s'adressa à ses coéquipiers :

— Vous savez tous, déclara-t-il, que je n'ai qu'un respect très limité pour les enquêteurs et pour ce qu'ils représentent. Mais je crois indispensable de jouer franc jeu avec eux, nous avons deux enquêtes qui ont duré très longtemps, trop longtemps, et de nombreux morts sur le dos. Au moins ce soir, nous devrons faire profil bas et suivre les consignes de nos visiteurs, quoi qu'il nous en coûte…

— Tu me surprends, avoua Gallau de Flesselles, toi, l'électron libre, le "je n'en fais qu'à ma tête…, je suis mon instinct", tu vas mettre de l'eau dans ton vin !

— Marco, je n'ai pas envie de voir ces sangsues s'éterniser ici. Leur venue ne passera pas inaperçue auprès des Triviarois et jettera un doute sur l'intégrité de chaque homme et de chaque femme de cette caserne. Pour l'ensemble de cette garnison, nous devrons oublier nos ressentiments, nos révoltes. Mais dès demain, s'il s'avérait que ces inspecteurs sont imbuvables, nous réagirons !

Les cinq amis avaient besoin de se changer les idées ; Brulant convia ses compagnons au café de la Poste, pour boire le verre de l'Amitié.

— Nous ne saurons jamais si Bonpied était saine d'esprit, mais penser que de telles personnes peuvent vivre à proximité de chez soi, ça peut faire flipper !

— Oui Virginie, mais c'est fini, du moins pour elle. Quant à nous, on va voir la tête des Parigots quand ils vont réaliser qu'ils seront venus pour rien, que tout est réglé !

Durantour tournait en dérision l'enquête interne qui n'enchantait personne, il cherchait à distraire ses compagnons. Gallau de Flesselles vint à sa rescousse, en déviant sur un autre sujet :

— Chacun de vous a bien rempli sa copie, sans rien oublier… Comment vous avez décrit l'attaque sournoise de Bonpied sur Marco ?

— Quoi, s'étonna Durantour, tu as raconté son coup en vache ?

— Hum, oui, bien sûr… Pas vous ?

Grange, Brulant et Pernot ne bronchèrent pas.

— Allez, poursuivit Gallau de Flesselles, lèvent la main ceux qui ont parlé des bijoux de famille, des bonbons du brigadier !

Durantour vira au pourpre, aucune main ne se leva.

— Moi aussi, je n'ai pas su comment décrire cette scène, quels mots utiliser, je n'avais qu'un slogan en tête : Bonpied avait aussi un bon genou !

— Ducon, tu m'as fait marcher et j'ai couru. Je crois que tu nous as tous bien eus, Marco !

Les cinq amis éclatèrent de rire ; leurs consommations terminées, ils regagnèrent la caserne, prêts à recevoir leurs visiteurs. Le téléphone de Grange vibra :

— Je ne devais plus entendre parler de toi, lieutenant, mais j'apprends que Néville et Corbin sont consignés. C'est quoi ce cirque ?

— Monsieur, qui que vous soyez maintenant, je ne cherche pas à vous livrer une nouvelle bataille. Je vous ai donné ma parole, mais vos deux hommes ont participé à une attaque en bande organisée contre le capitaine Plouarnec. L'un d'eux, sinon les deux, a ensuite empoisonné un témoin à charge dans l'enceinte même de la caserne de Trivia. Vous ignorez peut-être que ces gars, qui déshonorent leur uniforme, ont recruté des complices pour me supprimer. Ils ont exercé sur eux votre fameuse devise "écraser ou être écrasé"…

— C'est ta version…

Le correspondant était révolté contre l'arrestation arbitraire de Néville et de Corbin.

— Une équipe de Paris va arriver d'ici peu pour enquêter sur la mort du capitaine Plouarnec, puis du témoin Renaud Costini, révéla Grange. Nous avons un enregistrement vidéo très révélateur du rôle tenu par l'un de vos gars, avec suspicion pour le second ; vous n'en saurez pas plus. Vous teniez ces hommes sous votre coupe sûrement par chantage, vous savez que ce ne sont pas des enfants de cœur. N'ouvrez pas un second conflit contre mes amis et moi, concentrez-vous plutôt sur ce que vos sbires pourraient révéler pour sauver leur peau !

— As-tu oublié mon rôle indispensable pour la Sûreté Nationale ? Je pourrais tous vous écraser, faire disparaître les preuves contre tes prisonniers, revoir mon accord au sujet de ta copine...

— Mais vous ne le ferez pas. N'avez-vous pas déjà suffisamment payé pour couvrir votre demi-sœur Corinne Faure ? Vous n'allez pas recommencer pour des gars qui ne sont pas de votre sang, des hommes que vous tenez peut-être grâce à des exactions passées, mais qui vous tourneront le dos à la première occasion. Ne leur offrez pas cette chance !

— Latouche partageait ta vision...

— Et vous l'avez sacrifié à votre orgueil, alors que vous avez reconnu que c'était un de vos meilleurs éléments. Combien de morts vous faudra-t-il encore pour vous satisfaire ?

L'ex-capitaine Albert raccrocha, laissant le lieutenant perplexe. Ce dernier l'avait-il blessé dans son amour propre, avait-il trouvé des mots justes pour lui faire entendre raison et pour réveiller son bon sens ?

L'arrivée des inspecteurs parisiens ne laissa pas le temps à Grange de s'appesantir sur sa discussion avec Albert. Les seize arrivants s'étaient répartis en binôme, deux groupes se partageaient déjà l'étude des dossiers de Néville et de Corbin, en préliminaire à leurs interrogatoires. Brulant et ses compagnons étaient quant à eux, directement entendus par cinq autres équipes. Le chef de mission, Ramot, secondé par la commandante Boubil, écoutait les déclarations de Hernandez et de Khalam, à charge contre les deux gendarmes dévoués à leur ancien capitaine, et tentait de trouver une cohésion entre toutes les dépositions. Suite à l'ensemble des données collectées, il ne fit aucun doute pour le responsable parisien que la guerre sournoise menée par Néville et Corbin contre l'entente Gendarmerie-Police Nationale et la vague de décès de grands seniors commanditée par Bonpied étaient des affaires distinctes, avec Costini au croisement des deux. L'équipe envoyée en inspection œuvrait à son rythme, faisant fi des horaires légaux appliqués uniquement à l'extérieur, les protagonistes des deux affaires étant morts ou retenus à l'intérieur de la caserne…

23 heures. Après un débriefing tardif avec ses hommes, Ramot décida d'arrêter leurs actions pour la soirée et de les reprendre le lendemain dès 7 heures. Il réservait pour Boubil et lui, une entrevue avec chacune des personnes présentes à la caserne et impliquées dans l'une ou l'autre des deux affaires. Les sept autres binômes vérifieraient les déclarations de leur "client" auprès de la Scientifique, des civils et sur le terrain.

Prisonniers, gendarmes et policiers concernés par l'affaire Plouarnec ou par l'affaire Bonpied étaient consignés dans leurs chambres ou cellules, avec l'interdiction formelle d'entrer en contact les uns avec les autres. Leur porte était surveillée par l'un des deux enquêteurs qui les avaient entendus précédemment. Hernandez et Khalam trouvèrent cette situation normale, Brulant et ses amis regrettèrent le manque de confiance des Parisiens qui les classaient au même rang que tueurs et sbires d'Albert mais se plièrent aux ordres reçus, Néville et Corbin s'offusquèrent de cette situation. Les deux hommes ne s'étaient pas revus depuis leur mise aux arrêts de rigueur et chacun d'eux ignorait ce que son complice avait révélé lors de son interrogatoire ; Durantour avait créé une fracture au sein de leur équipe, qui pouvait nuire à l'un comme à l'autre... Leur tentation était grande de communiquer par SMS, mais la crainte d'être découverts les empêchait d'agir.

Chapitre 17

7 heures : les inspecteurs avaient notifié à chacun l'heure de son entrevue avec leur responsable de mission. La maréchale des logis-cheffe était la première. Ramot reprit ses dépositions et la questionna sur des détails qu'il souhaitait éclaircir. À l'issue de ce tête à tête qui s'apparentait à un interrogatoire, il déclara :

— Beaucoup de morts en peu de temps... Votre équipe a eu la gâchette facile : un inconnu abattu alors qu'il menaçait un de vos hommes, une autre, et pas des moindres pour l'intérêt de l'enquête, réduite au silence avec un tir dans le dos, un témoin important empoisonné dans votre caserne par quelqu'un de chez vous... Tout cela n'est pas bon pour vous !

— Mon colonel, répondit Brulant remontée à bloc contre les remarques blessantes de l'inspecteur en chef, je n'aurais jamais dû devoir commander cette caserne. Où est le remplaçant du capitaine Plouarnec qui devait arriver dans les délais les plus brefs ? On nous a ignorés en haut lieu, malgré la gravité de la situation. J'ai dû m'appuyer sur des amis de la Police Nationale pour poursuivre mes enquêtes. Je n'ai peut-être pas été toujours à la hauteur d'un commandant de caserne, mais à qui la faute ? Je n'en suis pas un et je ne le serai jamais ; gérer le personnel d'une garnison et décider les priorités pour chaque soldat ne s'improvise pas !

— Cheffe, votre recours à vos amis de la Police Nationale semble être à l'origine de l'affaire Plouarnec. Réalisez-vous que sans l'intervention du lieutenant Grange et de ses hommes, vos subordonnés Corbin et Néville n'auraient rien tenté contre le capitaine Plouarnec ?

— Peut-être, mon colonel, mais sans ce renfort, nous aurions pu décompter plus de morts. Je ne veux pas vous manquer de respect, mais permettez-moi de vous dire que l'animosité de ces deux hommes à mon encontre et à celle du lieutenant Grange ne date pas d'hier… Ils s'en sont déjà pris physiquement à plusieurs reprises à lui, puis plus récemment au brigadier Durantour !

— Nous avons étudié leur dossier… Ce même lieutenant a conduit leur chef, votre commandant, en prison. Sans être adepte des batailles de clocher, je comprends parfaitement leur ressenti !

— Néville et Corbin auraient dû être condamnés pour leur complicité avec l'ex-capitaine Albert, vous n'allez pas prendre leur défense. Sans une petite altercation entre eux et le lieutenant Grange, qu'ils ont tournée à leur avantage, ils ne feraient plus partie de la Gendarmerie, au lieu de cela ils ont juste été blâmés et dégradés, sans même devoir changer de garnison !

— Je sais tout cela, je sais lire… Vous n'allez pas m'apprendre mon métier. Dites-moi plutôt pourquoi vous avez traqué Bonpied, quelles preuves aviez-vous de sa culpabilité dans la mort des villageois !

— La déclaration de Costini…

— Mort lui aussi, empoisonné ici même de surcroît, soi-disant par Corbin…

— La vidéo…

— Les enregistrements ne prouvent rien, votre visiteur est passé à côté de lui, et alors ? Vous alimentez une défiance envers lui et son partenaire qui frise la paranoïa !

— Que faites-vous du curare commandé par Néville ?

Ramot sourit, l'air satisfait. D'une voix douce qui trancha avec les paroles dures utilisées jusqu'alors, il annonça :

— Cheffe, des erreurs de jugement ont eu lieu au cours des affaires Plouarnec et Bonpied, des décisions difficiles à prendre n'ont pas toujours été les plus appropriées… mais vous avez mené ces deux dossiers jusqu'au bout, jusqu'à l'arrestation des coupables… ou leur destruction. Je devais vous pousser dans vos retranchements pour m'assurer que Néville et Corbin n'étaient pas pour vous un règlement de compte déguisé. Le fait demeure cependant que ces deux-là n'ont pas été pris en flag pour l'empoisonnement, que le corps trouvé chez Bonpied et en cours d'identification ne prouve pas que cette personne soit responsable de l'horrible boucherie exécutée dans son sous-sol, que nous n'avons pas connaissance de l'identité des gars recrutés par Costini pour honorer le contrat de Bonpied !

— N'êtes-vous pas là justement pour démêler le vrai du faux ? Vous avez entre les mains les quatre complices dans l'affaire Plouarnec, j'ai confiance en vous !

Le téléphone de Brulant sonna, la maréchale des logis-cheffe regarda furtivement son écran.

— Je ne veux pas vous manquer de respect une nouvelle fois, dit-elle, mais c'est la Scientifique...

— Qu'attendez-vous... répondez !

La maréchale des logis-cheffe mit l'ampli ; elle, Ramot et Boubil étaient attentifs.

— Nous avons pu identifier le défunt, annonça le correspondant après avoir décliné son identité, grâce à sa mâchoire, fort heureusement intacte. Claude Lapierre, sexe masculin, âgé de 85 ans...

— Que pouvez-vous nous dire sur les circonstances de sa mort ? demanda Boubil.

— L'examen du corps révèle qu'il a subi une succession de mutilations, avec des instruments inadaptés. Nous avons trouvé près de son corps une fraise de dentiste, une scie électrique. Il a énormément souffert, il était par ailleurs sous-alimenté... Sa mort résulte d'une hémorragie causée par la mutilation de sa langue, les lacérations du corps sont post mortem !

— La langue... l'hémorragie a-t-elle été provoquée par un des instruments que vous semblez avoir diagnostiqués ? demanda Brulant.

— Non, comme vous le verrez dans notre rapport écrit, cette mutilation-là porte l'empreinte des dents de la victime. Aucune trace ne semble révéler que la langue ait été volontairement bloquée entre les deux mâchoires par un lien quelconque, qu'il aurait fallu ensuite serrer progressivement... les traces laissent plutôt supposer que la langue a bougé à plusieurs reprises et que les déchirures de ce muscle sont le fait du défunt... peut-être dans le but d'abréger ses souffrances !

— Vous pensez qu'un homme peut être capable d'une telle auto mutilation ? demanda Ramot, il a dû souffrir horriblement !

— Il n'y a aucun mot pour traduire le niveau de douleur que ce gars s'est imposé... Déjà ses mutilations subies auparavant devaient dépasser le stade du supportable... Il aurait mieux valu que son cœur flanche, mais apparemment ce pauvre Lapierre n'avait pas de problème cardiaque !

— Les outils utilisés pour le torturer, avez-vous pu relever dessus des traces d'ADN, identifier l'utilisateur ? questionna Brulant.

— À 98% Martine Bonpied... Avec un tel pourcentage de similitude, aucun doute n'est permis sur l'identité !

— L'affaire Bonpied peut donc définitivement être close, conclut Boubil.

— Cheffe, intervint Ramot, des gaillards courent encore dans la nature. Il a été établi dans vos différents rapports que les décès successifs de vos grands seniors portaient deux marques différentes, l'une douce et assimilable à une mort naturelle, l'autre brutale et sans équivoque. Vous devrez continuer vos recherches dans ce sens, et... peut-être un jour coincer ces exécuteurs de pacotille, juste bons à s'attaquer à des personnes âgées !

— La chance peut être une alliée, répondit Brulant, mais elle ne peut pas tout résoudre. Je poursuivrai mon enquête jusqu'à l'arrestation de tous les coupables !

Ramot et sa coéquipière poursuivirent leurs entretiens avec Pernot, Gallau de Flesselles et Durantour. Un peu hâtivement, ils avaient jugé que ces trois enquêteurs avaient tenu des rôles secondaires et leur avaient simplement demandé de confirmer leurs différentes dépositions. Ils ne firent aucun commentaire sur leur comportement durant les deux affaires, sur le piège tendu à Néville et à Corbin. Grange, quant à lui, semblait plus captiver l'intérêt des deux inspecteurs.

— Lieutenant, pouvez-vous nous éclairer sur la complicité qui existe entre vous et la maréchale des logis-cheffe. Ce n'est quand même pas courant qu'une telle coopération existe entre notre Maison et la Police Nationale ? demanda Ramot.

— Nous sommes fait du même bois, et notre cas n'est fort heureusement pas isolé. Nous recherchons la Vérité et nous traquons les coupables. Nous ne sommes pas là pour rendre la Justice, ce n'est pas notre métier, mais nous sommes bien présents pour protéger les civils. Je suis un enfant de Trivia, mes parents habitent encore ici, tout ce qui s'attaque à leur sécurité me concerne !

— J'ai vu, poursuivit Ramot, que vous n'en êtes pas à une entorse près au règlement pour arriver à vos fins !

— Beaucoup de choses ont été dites sur moi, des photos à sensation ont envahi la presse people, mais il ne faut pas tout croire !

— Vous êtes sacrément culotté, je ne connais aucun autre policier qui ait fait mettre un officier de Gendarmerie en prison, encore en activité de surcroît !

— Il était coupable…

— Je devrais vous reprocher votre ingérence, mais j'ai vu votre dossier, j'ai découvert votre palmarès et je suis plutôt admiratif. Comment pouvez-vous déceler un détail sur une scène de crime, comme un manque de poussière limité sur une zone infime, alors qu'aucun autre enquêteur ne le voit ; par quel miracle avez-vous ce sens aigu du détail et une mémoire aussi phénoménale ?

— Je dois bénéficier de ces dons grâce à mes géniteurs, merci Maman, merci Papa ! fit humblement Grange.

Ramot comprenait pourquoi Plouarnec, Brulant, et tant d'autres personnes étaient naturellement attirées par cet officier de Police, talentueux et opiniâtre. Il avait aussi remarqué que sa coéquipière n'était pas insensible au charme naturel que dégageait le lieutenant. Il ressentit furtivement une petite pointe de jalousie, vite étouffée par l'éventualité d'un retour proche à Paris.

Khalam et Hernandez confirmèrent leur rôle dans le caillassage de la voiture de Plouarnec, le comportement étrange de Corbin, le vol de curare exigé par Néville, l'ordre de suivre Grange et de lui donner une bonne leçon, fatale… Ramot avait tiqué sur cette dernière information, à ses yeux les deux recrues n'étaient pas des combattants aguerris et n'avaient aucune chance face à un homme aussi entraîné que Grange, pourquoi Néville et son complice les avaient-ils envoyés dans cette mission suicide ? Il aurait été d'un avis différent s'il avait assisté aux coups échangés entre le lieutenant, Khalam et Hernandez…

Ramot interrogea Corbin sur les faits qui lui étaient reprochés : participation en bande organisée dans le but d'intimider son supérieur, comportement étrange en présence de Plouarnec et non-assistance à personne en danger, empoisonnement de Costini, tentative de neutralisation de Grange et de Durantour… Le gendarme réfutait chaque accusation, l'inspecteur haussa le ton :

— Vous n'êtes pas très coopératif, vous êtes pourtant dans de sales draps. Beaucoup de charges pèsent sur vous et votre complice, des aveux de votre part pourraient alléger votre peine !

Corbin ne broncha pas, ne prononça plus un seul mot.

— Très bien, retranchez-vous derrière votre mutisme. Votre complice sera peut-être plus bavard, lorsqu'il apprendra que vous êtes le principal suspect pour l'empoisonnement de Costini, et qu'il comprendra que sa coopération pourrait alléger sa peine... peut-être à vos dépens !

— Surtout, surenchérit Boubil, que votre ami n'a manifesté aucune joie excessive d'avoir neutralisé le capitaine Plouarnec, qu'il a su garder une attitude digne face à sa mort, tandis que vous... Cela lui sera facile de vous faire porter le chapeau pour ce meurtre !

Le gendarme soutint un moment les regards des inspecteurs ; il semblait réfléchir. Ramot revint à la charge :

— Comprenez-moi bien... une fois que vous aurez franchi cette porte, vous n'aurez plus aucune chance de revenir sur vos dépositions ; la commandante et moi, nous arrêterons l'enregistrement de notre entrevue et nous utiliserons ce dernier comme preuve de votre refus d'obtempérer, comme aveu de culpabilité !

— Néville et moi, nous n'aimons pas cette saleté de flic qui a conduit notre capitaine Albert en tôle, c'est vrai. Nous n'aimons pas plus ses laquais... Ces trois gars ont tourné la tête de la cheffe, ils se sont servi d'elle pour faire tomber notre commandant, ils allaient faire de même avec Plouarnec, trop naïf pour déceler en eux une inimitié, une manipulation sournoise...

— Alors, intervint Boubil, comme le lieutenant Grange semblait être apprécié par votre nouveau capitaine qui avait pris le commandement de cette caserne depuis quelques mois, vous avez décidé de l'éliminer !

— On a reçu des ordres pour ça !

— On ?

— Moi de Néville, et lui directement d'une personne très haut placée. Ce ne devait être qu'une intimidation, mais ça a dérapé. Les deux recrues que nous avons engagées ont fait un excès de zèle et ont fait voler en éclats le pare-brise du capitaine, qui a perdu le contrôle de son véhicule…

— Connaissez-vous le nom de celui qui a contacté votre complice ?

— Pas complice, coéquipier, rétorqua Corbin qui sembla soudain sortir de ses réserves et qui se montra plus réactif. Non, il est le seul en contact avec celui qui nous dirigeait de loin !

— Très bien, nous verrons cela avec votre ami… Parlez-nous maintenant du curare avec lequel vous avez empoisonné Costini !

— Connerie, je n'ai rien à voir avec cette histoire. J'ignore même où me procurer de cette drogue !

— Nous savons que Néville a forcé Hernandez et Khalam à lui en fournir, que vous avez ensuite fait chanter vos deux recrues pour exiger d'elles d'autres services, alors…

La question de Ramot prit Corbin au dépourvu. Qu'avaient raconté d'autre les deux petites frappes engagées en urgence, que répondrait Néville à sa place, pouvait-il encore compter sur lui ?

— Cela ne prouve pas que j'aie piqué ce Costini !

— Ce sera tout pour l'instant, mais attendez-vous à être confronté à vos complices !

Cette fois-ci, Corbin ne releva pas, il ne pouvait plus nier avoir agi en groupe pour le caillassage de la voiture de Plouarnec. Quelques mots prononcés par Brulant lui revinrent à l'esprit : "…comment va ta mâchoire… Néville sera peut-être moins gentil la prochaine fois… Es-tu sûr qu'il ne t'utilisera pas comme bouc émissaire…"

— Moi, je ne fais qu'exécuter les ordres que me donne Néville, lâcha-t-il en sortant de la salle d'interrogatoire, sous bonne garde.

Ramot marqua une courte pause avant d'interroger son dernier homme.

— Chloé, que penses-tu de ce Corbin ?

— Il ne nous a pas tout dit, répondit la commandante. Il prétend recevoir des ordres d'un inconnu très haut placé, par l'intermédiaire de Néville, pourtant ils semblent tous les deux travailler en parfaite cohésion ; ils sont capables d'actions qui ne s'improvisent pas, comme la tentative de neutraliser Durantour. Leur attaque avec une chaîne tendue entre leur moto nécessite des heures d'entraînement. Le mystérieux donneur d'ordres a choisi Néville comme interlocuteur, je pense qu'il connait très bien les deux hommes et qu'il n'a qu'une confiance limitée en Corbin !

— Nous en apprendrons peut-être plus avec Néville. Je suis d'accord avec toi, Corbin ne nous a pas tout dit : il existe plusieurs possibilités d'empoisonner quelqu'un avec du curare, or notre gars a d'office parlé de piqûre !

Ramot et Boubil découvrirent pourquoi Néville avait été choisi comme contact par le mystérieux donneur d'ordres : il était taiseux et conservait son sang-froid en toutes circonstances, à l'inverse de Corbin trop impulsif. À l'instar de son coéquipier, l'homme nia son implication dans les deux affaires en cours, évoqua une conspiration de Brulant et de ses amis policiers. Il ne prononçait jamais un mot de trop et répondait le plus brièvement possible aux questions de Ramot.

— Bien, analysa ce dernier, vous niez toute participation au caillassage de la voiture du capitaine Plouarnec et le jet d'une pierre dans son pare-brise. Nous avons les dépositions de Khalam, de Hernandez et de votre copain Corbin qui vous accablent. Nous procéderons à des confrontations entre vous quatre, mais pensez que plus vous ferez obstruction à l'enquête en cours, plus vous diminuerez votre chance d'obtenir la clémence d'un jury. Il ne s'agit pas d'une simple petite vengeance, deux hommes sont morts dans l'affaire Plouarnec ! Il semblerait qu'en haut lieu quelqu'un voit d'un mauvais œil la coopération Gendarmerie-Police Nationale, que ce quelqu'un vous a ordonné de faire peur à votre supérieur et de vous occuper du lieutenant Grange. Son nom ?

— Pure fabulation ! répondit Néville d'une voix assurée.

— Vous niez avoir reçu des ordres, vous avez donc exécuté le capitaine et Costini de votre propre initiative ?

— Des ordres de qui ? Vos sources ne peuvent provenir que de personnes qui me veulent du mal… Faites venir ces guignols, que nous en finissions rapidement !

— Vos attaques livrées aux policiers, que vous avez menées avec votre ami Corbin, les avez-vous décidées tout seul ? Votre ami nous a fait des déclarations étonnantes à ce sujet !

Ramot martelait sciemment le mot ami, il avait connaissance de la saute d'humeur de Néville. Lui, l'homme aux nerfs d'acier, était sorti de sa réserve le soir de son arrestation, avait insulté Durantour et frappé son coéquipier. L'inspecteur en chef avait une faille dans laquelle s'engouffrer…

— Notre différend, à Corbin et moi envers le lieutenant Grange est purement personnel et sans lien avec quelque affaire que ce soit. Mon Colonel, je vous prie de ne pas mélanger les torchons et les serviettes !

Néville ne manquait pas d'aplomb, sa réaction face à Ramot laissait supposer qu'il bénéficiait d'un puissant soutien. L'inspecteur en chef n'était pas résigné à faire profil bas face à une quelconque pression, il était de ces hommes qui allaient jusqu'au bout, comme la plupart des gendarmes qu'il avait eu l'occasion de rencontrer. Chaque fois qu'il avait découvert un ver dans le fruit, à l'issue des enquêtes internes qu'il avait menées avec des équipes sans cesse renouvelées, il avait souffert de sa découverte puis s'était consolé en réalisant qu'il avait éradiqué le mal. Corbin et Néville représentaient pour lui des dangers, pour la caserne, pour les civils, pour Grange et ses compagnons, mais il n'avait pas le poids suffisant pour les rapatrier à Paris, pour les faire paraître en commission extraordinaire. Ramot ne voulait pas pour autant garder ces deux gendarmes à la caserne, il décida, en accord avec sa hiérarchie jointe par téléphone, d'envoyer les sbires de l'ex-capitaine Albert à la maison d'arrêt de Villefranche sur Saône.

Il était 20h30, la circulation routière était quasi nulle. Le fourgon emmenait Néville et Corbin au centre pénitentiaire. Lorsque le véhicule arriva à proximité du pont enjambant la Saône, il fut violemment percuté par un puissant 4x4 qui le poussa sur le bas-côté. Des hommes puissamment armés surgirent et extirpèrent les prisonniers du fourgon. Toujours sous la menace de leurs armes, ils forcèrent les sbires d'Albert à monter dans leur véhicule, puis ils disparurent, laissant derrière eux un conducteur et un garde ébahis. La nouvelle du rapt fut très rapidement transmise à Ramot ; simultanément Grange reçut un appel qui le stupéfia :

— Lieutenant, vous aviez raison. Corbin et Néville sont devenus incontrôlables, j'ai fait ce que je devais et vous n'entendrez plus parler d'eux !

— Capitaine ?

— À la bonne heure, vous avez retenu la leçon !

— Néville et Corbin vont-ils aussi être effacés, tout comme vous ?

— Oui, mais ne cherchez pas à les retrouver. Dites à votre ami, le brigadier-chef Gallau de Flesselles que je dispose de moyens informatiques super puissants, gérés par des pros, alors qu'il n'est qu'un bricoleur. Il a certes des compétences, comme il l'a montré en me pistant dans ma retraite forcée à Taïohae, mais il a en face de lui une équipe solide et formée au plus haut point. Vous ne saurez jamais ce qui s'est passé dans ce centre pénitentiaire perdu en plein océan ; assurez votre coéquipier qu'à sa prochaine tentative, son logiciel ne sera pas seulement bloqué, mais entièrement vérolé et que lui sera inculpé pour insertion dans le système de la Défense Nationale. Si vous êtes vraiment son ami, empêchez-le de s'engager dans des recherches suicidaires.

Le vouvoiement d'Albert revêtait un symbole, il considérait maintenant Grange à sa juste valeur et il semblait ne pas chercher à l'écraser. Le lieutenant en était conscient, mais fortement contrarié par la disparition des deux gendarmes :

— Ainsi, déplora-t-il, la vérité ne sera jamais révélée sur les rôles de Néville et de Corbin, et ces deux gars échapperont à leur peine…

— Croyez-moi, Lieutenant, la prison aurait été trop douce pour eux, mais désormais cela ne vous concerne plus !

Chapitre 18

Les inspecteurs avaient terminé leur mission. Avant leur départ pour Paris, Ramot et Boubil tinrent à féliciter Brulant, Pernot, Grange, Durantour et Gallau de Flesselles. Ils adhéraient pleinement à leur coopération qui faisait fi des guerres de clocher, ils étaient conquis par cette entraide Police Nationale-Gendarmerie. Ils avouèrent qu'ils étaient venus en mission avec un apriori injustifié, soufflé par leur hiérarchie.

— Mon seul regret, avoua Ramot, est que Néville et Corbin nous aient filé entre les doigts, avec la complicité d'éléments inconnus !

— Colonel, répondit Grange, des décisions sont parfois prises en haut lieu et nous déstabilisent !

— Ces deux gars obéissaient soi-disant à des ordres reçus d'en haut, je ne serai pas surpris que leur évasion vienne du même endroit. J'ai des limites à ne pas franchir et je dois me contenter de valider les faits qui se sont passés ici.

Quelques instants plus tard, les cinq amis se retrouvaient libérés du joug de l'inspection interne. Le groupe avait été mené à rude épreuve et il restait encore un travail de fourmi à assurer par les gendarmes de Trivia pour trouver les gros bras qui avaient travaillé pour Costini. Cela risquait de durer longtemps, très longtemps, voire de ne jamais aboutir puisque le recruteur était mort. C'était maintenant l'heure pour chacun de regagner son poste, son domicile.

— Nous avons tous passé une période difficile, la chasse aux derniers coupables peut attendre un peu, admit Brulant. Luc, tu veux prendre un peu de repos ?

— Merci Virginie. Marco m'a justement proposé de passer quelques temps avec lui à Villeurbanne, il veut m'apprendre des ficelles pour les recherches sur les réseaux et me présenter à quelqu'un... son bébé !

— Marco, es-tu sûr que le capitaine Neyret sera d'accord ?

— J'espère Davy, sinon je formerai Luc chez moi !

— N'oublie pas la recommandation d'Albert !

— Il peut se faire voir, mais oui, je serai prudent !

Brulant et Pernot ne comprenaient pas ce dialogue plein de sous-entendus, mais s'en fichaient. Il était temps pour eux de relâcher la pression des derniers jours. En son for intérieur, Gallau de Flesselles espérait compenser l'absence de Durantour, qu'il pressentait et redoutait, par la présence du jeune gendarme. Tant d'années s'étaient passées durant lesquelles les deux policiers villeurbannais avaient travaillé côte à côte... Le brigadier-chef n'avait pas la cote auprès des filles avec sa patte folle et son apparence négligée, cependant il n'était pas fait pour la solitude. S'il devait perdre, temporairement ou définitivement la présence et la complicité du brigadier, il était vital pour lui de trouver un autre coéquipier ; Pernot était le compagnon idéal, l'élève inespéré…

— Et toi, Phil, que vas-tu faire si ton pote s'occupe de Luc ?

— T'inquiète, le Bleu-bite, je vais prendre du bon temps. Je vais m'imprégner pendant une semaine ou deux de l'atmosphère de Trivia !

Sur ces mots, il salua ses compagnons et sortit de la pièce, immédiatement suivi par Brulant.

Grange ne pouvait pas repartir de sa ville natale sans rendre visite à ses parents, sans leur révéler sous le sceau du secret l'issue des deux enquêtes. Ceux-ci furent stupéfaits des révélations de leur fils, révoltés contre l'acharnement de Bonpied sur Lapierre, bien que le lieutenant ait minimisé les sévices corporels endurés par la victime. Un peu plus tard, le policier décida de rentrer chez lui, bien qu'il ignorât si Newkacem serait là pour l'accueillir, ou partie pour un nouveau reportage. Il savait qu'elle et lui seraient sans cesse séparés par les nécessités de leur travail respectif et qu'ils ne devraient vivre que pour l'instant présent, lorsqu'ils se retrouveraient pour des périodes plus ou moins brèves. Ils étaient tous les deux passionnés par leur travail et ils devaient en assumer les contraintes…

La nuit était claire, la pleine lune baignait Trivia d'une douce lueur blanche. Le tableau que découvrit Grange au moment de s'engouffrer dans sa voiture fut celle d'un couple enlacé, à proximité de la Poste.

Cette image le remplit d'une émotion très forte, qu'il exprima à voix haute en quelques mots :

— Ces deux-là, je sentais bien qu'ils étaient faits l'un pour l'autre… Virginie, Marco, je vous souhaite beaucoup de bonheur !

FIN

Dans la collection "Lieutenant GRANGE"

Le Père Claude	BoD	2017
Les liens du sang	BoD	2018
Crime et châtiment	BoD	2019
Amour et gloire	BoD	2020
Règlements de compte	BoD	2021

Du même auteur

Futura ou la superposition des mondes	1997	Éd. du XX mars	science-fiction
Le passage	2001	Éd. des Écrivains	roman
Ils, hold-up à la Road International Bank	2004	Manuscrit.com	policier
Périls	2005	Éd. J.André	catastrophe
H5N1, le virus envahisseur	2006	Éd. HDP	catastrophe
Le livre défendu	2009	Éd. Édilivre.com	comédie
Hold-up	2010	Éd. Édilivre.com	policier
La revanche de Duplik	2012	Éd. Édilivre.com	suspense
Carole, la Caladoise	2013	Bookelis (réédition)	suspense
Carole, qui es-tu ?	2013	Bookelis (réédition)	suspense
Un amour mortel	2015	Bookelis	drame sentimental
Mission à Val Infini	2016	Bookelis	comédie
Adieu tiroir !	2017	BoD	nouvelles